Ralf Göhrig

Sendeschluss in Edinburgh

Ein Hamilton-Krimi

tredition®

Umschlag: Carla Gromann
Lektorat, Korrektorat: Stefan Stern
Satz: wortdienstleister.de

Verlag & Druck: tredition GmbH, Hamburg

ISBN
Paperback 978-3-7469-0702-4
Hardcover 978-3-7469-0703-1
e-Book 978-3-7469-0704-8

Inhaltsverzeichnis

Kapitel 1

Die Royal Mile erstreckt sich von der Burg bis hin zum Holyrood Palace und ist tatsächlich ziemlich genau eine schottische Meile lang. Allerdings ist es nicht nur eine Straße, sondern eine Abfolge von genaugenommen sechs Straßen, nämlich Castle Esplanade, Castlehill, Lawnmarket, High Street, Canongate und Abbey Strand. Mit all ihren Museen, Sehenswürdigkeiten, Geschäften, Pubs und Cafés gehört sie zu den größten Touristenattraktionen der schottischen Hauptstadt, deren Bedeutung allenfalls von der Princes Street streitig gemacht wird. Mehr Flair hat jedoch zweifelsohne die Royal Mile, deren Ursprünge bis ins Mittelalter zurückreichen. Mit all ihren langen und schmalen Seitengassen, kaum so breit, dass zwei Personen nebeneinander gehen können, kann man sich gut vorstellen, dass hier die Geschichte von Dr. Jeckyll und Mr Hyde entstand und wer besonders mutig ist, kann sich, nach Einbruch der Dunkelheit, einer Grusel- und Geistertour durch die Altstadt anschließen.

Keine Lust auf eine solche Gruseltour hatten der 23-jährige Medizinstudent James Ramsay und seine brandneue Flamme, die 21-jährige angehende Kiltmacherin Siobhan Jordon, die sich bei Greyfriars Bobby, der lebensgroßen Statue des berühmten Skye Terriers, der 14 Jahre – bis zu seinem eigenen Tod – am Grab seines Herrn verbrachte und dadurch zur nationalen Berühmtheit wurde, verabredet hatten. Die beiden hatten sich erst vor wenigen Wochen im Fußballstadion, beim Spiel der Hearts gegen Kilmarnock, kennengelernt, als sie nebeneinander auf der Tribüne saßen. James hatte eine Dauerkarte für das Tynecastle Stadium und gewöhnlich saß ein älterer Herr neben ihm. Jener befand sich allerdings zu dieser Zeit auf einer Auslandsreise und Siobhan, seine Nachbarin, kümmerte sich derweil um die Katze sowie die Post des alleinstehenden Mannes und konnte dafür die Eintrittskarte nutzen. Bei James war Amors Pfeil schnell erfolgreich und er beobachtete mehr seine blonde Sitznachbarin mit den frechen Sommersprossen auf der Nase, als das Spiel selbst, das zu allem Überfluss auch noch mit 1:2 verloren ging. Und auch Siobhan schien ganz angetan zu sein, auch wenn sie ihren Sitznachbarn weniger offensichtlich begutachtete. Offenbar hatten sich die beiden während des Spiels ganz gut unterhalten, denn nach Abpfiff gingen sie noch in einen der zahlreichen Pubs in Stadionnähe und tauschten allerlei persönliche Positionen aus, wie das bei Menschen, die ineinander verliebt, sich dessen aber noch gar nicht so richtig gewahr sind, üblich ist. In den darauffolgenden Tagen hatten sie sich regelmäßig getroffen und mehr und mehr aneinander Gefallen gefunden und festgestellt, dass sie auch über den Fußball hinaus gemeinsame Interessen, wie Bergwandern, Fischen sowie Kunst- und Kulturgeschichte teilten. Unglücklicherweise fuhr Siobhan für fast einen Monat nach Südafrika, um ihre dort lebende Schwester zu besuchen – eine Zeit, die James wie Jahre vorkam – trotz der ständigen Wasserstandsmeldungen via WhatsApp. Zum Glück war sie wohlbehalten nach Schottland zurückgekehrt und für den heutigen Tag hatte sich James einiges vorgenommen. Er wollte den Status des Händchenhaltens und Knutschens überwinden und endlich zur Sache kommen, ohne jedoch zu plump vorzugehen. Er spürte, dass auch Siobhan mehr wollte und ihre zunehmend frivolen Kurznachrichten waren ein eindeutiges Zeichen. Doch zunächst trafen sich die beiden bei der bronzenen Statue des kleinen, treuen Hundes, an dem er schon so oft vorbeigefahren war, ohne sie jedoch bewusst zu realisieren. Für Siobhan, die ohne Übertreibung als Hundenärrin bezeichnet werden konnte, war das Denkmal an der Abfahrt in die steile Candlemaker Row nur zu bekannt.

»Als ich klein war, mussten meine Eltern an jedem Sonntag mit mir hierher kommen«, stellte sie lächelnd fest, als der um wenige Minuten verspätete James Ramsay am Treffpunkt ankam.

»Entschuldige die Verspätung«, antwortete er verlegen, die Hände in den Hosentaschen versteckt, »es ist ewig kein Bus gekommen. Ich hoffe, du hast meine Nachricht erhalten.«

Siobhan lächelte, trat auf ihn zu und küsste ihn, länger und inniger als jemals zuvor, so dass ihm ganz schwindelig wurde.

»Wollen wir in Bobby's Bar gehen?«, fragte sie, nachdem sie sich endlich wieder voneinander gelöst hatten. »Ich habe Hunger und Durst.«

Die Greyfriars Bobby's Bar war bekannt für ihre hervorragenden Steaks. Der Genuss wurde allenfalls durch die Touristenscharen gemindert, die bisweilen in den dem Denkmal gegenüberliegenden Pub einfielen. Doch heute schien das Bobby's von dieser Plage verschont zu sein. James und Siobhan fanden einen ruhigen Tisch in einer Nische und während James zwei Pints holte, studierte das Mädchen die Karte.

»Weißt du, dass Bobby auch auf dem Friedhof beerdigt ist?«, fragte Siobhan nachdem sie ihr Steak mit Pilzen und Kartoffeln schon fast vertilgt hatte.

James blickte sie mit großen Augen an. »Ist das dein Ernst?«

Sie nickte. »Gleich am Eingang zum Friedhof. Wenn wir Glück haben, ist das kleine Lädchen geöffnet. Dort gibt es Bobby-Bücher, Bobby-Postkarten und sogar sein Original-Halsband … Ach nein, das ist im Museum, ich glaube unten in der Royal Mile.«

»Du bist wirklich ein echter Bobby-Fan. Wir können gerne in den Friedhof gehen.«

Dieser lag hinter dem Pub, unterhalb der Greyfriars Kirk, und beherbergte neben dem Hund eine ganze Reihe berühmter Schotten.

Nach dem Essen und einem weiteren Pint machten sich die beiden auf, die Grabstelle des Hundes aufzusuchen und James war mehr als erstaunt, als er die vielen frischen Blumen am Grabstein erblickte. »Das gibt es doch nicht«, rief er ganz erstaunt aus.

»Von mir sind die Blumen nicht«, antwortete Siobhan grinsend.

Auch der Bobby-Laden war geöffnet und James war noch mehr verwundert. Neben jeder Menge Fotografien des Hundes gab es dort die originalgetreue Kopie seines Fressnapfes zu kaufen.

»Leider habe ich keinen Hund, sonst würde er in einem solchen Napf sein Futter erhalten.«

»Echt?«

Siobhan prustete laut und gab ihm dann einen Kuss. »Natürlich nicht. Das ist doch der totale Touristen-Nepp, garantiert »Made in China«. Hätte ich einen Hund, würde der nur aus echt schottischen Näpfen fressen.«

Wo sie schon mal auf dem Friedhof waren, wollten sie sich die alten Grabstätten anschauen, und dabei erwachte ihrer beider historisches Interesse. Selbstverständlich spielte dieser Friedhof bei allerlei Geistertouren durch Edinburgh auch eine Rolle, spätestens seit dem Jahr 1999, als ein Obdachloser den Steinsarkophag des Schriftstellers Henry Mackenzie aufgebrochen und ihn als Schlafstätte genutzt hat. Noch skurriler wurde es ein Jahr später. Damals hatte ein Exorzist böse Mächte auf dem Friedhof aufgespürt, die ihm nach dem Leben getrachtet hätten. Als er nur wenige Wochen später an Herzversagen starb, schloss die Stadtverwaltung den Friedhof. Erst die Überzeugungsversuche eines Historikers führten dazu, dass der besonders bösartige Teil des Friedhofs wieder geöffnet wurde. Die geführten nächtlichen Touristentouren entwickelten sich in der Folgezeit zu einem echten Gruselhighlight.

Doch an einem solchen hatten die beiden keinerlei Interesse, vielmehr arbeitete James Ramsay an einer Strategie, wie er Siobhan, ohne dabei ins Fettnäpfchen zu treten, auf dem schnellsten Weg ins Bett bekommen konnte. Dazu schien sie an diesem Abend durchaus bereit zu sein, denn er hatte ihre Hände bereits an Orten bemerkt, wo fremde Finger normalerweise nichts verloren hatten. Der Friedhof war jedoch für dieses Vorhaben nicht der richtige Ort und James hoffte, dass seine Angebetete nicht plötzlich auf den Einfall kam, es auf dem Friedhof zu treiben. Seine Liebste erfreute sich in diesem Augenblick vielmehr an den alten Grabsteinen, ihren Inschriften und Reliefskulpturen.

»Sieh mal James, hier liegt ein Allan Ramsay. War das ein Vorfahre von dir?«

»Nicht dass ich wüsste. Allan Ramsay war ein Schriftsteller und eine Art Kunstmäzen des 18. Jahrhunderts. Von ihm steht eine Statue unten im Park und auf dem Scott Monument ist er auch abgebildet, glaube ich zumindest.«

Siobhan zeigte sich beeindruckt.

»Kennst du all diese Typen, die hier beerdigt sind?«

»Leider nicht, denn sie sind schon 200 Jahre und länger tot.«

»Idiot.«

»Der hier«, sagte James plötzlich, »ist mir bekannt: William McGonagall! Er gilt als schlechtester Dichter aller Zeiten. Als er hier 1902 begraben wurde, geschah dies anonym. Die Grabtafel hängt erst seit ein paar Jahren hier.«

Siobhan zog die Augenbrauen hoch. »Zu McGonagall fällt mir nur Harry Potter ein.«

»Hm. Vielleicht dachte Mrs Rowling an genau diesen Herren, als sie ihre Figur schuf.«

»Wieso meinst du?«

»Na ja. Wenn so ein Buch geschrieben wird, müssen doch die Menschen, die darin vorkommen, irgendwie heißen. Und Namen kann man beispielsweise auf Friedhöfen sammeln. Oder auch im Telefonbuch.«

»Aha.«

Die beiden zogen weiter, an den Grabmalen und Gedenktafeln vorbei, bis sie zum Grabstein von Thomas Riddle kamen.

»Die Rowling muss hier gewesen sein«, stellte jetzt Siobhan im Brustton der Überzeugung fest. »Tom Riddle, das war doch der Name von Lord Voldemort.«

»Du hast recht. Ist auch nicht so freundlich, wenn der eigene Name das ultimativ Böse personifiziert.« Er schüttelte kurz seinen Kopf.

»Na ja, wehren kann er sich nicht mehr, er ist vor mehr als 200 Jahren gestorben.«

»Das ist ja wirklich spannend«, bemerkte Siobhan. »Ich wusste, dass hier eine ganze Reihe berühmter Personen begraben sind, und natürlich Bobby, aber dass auch Harry Potter von diesem Friedhof beeinflusst wurde, ist mir neu.«

»Eigentlich wenig erstaunlich, J.K. Rowling hat in Edinburgh gewohnt und zumindest die ersten Bücher geschrieben.«

James nahm das Mädchen an der Hand und zog sie weiter, nicht ohne vorher weitere Zärtlichkeiten auszutauschen. Sie kamen an eine Maueröffnung, hinter der sich ein Grabmal verbarg. John Bayne of Pitcairlie stand da zu lesen. Ein kleiner Pavillon mit einer steinernen Figur, mutmaßlich der im 17. Jahrhundert lebende Schriftsteller. Sowohl Mauern als auch Grabmal wirkten einsturzgefährdet, zahlreiche Sträucher wuchsen aus Mauerritzen und James wunderte sich, dass das Zugangstor nicht abgeschlossen war.

»Das ist wirklich sehenswert. Ich muss gestehen, dass ich noch nie auf diesem Friedhof war, obwohl man ja regelmäßig daran vorbeifährt, wenn man hier in der Stadt wohnt.«

James inspizierte die Steinskulptur, als er einen Schrei hörte, der ihm durch Mark und Bein ging. Er drehte sich zur Seite und sah seine Freundin, jetzt verstummt und mit kalkweißem Gesicht.

»Was ist denn los, um Gottes willen?«

Sie antwortete nicht, stand da, wie versteinert. Er ging die wenigen Schritte zu ihr hinüber und bemerkte dann, was die Ursache war. Es schnürte ihm fast die Luft ab und er spürte, wie sich alles um ihn herum zu drehen begann. Nur mit Mühe gelang es ihm, die Fassung zu wahren und den Kreislauf zu stabilisieren.

Hinter einer Brombeerhecke an der Ziegelsteinmauer lag ein Mensch mit gespaltenem Schädel!

James nahm Siobhans Hand und zog sie nach draußen und dann rannten sie über die große Rasenfläche auf direktem Weg zum Ausgang des Friedhofs.

Als sie am Grab des Hundes angekommen waren, außerhalb des geweihten Friedhofteils, beide immer noch weiß im Gesicht und zitternd wie Espenlaub, zog James sein Handy hervor.

»Wir müssen die Polizei verständigen.«

»James, was war das?«, fragte Siobhan ganz ungläubig und schlang ihre Arme um ihn. »Halte mich ganz fest und lass mich nie mehr los.«

Wären nicht diese außergewöhnlichen Umstände, James wäre der glücklichste Mensch auf der Welt gewesen.

Kapitel 2

Das Fenster seines neuen Büros bot einen ausgezeichneten Blick auf den Wald, richtigen Wald und nicht nur ein paar Bäume oder einen baumreichen Park. Es war ein dichter, einige hundert Hektar großer, forstwirtschaftlich genutzter Nadelwald und somit nicht gerade typisch für Großbritannien. Und schon gar nicht für Schottland, das in den vergangenen Jahrhunderten der Seefahrertradition der Briten hatte Tribut zollen müssen und seine alten Waldbestände fast gänzlich verlor. Allenfalls konnte man sich jenseits des Tweeds damit trösten, durch diese Rodungen die einzigartige und großartige Landschaft geschaffen zu haben, die nicht nur die Touristen ihr Herz verlieren ließ.

Bob Hamilton heftete seinen Blick an dem ungewohnten Grün fest und war sich seiner Entscheidung weniger sicher denn je. Zehn Jahre lang hatte er als verantwortlicher Chief Superintendent im beschaulichen Südwesten Englands, in Devon und Cornwall, dafür gesorgt, Verbrecher hinter Schloss und Riegel zu bekommen. Und wäre es nach seiner Frau Rebecca gegangen, hätte er das auch noch bis zu seiner Pensionierung tun können. Doch Bob Hamilton wäre nicht Bob Hamilton, wenn er sich mit dem Erreichten zufriedengegeben hätte. Stets suchte er die Herausforderung, das Neue, das Abenteuer, das Unbekannte und selbstverständlich besaß er auch den Ehrgeiz, ganz nach Oben zu kommen. Obwohl ihm Bürojobs eigentlich mehr als suspekt waren. Er liebte die Arbeit an der Front des Geschehens, und so hatte er es sich als Kripochef in Exeter auch nicht nehmen lassen, sich persönlich in die polizeiliche Ermittlungsarbeit einzumischen und wenn es sich ergab, die Verdächtigen auch selbst festzunehmen.

Doch nach zehn Jahren musste es eine Veränderung geben. Auf seinem alten Posten, den er länger als jeder seiner Vorgänger innehatte, hätte er nicht länger bleiben können. Mehrfach war er bei anstehenden Beförderungen quasi abgetaucht, doch jetzt drängte eine junge Generation von Polizisten nach und Hamilton sah sich gezwungen, seine Position zu überdenken. Er wusste, dass er den Südwesten verlassen musste, so gerne er dort geblieben wäre, doch das war das Los eines leitenden Polizeibeamten: Nach einer gewissen Zeit waren räumliche Veränderungen notwendig. Und so prüfte er die möglichen Optionen. Er hätte Chief Constable bei der Polizei in Yorkshire werden können und auch die Metropolitan Police hätte ihn gerne in ihren Reihen gesehen, doch Bob Hamilton, der Schotte, hatte sich anders entschieden. Die schottische Polizei erlebte in den Jahren 2013 und 2014 eine wahre Rosskur und die bis dato acht Polizeibehörden wurden zu einer einzigen zusammengefasst. Und die war, nach ein paar ermittlungstechnischen Pannen, auf der Suche nach einem obersten Kriminalpolizisten, eine Rolle, die Hamilton auf den Leib geschnitten war. So kehrte er nach fast 30 Jahren in seine schottische Heimat zurück und saß plötzlich in dem geräumigen Büro mit Waldblick in dem frisch renovierten Tulliallan Castle, dem neuen Hauptquartier der schottischen Polizei.

Was war ihm geblieben von seinen langen Jahren in Cornwall? Ein paar Urkunden, die jetzt an der Wand hingen, viele Erinnerungen und Duke, der in die Jahre gekommene Weimaranerrüde, der in seinem neuen komfortablen Hundebett aus Leder zufrieden schlief. Hamilton hatte gleich deutlich gemacht, dass er nur mit Hund zu haben sei. Und seine beste Mitarbeiterin, DSupt. Rachel Ward, hatte er auch noch nach Schottland mitgebracht. Nach den Erfahrungen, die er im Südwesten gesammelt hatte, wusste er, dass eine gut ausgestattete Sonderkommission bei schwierigen Fällen der Schlüssel zu deren Lösung war. Nach den Pannen bei einigen Mordermittlungen in der jüngeren Vergangenheit sah Hamilton die Schaffung einer speziellen Mordkommission als zwingend notwendig an. Und als Leiterin dieser

Mordkommission, die ebenfalls in Tulliallan Castle stationiert war, eignete sich niemand besser als Rachel Ward, die eigentlich als seine Nachfolgerin in Exeter vorgesehen war.

Als Assistant Chief Constable (ACC) war Hamilton noch mehr in administrative Aufgaben eingebunden, als es bisher der Fall gewesen war, doch er war sich sicher, dass es auch hier Möglichkeiten gab, in besonderen Fällen an anderer Stelle Verantwortung zu übernehmen, sprich sich in Ermittlungen einzuschalten, auch wenn die Zeit hierfür noch knapper werden würde. Doch wenn er die Verantwortung für den Bereich Verbrechen in ganz Schottland tragen sollte, dann musste er auch die Optionen haben, dieser Verantwortung gerecht zu werden.

Der entscheidende Faktor für seinen Wechsel in den Norden stellte jedoch seine Frau dar. C/Insp Rebecca Hamilton war die Pressesprecherin der Polizei von Devon und Cornwall und nachdem die Kinder nun alle drei zur Schule gingen, suchte sie auch für sich eine neue Herausforderung. Bei der E-Division in Edinburgh übernahm sie den freien Posten der Leiterin der Abteilung Öffentlichkeitsschutz. Hierunter fiel der Bereich der Sicherheit im öffentlichen Raum und Schutz von Personen aber auch sexueller Missbrauch und Menschenhandel. Rebecca hatte schon immer mit einer Stelle in einer Großstadt geliebäugelt, so sehr sie den ländlichen Südwesten liebte; dass sie sich für den schottischen Regen statt der südenglischen Sonne entschieden hatte, wunderte ihren Mann dennoch. Doch so wurde aus der beruflichen Veränderung eine wirkliche Chance, da beide eine adäquate Stelle fanden und dies auch noch miteinander vereinbaren konnten, denn Edinburgh liegt nur gut eine halbe Stunde von Tulliallan Castle in Kincardine entfernt. Und dann fanden Bob und Rebecca noch ein wunderbares Haus mit Garten direkt am Meer. In Aberdour, direkt am Firth of Forth, auf der Edinburgh gegenüberliegenden Seite besaß ein Freund von Hamiltons großer und weit verzweigter schottischer Familie ein Haus, für das er schon seit längerer Zeit einen Käufer suchte. Während Rebecca bequem mit dem Zug von ihrem Wohnort nach Edinburgh fahren konnte, war Hamilton froh, dass es keine Zugverbindung nach Kincardine gab und er mit gutem Gewissen das Auto nutzen konnte.

Und dann gab es noch einen weiteren Punkt, der schwerer wog als alle anderen zusammen: Hier war er in seiner Heimat. Bob Hamilton war nicht länger der kauzige Schotte mit dem unverständlichen Dialekt, der Außenseiter, sondern ein Einheimischer. Die Menschen um ihn herum sprachen, dachten und handelten wie er. Und er verstand, wie die Leute im britischen Norden tickten. So würden ihm etliche Fettnäpfchen und Peinlichkeiten erspart bleiben, die er im Südwesten regelmäßig und zielsicher angepeilt hatte. Das bedeutete zwar nicht, dass er nicht auch weiterhin seine Marotten zu pflegen gewillt war, doch als Polizist in Schottland konnte er seinen Heimvorteil ausspielen. Nach all den vielen Jahren in England, von seinen Anfängen in East Anglia über Manchester, der Zeit in London bei der City Police, abermals in Manchester und schließlich im Südwesten freute sich Hamilton, wieder zu Hause angekommen zu sein. Ein Lächeln huschte über sein Gesicht, so langsam freute er sich auf die neuen Aufgaben, die auf ihn zukommen würden.

Immer noch blickte Bob Hamilton aus dem Fenster auf den Wald und bemerkte, dass es angefangen hatte zu regnen, einen Umstand, der eigentlich keiner Erwähnung bedurft hätte, denn dass es in Schottland regelmäßig und auch jede Menge regnete, war allgemein bekannt und auch im Südwesten war Regen keine Seltenheit. Doch hier in Schottland war das Klima eindeutig rauer und unfreundlicher. Und während in Südengland zumindest manchmal so etwas wie ein Hauch von Sommer herrschte, blieb es hier selbst zur Jahresmitte eindeutig kalt. Nur selten wurden Temperaturen von mehr als 20 °C erreicht. Und im Winter waren die Nächte sehr lang. Schon fast wehmütig dachte er an den Südwesten zurück, bevor er sich ins Bewusstsein rief, dass er schließlich ein Schotte war, der sich von Wind und Wetter nicht beeindrucken ließ. Im Notfall half immer ein Schluck des gälischen Lebenswassers; und Hamilton löste seinen Blick vom

Nadelwald und lenkte ihn auf einen Aktenordner mit der Aufschrift »Notfall«, der in dem hohen Aktenschrank stand und eine Flasche Lagavulin sowie eine Flasche Gin enthielt. In diesem Moment wunderte sich Hamilton, dass es immer noch Aktenschränke gab, wo das papierlose Büro doch schon vor mehr als 20 Jahren verkündet worden war. Doch im Gegensatz zu dieser Ankündigung glaubte Hamilton, dass es immer mehr Papier gebe. Und damit lag er auch gar nicht falsch, denn sämtliche Polizeiakten mussten, der Archivierung wegen, auf Papier ausgedruckt und abgeheftet werden. Zwar wanderten die Akten bald ins Archiv, aber aktuelle Vorgänge waren selbstverständlich im Umlauf. Hamilton schnaufte tief durch. Wenn er in der jetzigen Geschwindigkeit weiterarbeitete, würden die aktuellen Vorgänge schon längst nicht mehr aktuell sein, bis er sie durchgelesen hatte.

Durch die Neustrukturierung der schottischen Polizei im Laufe der vergangenen Jahre ergab sich der große Vorteil, dass alles neu war und Hamilton seine Ideen besser umsetzen konnte, als es in einer eingefahrenen Verwaltung der Fall gewesen wäre. So war es kein Problem, das Büro der Sonderkommission für Gewaltverbrechen hier im Hauptquartier einzurichten, obwohl die Kriminalpolizei ihren neuen Sitz in Gartcosh, North Lanarkshire hatte, wo für 73 Millionen Pfund ein nagelneues Zentrum mit Ermittlern und forensischer Abteilung gebaut worden war. Hamilton wusste aus seiner langjährigen Erfahrung, dass die Polizeispitze bei besonders öffentlichkeitswirksamen Kriminalfällen nicht nur die Verantwortung trug, sondern auch genauestens informiert sein musste. Und das war am besten gewährleistet, wenn die Fäden in Tulliallan Castle zusammenliefen. Schließlich waren es auch nur rund 20 Minuten von Kincardine bis Gartcosh.

Am 1. Juni 2017 hatte Bob Hamilton seinen neuen Job angetreten, seit gut zwei Wochen versuchte er sich in die Materie einzuarbeiten und schnell war ihm bewusst geworden, dass er nun endgültig im Elfenbeinturm angekommen war, wie er früher den innersten Zirkel der Polizeiführung nannte. Doch genauso schnell hatte er bemerkt, dass er tatsächlich auch Einfluss hatte und seine Ideen jetzt auch hochoffiziell verwirklichen konnte und dazu keine Verschleierungstaktiken mehr anwenden musste. Nun war er tatsächlich derjenige, der entschied, wo und wie die personellen und finanziellen Ressourcen eingesetzt wurden. Auf der anderen Seite merkte er, dass er sich von den Kollegen »da draußen« endgültig entfernt hatte. Er war nicht mehr einer von den Ermittlern, er war zu »dem da oben« geworden.

Kapitel 3

Die ersten Polizisten, die am Friedhof auftauchten, waren die beiden Constables, Bruce Kerr und Stephanie Wheeler, die zufällig in der Chambers Street, also in unmittelbarer Nähe von Greyfriars Kirkyard als Fußstreife unterwegs waren. PC Wheeler kümmerte sich zunächst einmal um die völlig aufgelöste Siobhan Jordon, während PC Kerr versuchte von James Ramsay zu erfahren, was denn genau vorgefallen war.

James hatte, nachdem sie am Ausgang des Friedhofs angekommen waren, sein Handy hervorgezogen und die 999 gewählt und der Leitstelle mitgeteilt, dass er eine tote Person aufgefunden hatte und darum gebeten, dass so schnell als möglich jemand zum Friedhof käme.

»Können Sie mir zeigen, wo Sie die Leiche gefunden haben?«, fragte Kerr und war sichtlich bemüht, seinerseits Ruhe zu bewahren.

»Dort hinten, bei dem Grabmal«, antwortete Ramsay und deutete in die ungefähre Richtung.

»Dann kommen Sie mal mit!« Als er Ramsays Zögern bemerkte, beruhigte er ihn: »Ihre Freundin ist in guten Händen.«

Raschen Schrittes durchquerten sie den Friedhof, der inzwischen von einer wunderbar warmen Abendsonne beschienen wurde. Als sie die Einfriedung um das Grabmal erreicht hatten, sagte der Polizist: »Bleiben Sie bitte zurück.« Wenn dort tatsächlich ein toter Mensch liegen sollte, mussten so viele Spuren wie möglich gesichert werden, und das war kaum möglich, wenn der gesamte Bereich zertrampelt wäre. Ramsay blieb am offenen Tor stehen, Kerr ging weiter, bemerkte jedoch, dass das Schloss aufgebrochen worden war. Schnell fand er, hinter der beschriebenen Hecke, den Leichnam: Eine etwa 30 Jahre alte Frau, wie er schätzte, lag vor seinen Füßen. Sie war gut gekleidet, jedenfalls trug sie einen hochwertigen dunkelblauen Mantel und braune Lederstiefel. Ihr langes, lockiges und kastanienbraunes Haar war wie ein Strahlenkranz um ihren Kopf ausgebreitet. Was aber selbst Bruce Kerr erschütterte, der schon einige Leichen gesehen hatte, war der Umstand, dass die Schädeldecke der Frau ein riesiges Loch aufwies, als hätte jemand mit einem großen Hammer oder Beil auf das Opfer eingeschlagen.

So wie es aussah, war die Frau noch nicht sehr lange tot. Kerr war da kein Experte, doch er schätzte, dass der Mord im Laufe des Tages verübt worden war. Die Kleider waren trocken und in der Nacht hatte es geregnet.

PC Kerr griff zu seinem Funkgerät und verständigte die Kollegen. Es handelte sich nicht um einen Fehlalarm, wie die Beamtin in der Leitstelle vermutete, sondern um ein Kapitalverbrechen.

Er ging zu James Ramsay zurück und befragte ihn nochmals kurz, allerdings mehr, um die Zeit zu überbrücken, bis die Spurensicherung und die Kriminalbeamten anrückten.

Bob Hamilton erfuhr über den Live-Ticker, der am oberen Rand seines Computerbildschirms den ganzen Tag über das Verbrechen in Schottland informierte, von der Leiche in Edinburgh. Eigentlich hätte er schon längst seinen Feierabend genießen können, doch wollte er sich gründlich in seine neue Umgebung einarbeiten und hierzu war das Studium der Akten sehr hilfreich.

Und obwohl es inzwischen nicht mehr seine Aufgabe war, sich persönlich um die Aufklärung von Verbrechen zu kümmern, erwachte sein kriminalistisches Interesse und er wäre am liebsten auf direktem Wege nach Edinburgh gefahren. Doch diese Aufgabe übernahmen die Kollegen vor Ort. Und wenn Rachel es für nötig halten würde, dann war es ihre Sache, die Ermittlungen an sich zu ziehen.

»Du bist jetzt ein Häuptling«, sagte Hamilton so laut zu sich selbst, dass der Hund aus seinem tiefen Schlaf erwachte und ihn ganz irritiert ansah. Erstmals wurde ihm wirklich bewusst, dass er kein Ermittler mehr war, auch kein Chefermittler und auch kein Leitender Ermittler, sondern Mitglied des Stabs der schottischen Polizei. Er hatte nichts mehr mit der Aufklärung von Verbrechen zu tun. Seine Aufgabe war es, Strukturen zu schaffen, die eine reibungslose Polizeiarbeit gewährleisteten oder aber der Öffentlichkeit Auskunft darüber zu geben, wie die Polizei gedenke Straftaten zu verhindern oder beispielsweise einen Mörder zu ermitteln und zu überführen. Doch die Arbeit, die er selbst so liebte, die erledigten jetzt andere. Er beneidete seine Frau, Rebecca, und Rachel, die noch richtige Polizeiarbeit erledigten, während er hier in seinem Büro mit Blick auf den grünen Wald saß.

Im Büro gegenüber, auf der anderen Seite des Flurs, mit Blick auf die kleine Stadt, las Rachel Ward die gleichen Nachrichten, die über den News-Ticker angezeigt wurden. Auch sie musste sich erst noch an ihre neue Aufgabe gewöhnen, obgleich sie sich gar nicht so sehr von ihrer bisherigen unterschied. Bis vor einem Jahr war sie Leiterin des Kriminalermittlungsteams in Newquay gewesen, bevor sie zu Hamiltons Stellvertreterin in der Leitung der cornisch-devonischen Kriminalpolizei aufgestiegen war. Rachel Ward konnte geradezu eine Bilderbuchkarriere vorweisen, die noch steiler verlief, als die Hamiltons, vor allem überraschender. Vor 10 Jahren noch war sie eine junge Polizistin, die in ihrem Streifenwagen durch die einsamen Moore von Devon kurvte. Durch ihre Hartnäckigkeit und kriminalistisches Gespür hatte sie wesentlich dazu beigetragen, dass ein rätselhafter Mordfall gelöst werden konnte. Hamilton, damals ganz neu im Südwesten, erkannte ihr Talent und holte sie zur Kriminalpolizei ins Kriminalermittlungsteam des Polizeihauptquartiers. Dort blühte Rachel regelrecht auf und bald war aus dem ehemaligen Landmädel eine richtige Lady geworden. Zwar hatte sie einen Teil ihres Aufstiegs Hamilton zu verdanken, der sie förderte, wo es nur möglich war, doch dank ihres brillanten Verstandes, ihrer Sicherheit auf großem Parkett und die Intuition meistens das Richtige zu tun, war sie dorthin gekommen, wo sie jetzt stand. Dass sie trotz der rasch voranschreitenden Karriere ihre Natürlichkeit behalten hatte, machte sie bei ihren Mitarbeitern überaus beliebt, denn obwohl sie manchmal – zumindest für Außenstehende – schon fast unnahbar wirkte, konnte sie den Kollegen glaubhaft vermitteln, eine von ihnen zu sein. Eine Fähigkeit, die Hamilton gerne besessen hätte, denn er wirkte immer ziemlich arrogant und neigte viel zu oft zur Überheblichkeit. Rachel dagegen wusste genau, wann sie sich abgrenzen musste und wann nicht. Was ihr wiederum abging, war die Kaltschnäuzigkeit, die Hamilton an den Tag legte, wenn es geboten schien. Und von dessen Verbindungen in Gesellschaft und Politik konnte Rachel nur träumen. Auf der anderen Seite war sie froh, einen gewissen Abstand zu diesen Kreisen wahren zu können, denn sie war fest davon überzeugt, dass Macht korrumpiere. Nicht dass sie glaubte, dass Hamilton korrupt wäre, doch sie wusste, dass er bisweilen damit zu kämpfen hatte, sich nicht zu sehr in den Fallstricken der Macht zu verheddern. Gleichwohl bewunderte sie ihren Chef, der sich Freiheiten herausnehmen konnte, die andere nicht einmal in Erwägung ziehen würden. Dass er beispielsweise in seinem Büro Pfeife rauchte, obwohl das Rauchen seit Jahren in öffentlichen Gebäuden verboten war, erstaunte sie, und dies war nur eine der geringsten Freiheiten, die sich Bob Hamilton erlaubte. »Ein guter Polizist ist nur so gut wie sein Netz an Informanten«, hatte er einmal gesagt und Rachel vermutete, dass er ein Dossier mit sämtlichen Verfehlungen aller wichtigen Personen angelegt hatte. Irgendetwas musste er in Händen halten, das es ihm erlaubte, Dinge zu tun, die anderen verboten waren. Vielleicht war es aber auch nur seine unglaubliche Chuzpe gepaart mit einer Aufklärungsquote, die im Vereinigten Königreich einmalig war. Wo immer ein komplexer Fall zu lösen war, war Hamilton zur Stelle. Als legendär galt seine Zeit in Manchester, wo er als verdeckter Ermittler reihenweise mafiaähnliche Sümpfe trockenlegte und später als Chef einer »Cold Case Unit« einige Fälle lösen konnte, die jahrelang als hoffnungslos galten. Rachel wusste es nicht. Sie wusste, er war ein guter Chef und er protegierte sie. Und selbst das erschien ihr auch etwas seltsam, gab ihr aber zumindest den Glauben in das Gute des männlichen Geschlechts zurück. Bob Hamilton ebnete ihr alle Wege und öffnete die Türen, die für ihre Karriere wichtig waren, ohne dass er eine Gegenleistung dafür gefordert hätte. Auch wenn es Kollegen gab, die glaubten, dass die beiden insgeheim ein Verhältnis hatten. Der Schotte machte nicht einmal auch nur den Hauch eines Annäherungsversuches. Soweit Rachel wusste, war seine Ehe mit Rebecca, zumindest von außen betrachtet, mustergültig. Selbst wenn dem nicht so war und Bob außereheliche Abenteuer suchte, nicht bei ihr. Im Gegenteil, von einer distanzierten Freundlichkeit entwickelte sich ihr Verhältnis allenfalls zu einer väterlichen Freundschaft, auch wenn er lediglich 15 Jahre älter war als sie selbst. Im Grunde machte sich Detective Supt. Rachel Ward keine Gedanken darüber. Er war Bob und ihr Chef, so war es im Südwesten und so ist es hier in Schottland. Nur dass sie jetzt selbst die Chefermittlerin war und in letzter Verantwortung stand.

Rachel griff zum Telefon und wählte die Nummer von Chief Supt. Nigel Tanner, dem Leiter der E-Division in Edinburgh, doch der war nicht verfügbar. Also versuchte sie Rebecca zu erreichen. Die hatte zwar mit Mordermittlungen nichts zu tun, war aber auch Teil der Kriminalpolizei in Edinburgh und vielleicht konnte sie etwas über die Leiche im Friedhof berichten. Rachel kannte nur wenige Kollegen in Schottland und da erschien es ihr nur logisch, Rebecca anzurufen. Vielleicht war sie noch in ihrem Büro. Rachel hatte tatsächlich Glück.

»Hallo Becks, noch nicht zu Hause bei den Kindern?«

»Hi Rachel. Schön dich zu hören. Nein, ich habe gerade angefangen zu arbeiten, ich hoffe, Bob kommt bald nach Hause und erlöst unser Kindermädchen.«

»Im Moment ist er noch da, glaube ich.« Sie machte eine kurze Pause. »Du kannst dir vielleicht denken, weshalb ich anrufe.«

»Die Tote in Greyfriars Kirkyard. Hat sich sogar schon zu uns herumgesprochen. Aber das ist alles noch sehr früh. Ich weiß nur, dass eine Frau tot aufgefunden wurde, also das, was auch über den Ticker lief. Wenn du mehr wissen willst, rufst du am besten Inspector Miller an. Peter Miller und sein Team haben die Ermittlungen übernommen.«

Der Name Peter Miller sagte Rachel nichts. Aber das bedeutete nicht viel. Sie kannte einfach kaum jemanden hier in Schottland. Es machte sie nervös, dass sie in ihrem Büro in Kincardine saß und kaum 20 Meilen weiter ein Todesfall untersucht wurde. Es musste sich erst noch alles einspielen, die Abläufe geregelt werden und Routine einkehren. Im Moment fühlte sich Detective Superintendent Rachel Ward ziemlich überflüssig und ratlos. Im benachbarten Großraumbüro hatte sie ein Team von Kriminalpolizisten, die irgendwelche Formulare ausfüllten und Papiere in Aktenordner einsortierten. Wie sollte das denn laufen, mit ihrer Sonderkommission? In Cornwall war es ganz klar geregelt. Gab es irgendwo ein Schwerverbrechen, wurde sie als Leiterin der Ermittlungsgruppe informiert und dann nahm die bekannte, gut funktionierende Maschinerie ihre Arbeit auf. Doch wie war das hier in Schottland? Hamilton hatte die neue Sonderkommission geschaffen, doch die saß irgendwie auf dem Trockenen. Nachdem ganze Polizeieinheiten aufgelöst und zusammengelegt wurden, würde mit Sicherheit kein Leiter einer örtlichen Kriminalpolizei den Telefonhörer in die Hand nehmen und das Hauptquartier anrufen und um Hilfe bitten. Wie hatte sich Hamilton das nur vorgestellt?

»Du kannst aber auch einfach mal hier oder auf dem Friedhof vorbeikommen«, schlug Rebecca plötzlich vor.

»Gute Idee«, fand Rachel. »Ich werde hier in diesem Schloss noch verrückt. Ich komme mir vor wie im Elfenbeinturm. Was ist dieser Miller denn für ein Typ?«

»Das kann ich dir auch nicht sagen. Ich habe ihn erst zwei oder drei Mal gesehen.«

»Du bist Polizistin. Sag mir einfach, was du denkst!«

Rachel hörte ein Lachen am anderen Ende des Telefons. »Ich denke, du kannst Gedanken lesen.«

»Das gehört zu einer guten Kriminalermittlerin. Also, ich höre!«

»Ja, Ma'am. Dann hör mal zu! Miller hat eine große Klappe und noch größeren Durst, würde ich mal behaupten. Ich habe das Gefühl, dass er sich in den nicht mehr allzu fernen Ruhestand mogelt. Aber seine Fähigkeiten als Polizist kann ich nicht beurteilen.«

»Danke, Becks. Das reicht mir vollkommen. Ich glaube, du hast recht. Ich setze mich in einen Dienstwagen, wenn ich einen finde, und fahre nach Edinburgh.«

»Wie meinst du das?«

»Hier gibt es einen Dienstwagenpool. Ist etwas kompliziert, soll privatem Missbrauch vorbeugen. Vollkommener Quatsch, wenn du mich fragst.«

Rebecca lachte erneut. »Ich bin mal gespannt, wann mein Gatte so eine Karre klaut.«

»Der Herr fährt nur mit Chauffeur, wenn er im dienstlichen Auftrag unterwegs ist.«

»Die Frage ist nur wie lange.«

Keine zehn Minuten später hatte Rachel einen Wagen gefunden, einen nagelneuen Volvo S90, und war zusammen mit Sergeant Sean McNally auf dem Weg in die Hauptstadt. Ihr Ermittlungsteam bestand aus sechs festen Detectives und konnte nach Belieben aufgestockt werden. Zum festen Team gehörten neben McNally Peter Gallacher und Keira Peacock im Range eines Sergeants sowie die Constables Ben Fraser und Jessica Barlow. Der Sechste im Team war Inspector Ray Williams, der eigentliche Grund, weshalb Rachel nach Schottland gekommen war. Die beiden hatten vor zwei Jahren zusammen in Nordengland ermittelt und waren sich dabei nähergekommen. Hamilton war sich zwar nicht ganz sicher, ob es gut war, wenn die beiden Beruf und Privatleben auf diese Weise verbanden. Auf der anderen Seite ist das Privatleben eines Polizisten schon kompliziert genug und da Hamilton davon ausging, dass die beiden gut harmonierten, fand er diese Lösung geradezu ideal. Er selbst hatte einige Zeit auch mit seiner Frau in einem Ermittlungsteam zusammengearbeitet und hatte deshalb wenig Bedenken, dass es bei Rachel und Ray nicht funktionieren würde. Und wenn es Probleme gab, auf die eine oder andere Weise, wäre Ray auch schnell zu einer anderen Dienststelle versetzt.

Es war schon nach 21 Uhr, als Rachel Ward und Sean McNally von der George IV Bridge in die Candlemaker Road einbogen und direkt am Friedhofstor ihren Wagen abstellten. Einem ziemlich übergewichtigen Constable, der sich gerade aufplustern wollte, ließ Rachel, indem sie mit ihrem Dienstausweis wedelte, die Luft ab. Er konnte lediglich noch »Dahinten, Ma'am« sagen, bevor es ihm anscheinend die Sprache verschlug.

»Ist DI Miller noch vor Ort?«, fragte sie den Polizisten. Doch der nickte nur noch und schien verstummt.

»Haben Sie auf alle Streifenbeamten eine solche Wirkung?«, fragte McNally, als sie ein paar Meter gegangen waren und die mobilen Absperrungen hinter sich gelassen hatten.

»Nicht nur auf die«, antwortete Rachel grinsend.

Der Friedhof wirkte seltsam gespenstisch. Die Sonne stand noch am Himmel und Rachel war froh, dass der Sommer vor der Tür stand, denn im Winter wäre es zu dieser Uhrzeit schon lange dunkel gewesen, was die Szenerie noch gruseliger gestaltet hätte. Schon jetzt reichte es, dass überall Polizisten herumstanden. Dazu kamen eine ganze Reihe von Beamten der Spurensicherung in ihren weißen Schutzanzügen, was Rachel schon immer irritiert hatte; vielleicht weil sie wusste, dass es dort, wo solche Gestalten auftauchten, um ein Verbrechen ging. Obwohl sie in diesem Fall noch gar nicht wusste, ob der Mord tatsächlich auf dem Friedhof stattgefunden hatte oder ob er an einer anderen Stelle verübt worden war. Die ganzen Grabsteine mit den teilweise grotesken Totenköpfen und Knochenmännern, die halb verfallenen Grabmale und verwitterten Inschriften, das Ganze in schwarz verwittertem Sandstein und die Tatsache, dass dort vorne wirklich eine ermordete Person lag, wirkten auf Rachel ziemlich unwirklich.

Da niemand sie kannte, musste sie sich mehrmals ausweisen, bis sie zu der Grabstätte von John Bayne of Pitcairlie vorgedrungen waren. Dort lag die tote Frau noch immer genau so, wie sie von James Ramsay und Siobhan Jordon vor gut vier Stunden gefunden worden war. Rachel näherte sich der Leiche so weit es möglich war. Etliche dieser, in weiße Schutzanzüge gehüllte, mumiengleiche Gestalten standen um den Leichnam und nahmen Untersuchungen vor. Ein untersetzter Glatzkopf mit schneidender Stimme, den Rachel gleich unsympathisch fand – vermutlich Inspector Miller – kommentierte die Szene und bearbeitete gleichzeitig sein Smartphone.

»Was stehen Sie da so untätig herum?«, brüllte er in Rachels Richtung, die sich allerdings nicht beeindrucken ließ. »Wer sind Sie überhaupt? Und was haben Sie hier verloren? Sind sie von der Presse?«

Jetzt trat er auf Rachel zu und baute sich vor ihr auf. »Sind Sie taub?«, schrie er. Dabei schwollen sämtliche Adern in Hals und Kopf an und Rachel hatte Mühe, die Contenance zu wahren, vor allem als sie bemerkte, dass McNally, der etwas hinter ihr stand, dies nicht gelang. Sie zückte ihren Ausweis und stellte lapidar fest: »Detective Superintendent Ward, Polizeihauptquartier, ich übernehme die Ermittlungen. DI Miller, nehme ich an, bitte schildern Sie mir in kurzen Worten, was wir bisher wissen. Morgen früh erwarte ich einen ausführlichen Bericht.«

Miller wurde augenblicklich blass und richtete seine Augen gen Friedhofboden. »Ma'am«, stammelte er, »entschuldigen Sie … aber ich …«

»Kommen Sie zur Sache, Miller!«, befahl Rachel.

»Also wir haben eine weibliche Leiche, circa 30 Jahre alt. Die Frau muss mit einer Axt oder etwas Ähnlichem erschlagen worden sein. Der Fundort ist auch der Tatort, denn es fanden sich die typischen

Blutspritzer an der Friedhofmauer. Offenbar wurde das Opfer vor rund 12 Stunden ermordet.«

»Kennen wir die Identität des Opfers?«

Miller stockte kurz und sagte dann, fast ehrfurchtsvoll: »Das ist Leigha Harrow.«

Rachel blickte ihn mit großen Augen an. Offenbar war diese Leigha Harrow eine Bekanntheit in Schottland, doch sie hatte diesen Namen noch nie gehört, zumindest nicht bewusst. McNally bemerkte Rachels Zögern und ergänzte: »Leigha Harrow ist … war Moderatorin bei BBC Alba, dem schottisch-gälischen Fernsehprogramm.«

»Aha«, entfuhr es Rachel, die sich plötzlich bewusst wurde, dass Schottland nicht England war und die Welt der keltischen Ahnen hier ganz greifbar – und für Rachel fremd – war.

»Leigha stand für einen nationalpatriotischen Kurs und vertrat ihre Ansichten offensiv. Ihre Late-Night-Talks sind berüchtigt«, fügte McNally hinzu.

»Könnte das hier eine politisch motivierte Tat sein?«

»Das ist gut möglich, Ma'am«, antwortete Miller, der inzwischen seine Fassung wiedergewonnen hatte. »Sie hat ziemlich polarisiert, so nach dem Motto »Scotland first«, und die richtigen Schotten, also die gälisch-sprechenden, standen dabei an allererster Stelle.«

Rachel wunderte sich, denn mit ihren Augen nahm sie die BBC vornehmlich als politisch überkorrektes Medium wahr, das darauf bedacht war, religiösen und nationalen Minderheiten eher überproportionalen Raum zu geben. Sie würde sich jedenfalls noch heute Abend mit der Person Leigha Harrow beschäftigen müssen.

»Gibt es eine gesellschaftliche oder religiöse Gruppe, die sich von Mrs Harrow bedrängt sah?«, fragte Rachel, doch bevor einer der beiden Männer antworten konnte, fügte sie an: »War sie verheiratet oder sonst irgendwie liiert?« Das war eigentlich immer die wichtigste, die erste Frage, die nach einer Bluttat gestellt werden musste, denn erfahrungsgemäß waren fast alle dieser Verbrechen Beziehungstaten.

»Arran Prendergast ist ihr Partner.«

»Können Sie mir bitte sagen, wer Arran Prendergast ist? Ich bin erst seit ein paar Tagen hier in Schottland und mit den Personen des öffentlichen Lebens nicht ganz vertraut.«

Miller grinste, doch als er Rachels Blick bemerkte, gefror ihm das Grinsen und er biss sich auf die Lippen. »Er ist Abgeordneter im schottischen Parlament, für die Regierungspartei.«

»Hm. Und hat er dabei eine besondere Funktion?«

»Hinterbänkler«, brummte Miller.

»Nicht so ganz, Prendergast steht an der Spitze der Unabhängigkeitsbewegung, allerdings nicht auf Seiten der Europäer, sondern der echten Separatisten«, ergänzte McNally.

»Scotland first«, stellte Rachel fest.

»So ungefähr. Er unterstützt den Brexit, aber auch die schottische Unabhängigkeit. Ich kann aber nicht beurteilen, ob er einfach ein schräger Vogel oder ein gefährlicher Demagoge ist.«

»Ist er schon über den Tod seiner Partnerin informiert?«

»Nein, Ma'am. Noch nicht. Sie waren ja nicht verheiratet, also dachte ich, das hat Zeit.«

»Gut gemacht, Miller«, lobte Rachel den Inspector. »Wissen wir schon, wo dieser Prendergast gerade steckt?«

»Es ist gerade Sitzungswoche, der müsste im Parlament sein. Soll ich ihn mir vornehmen?«

»Das übernehme ich, Miller.« Rachel steckte ihre Hand in die Manteltasche und zog eine Dose mit Pfefferminzbonbons hervor. Nachdem sie sich ein Bonbon in den Mund gesteckt hatte, wandte sie sich wieder an den Inspector. »Was wissen wir noch über das Opfer? Familie, Umfeld und so weiter …«

Miller schien überrascht zu sein. »Wir sind noch ganz am Anfang mit unseren Ermittlungen. Dazu kann ich Ihnen nichts sagen.«

Wieder schaltete sich McNally ins Gespräch ein. »Die Harrow stammte von den Hebriden. Lewis und Harris, Leòdhas agus na Hearadh auf Gälisch.«

»Sprechen Sie Gälisch, Sean?«

»Ja, Ma'am. Ich bin aus Lochmaddy. Das ist der Hauptort von North Uist, auch eine Insel der *Äußeren* Hebriden.«

Rachel kannte die Hebriden, denn als Naturliebhaberin war sie dort schon einige Male zur Vogelbeobachtung. Doch wollte sie nicht als neunmalkluge Alleswisserin erscheinen und ließ sich daher von ihren Mitarbeitern deren Heimat erklären.

»Dann sind Sie als Native-Speaker unter Umständen ein wichtiger Schlüssel zur Aufklärung dieses Verbrechens. Machen Sie sich mal daran, das familiäre Umfeld des Opfers unter die Lupe zu nehmen. Und Sie«, sagte sie in Millers Richtung, »kümmern sich um die Mordwaffe. Ich will wissen, wie und womit die Frau ins Jenseits befördert wurde.

Was ist mit den Zeugen?«

»Die sind komplett durch den Wind,« meinte Miller.

»Das kann ich mir vorstellen. Sie kommen als Täter nicht infrage?«

Wieder war Miller verwirrt. »Nun, nein, also …«

»DI Miller, bei einem Mordfall ist jeder so lange verdächtig, bis er ein bombensicheres Alibi hat. Könnten die beiden etwas mit dem Tod der Frau zu tun haben?«

»Das kann ich Ihnen beim besten Willen nicht sagen, Ma'am. Die Aussage der beiden wird gerade da vorne in dem schwarzen Mercedes-Bus aufgenommen.«

»Dann mache ich mich auf den Weg dorthin. Miller,« sagte sie scharf und blickte ihm in die Augen, »morgen früh um acht Uhr habe ich den Bericht auf meinem Schreibtisch.«

»Ja, Ma'am«, kam brav als Antwort und Rachel sah die vielen Fragezeichen, die sichtbar in Millers Gesicht gezeichnet waren. Ganz offenbar wusste er überhaupt nicht, wie er sie einschätzen sollte.

Rachel machte sich auf den Weg zu dem schwarzen Kastenwagen, in dem die Aussagen von James Ramsay und Siobhan Jordon protokolliert wurden. Sie vermutete, dass das Pärchen lediglich zufällig am Tatort vorbeigekommen war, doch Rachel wusste nur zu gut, dass sehr viele Täter ihre Taten bei der Polizei meldeten. Hauptursache hierfür war, dass sie ihre Verbrechen erst dann genießen konnten, wenn diese öffentlich wurden. Das war auch der Grund dafür, dass viele Täter immer wieder an den Tatort zurückkehrten. Sie genossen es, mehr zu wissen als die Polizei. Das verschaffte ihnen ein Gefühl von Macht und Größe. Und aus diesem Grund war es immer besonders wichtig, die Zeugen, die einen Mord bei der Polizei meldeten, genauer unter die Lupe zu nehmen.

Doch was Rachel in dem Mercedes-Bus sah, deutete nicht auf eine Täterschaft der beiden hin. Zwei verängstigte junge Menschen, gerade dem Teenageralter entwachsen, doch die Umstände ließen sie noch jünger, noch verletzlicher, geradezu zerbrechlich erscheinen. Während der junge Mann mit versteinerter Miene und einem verängstigten Blick, als hätte er gerade in den Abgrund der Hölle geschaut – was genau genommen tatsächlich der Fall war – einem Polizisten, vermutlich zum wiederholten Male, Auskunft über den Umstand des Leichenfundes machte, saß seine Freundin neben ihm und wirkte auf Rachel wie ein verwelkter Blumenstrauß, als sei das Leben komplett aus ihr entwichen.

Verdammt noch mal, dachte Rachel, kann sich denn hier niemand vernünftig um das Mädchen kümmern? Es reicht in einem solchen Fall nicht aus, dass lediglich eine übermüdete und alleinerziehende Polizistin sich kurz einer solchen Zeugin annimmt und sie dann wieder in die Seelenmühle der Beweisaufnahme zurückgeworfen wird. Und diese Verhörspezialisten in dem schwarzen Bus machten auf Rachel nicht den Eindruck, dass sie über die Mittel verfügten, einem Verdächtigen oder einem Zeugen brauchbare Aussagen zu entlocken. Der vierschrötige Beamte auf der anderen Seite des Tisches konnte allenfalls durch seine physische Präsenz und die unterschwellige Androhung von Gewaltanwendung Licht ins Dunkle bringen. Rachel war schon nach wenigen Minuten enttäuscht, geradezu erschüttert von den brachialen Methoden des schottischen Kollegen, der nun genaugenommen ihr Mitarbeiter war.

Nach ein paar weiteren Minuten wandte sie sich an Siobhan Jordon und bat diese, den Bus zu verlassen. »Ich bin Detective Supt. Ward, Sie können Rachel zu mir sagen. Ich schlage vor, wir gehen mal ein paar Schritte.«

Die junge Frau sah Rachel dankbar an und hauchte: »Ja, gerne.«

Und so gingen die beiden Frauen, die eine groß mit dunklen Haaren, die andere klein und blond, in Richtung Royal Mile, den Ort des schrecklichen Geschehens hinter sich lassend, zunächst schweigend, als könne die Erinnerung an die vorgefallenen Dinge dadurch abgeschüttelt werden. Rachel wollte damit erreichen, dass Siobhan tatsächlich etwas Abstand gewönne, jedoch ohne das Verbrechen zu verdrängen, sondern mehr, dass sie einen objektiven Blick fände und dadurch vielleicht einen entscheidenden Hinweis geben könnte. Rachel war sich zwar nicht sicher, ob dieses Vorhaben von Erfolg gekrönt sein würde, in jedem Fall war es jedoch wichtig, die junge Frau aus diesem Albtraum herauszureißen. Dass Siobhan am Mord beteiligt war, glaubte Rachel nicht, auch wenn sie wusste, bei einem Verbrechen durfte von vornherein keine Möglichkeit ausgeschlossen werden.

»Siobhan«, begann Rachel, als sie gerade in die High Street einbogen, »gibt es einen besonderen Grund, dass Sie heute den Friedhof besucht haben?«

»Nein, wir haben uns bei Greyfriars Bobby verabredet und sind danach in den Pub gegangen.«

»Und wieso Greyfriars Bobby?«

»Keine Ahnung. Ist ein guter Treffpunkt.«

Rachel nickte. »Sie kennen Ihren Freund noch nicht so lange?«

Siobhan errötete. »Eigentlich ist er noch gar nicht mein Freund. Wir haben uns erst vor ein paar Tagen kennengelernt. Wir waren uns sympathisch und wollten uns treffen. Bobbys Denkmal erschien uns irgendwie passend. Und dann gingen wir in den Pub, haben uns unterhalten. Da wir beide kunsthistorisch interessiert sind, machten wir uns anschließend auf den Weg in den Friedhof, denn dort gibt es einige Gräber von Schriftstellern.«

Vor dem Westportal der St. Giles Cathedral blieben sie stehen. Für Rachel war nun schon einiges viel klarer als vorher. Ein frisch verliebtes Paar vereinbarte ein Date, dessen Ziel es sicherlich nicht war, jemanden umzubringen. Allenfalls könnte Sex auf dem Friedhof einen besonderen Reiz dargestellt haben. Sie glaubte immer weniger, dass Siobhan etwas mit dem Mord zu tun hatte.

»Wer schlug denn den Treffpunkt vor?«

»Das war ich. Dieses Denkmal liebe ich schon seit ich ein Kind bin.«

Dies bedeutete natürlich auch, dass James Ramsay vermutlich nichts mit dem Tod zu tun hatte. Das wäre ein riesiger Zufall, dass er sich genau an dem Ort mit seiner Angebeteten trifft, wo er kurz zuvor eine andere Frau umgebracht hatte.

Hinter der Kathedrale befand sich das »Burgers and Beer Grillhouse«. Dieses steuerte Rachel an, denn sie wusste, bei einem Glas Bier redete es sich leichter.

»Darf ich Ihnen ein Pint mitbringen, oder lieber eine Cola?«, fragte sie Siobhan, als sie einen kleinen Tisch in einer Nische gefunden hatten.

»Lieber ein Bier. Das ist dann zwar schon mein drittes Pint heute, aber ich glaube, darauf kommt es jetzt auch nicht mehr an.«

Nach den ersten Schlucken und einigen belanglosen Sätzen setzte Rachel ihre Befragung fort. »Haben Sie das Opfer erkannt, Siobhan?«

»Nein. Ich sah nur, dass da ein Mensch lag. Das wirkte irgendwie unwirklich und dann sind wir sofort zum Ausgang gelaufen. Dort haben wir die Polizei verständigt.«

Rachel nickte. »Ist Ihnen am Tatort etwas aufgefallen, bevor Sie die Frau gefunden haben?«

»Nein, nur dass das Grabmal ziemlich baufällig ist. Deshalb war es wohl auch abgeschlossen. Also normalerweise ist es abgeschlossen, heute war das Schloss jedoch offen.«

»Und dann sind sie hineingegangen?«

»Genau. Wie schon gesagt, wir sind beide kunsthistorisch interessiert und da wollten wir uns die Gelegenheit nicht entgehen lassen, das Grabmal genauer unter die Lupe zu nehmen.«

»Wer hat die Leiche entdeckt? Sie oder James?«

»Das war ich. Aber ich kann mich gar nicht mehr richtig erinnern. James schaute das baufällige Mauerwerk an und ich ging zur Außenmauer. Da war eine Brombeerhecke und dahinter lag die Frau. Ich bin mir gar nicht mehr sicher, ob ich das überhaupt gesehen habe. Das ging alles so schnell.«

Siobhan nippte an ihrem Bier. »Wer ist die Tote denn? Weiß man das schon?«

Rachel merkte auf, antwortete aber nicht.

»Es tut mir leid, dass meine Neugierde mit mir wohl durchgeht. Aber ich denke daran, dass die arme Frau doch wohl auch Familie und Freunde hatte.«

Die Polizistin überlegte noch, ob es jetzt sinnvoll wäre, den Namen des Opfers zu nennen. Morgen stünde er sowieso in der Zeitung. Außerdem konnte sie kein Hindernis erkennen, das einer klaren Antwort im Wege stand. Rachel spürte, dass Siobhan ein ehrliches Mädchen war, das ihrerseits sofort erkennen würde, ob Rachel die Wahrheit sagte oder sich eine Ausrede zurechtlegte.

»Leigha Harrow, die Fernsehmoderatorin«, antwortete Rachel schließlich.

»Ach du großer Gott. Die wohnt doch bei mir um die Ecke. Ist das wahr?«

Ach du großer Gott, das dachte Rachel jetzt auch. In welcher Beziehung stand Siobhan zu dem Opfer?

»Kannten Sie Leigha?«

»Kennen wäre zu viel gesagt. Leigha wohnt in einem der vornehmen Häuser im Cobden Crescent, ich selbst in einer Wohnung in der McLaren Road, gerade um die Ecke. Da Leigha nun mal keine Unbekannte ist, weiß man eben, dass sie dort wohnt. Und da sie über keinerlei Starallüren verfügte, redete sie mit den Nachbarn, wie man es unter Nachbarn tut. Wobei, die Leute aus Cobden Crescent reden eigentlich kaum mit den Normalbürgern aus der McLaren Road. Doch Leigha war anders. Ihr merkte man an, dass sie vom Land stammte, dort wo die Nachbarn miteinander reden.«

»Kennen Sie Arran Prendergast, den Partner von Leigha?«

Siobhan verdrehte die Augen. »Der Typ ist ein durchgeknallter Snob. Der passte überhaupt nicht zu Leigha. Und ich weiß auch nicht, ob die wirklich etwas miteinander hatten. Diese Story stammt aus den Boulevard-Blättern. Da gab es einmal eine Sendung, in der die beiden heftig geflirtet haben. Gesehen habe ich den Typen nie bei uns im Viertel. Aber das hat natürlich nichts zu bedeuten. Doch unter einer regulären Beziehung würde ich mir etwas anderes vorstellen.«

Dann sah Siobhan ihr Bierglas an, nahm es, leerte es auf einen Zug und meinte dann: »Ich glaube, jetzt brauche ich etwas Stärkeres. Ich kann nur hoffen, dass das alles nur ein Traum ist.«

Kapitel 4

Dass die bekannte Fernsehmoderatorin Leigha Harrow umgebracht worden war, sprach sich herum wie ein Lauffeuer, und bereits am nächsten Tag gab es in Radio, Fernsehen, in sozialen Medien, in den Familien und am Arbeitsplatz nur ein Thema. Und auch das politische Schottland befand sich in heller Aufregung – nur ein paar Wochen nach der Unterhauswahl gab es Vermutungen, dass die Tat diesbezüglich motiviert war. Schließlich war die Fernsehmoderatorin eine vehemente Verfechterin eines unabhängigen Schottlands und nicht gerade bekannt für eine besondere Nähe zur Premierministerin. Die Spitze der schottischen Polizei war gleichermaßen in hektischen Aktionismus verfallen, nachdem die Staatssekretärin für parlamentarische Angelegenheiten, Joanna Adamson, am frühen Morgen persönlich beim Chief Constable vorstellig geworden war. Dieser wiederum erteilte Hamilton den dringenden Auftrag, den Mordfall Leigha Harrow so schnell und so diskret wie möglich aufzuklären.

Bob Hamilton war richtiggehend glücklich. Nicht wegen des Mordes an der jungen Frau – er hasste es, wenn Menschen umgebracht wurden; dies war seine größte Motivation Polizist zu werden – sondern wegen des dienstlichen Befehls. »Unternehmen Sie alles, was in Ihrer Macht steht, den Mörder zu finden«, hatte der Chief nachdrücklich gesagt, eine Aufforderung, der Hamilton nur zu gerne nachkam.

Und so hatte er sich bereits am frühen Vormittag auf die, bislang freilich sehr überschaubaren Ermittlungsergebnisse gestürzt. Was ihn dabei am meisten beschäftigte, war der Umstand, dass die Staatssekretärin aufgetaucht war. Was hatte sie für einen Grund, sich in die polizeilichen Ermittlungen einzumischen? Bob Hamilton fragte sich nach der politischen Brisanz des Mordes. Bislang sah er nämlich keine. Leigha Harrow war nicht die erste Fernsehmoderatorin, die ermordet wurde und der Umstand, dass sie möglicherweise mit einem Hinterbänkler liiert war, erschien ihm für eine ausgewachsene Staatsaffäre doch etwas zu weit hergeholt.

Bislang hatte er noch keine Gelegenheit mit Rachel zu sprechen, sie hatte ihm lediglich einen Bericht hinterlassen, der kaum Aufschlüsse zuließ. Er wusste, sie war an diesem Morgen erneut nach Edinburgh gefahren, wo die Spurensicherung sich die Wohnung des Opfers vornehmen wollte.

Von Arran Prendergast fehlte noch immer jede Spur, nach Auskunft seines Abgeordnetenbüros befand er sich gerade auf einer Dienstreise in Katalonien, wo er sich mit den dortigen Separatisten austauschen wollte. Bis jetzt konnte er aber noch nicht erreicht werden. Das wirkte auf Hamilton ebenfalls ziemlich merkwürdig, nicht die Tatsache, dass er nach Spanien reiste, um sich mit Gleichgesinnten auszutauschen, sondern der Umstand, dass er nicht zu erreichen war. Das Büro wusste weder in welchem Hotel er untergekommen war, noch mit welchen Personen er sich treffen wollte. Da stimmte doch etwas nicht. War es nicht Aufgabe eines Abgeordnetenbüros, solche Reisen zu organisieren? Auf der anderen Seite lag Prendergasts Wahlkreis Na h-Eileanan an Iar, ehemals Western Islands, am Rande der Zivilisation und das Büro befand sich in Castlebay, dem Hauptort der Hebrideninsel Barra. Hamilton bezweifelte, dass es dort eine vernünftige Internetverbindung gab und war sich ziemlich sicher, dass der Mond zuverlässiger zu erreichen war als dieses kleine Eiland. Daher konnte es durchaus möglich sein, dass Prendergast seine Katalonienreise von Edinburgh aus selbst organisiert hatte. Dennoch müsste er über sein Handy erreichbar sein. Es sei denn, er wollte, aus welchem Grund auch immer, nicht erreichbar sein. Und somit rückte er weiter in den Fokus der Ermittlungen. Auf der anderen Seite stand noch nicht einmal zweifelsfrei fest, ob er tatsächlich mit der Harrow liiert war oder diese Story lediglich von den Medien kolportiert wurde. Insofern war es fraglich, ob Arran Prendergast irgendeine Priorität eingeräumt werden musste.

Hamilton wusste, dass Rachel das Richtige tat. Sie hatte ihr Ermittlungsteam ausschwärmen lassen, um Spuren zusammenzutragen. Unterstützt wurden sie dabei von den Kollegen aus Edinburgh. Das war zunächst einmal sehr viel Fleißarbeit. Dabei würde er nur stören und außerdem lief er Gefahr, Rachels Autorität zu untergraben, wenn er bei den Ermittlungen auftauchte. Er, ACC Robert Hamilton, würde einmal mehr den unkonventionellen Weg beschreiten, das Feld von hinten aufrollen und dort ansetzen, wo es niemand vermutete: Joanna Adamson!

Wenn eine Staatssekretärin derart beim Polizeichef vorstellig wird, stellt sich die Frage: Warum? Diskretion war für Hamilton ein Synonym für Vertuschung. Was wollte Joanna Adamson vertuschen?

Hamilton durchsuchte zunächst einmal die Homepage des Parlaments. Hier war zu lesen, dass Frau Staatssekretärin 35 Jahre alt war und den Wahlkreis Stirling repräsentierte – dort hatte die SNP gerade ihren Unterhaussitz an die Tories verloren. Diese Wahlen verliefen für die schottischen Nationalisten alles andere als gut. Zwar gewannen sie die Mehrheit der Sitze, doch von ihrem Traumergebnis von vor zwei Jahren, als die SNP bis auf drei Sitze alle in Schottland gewonnen hatte, blieb nicht mehr viel übrig. Im Gegenteil, die Erste Ministerin hatte auf ein unabhängiges Schottland gezählt und ein weiteres Referendum zur Diskussion gestellt, doch die Wahl der zahlreichen Tories, vor allem im Osten des Landes, machte überdeutlich, dass die Schotten mehrheitlich im Vereinigten Königreich bleiben wollten.

Leider gab die Homepage nicht viel mehr her, als ein paar Bilder einer aufdringlich lächelnden, blonden jungen Frau, wahlweise mit Kindern, alten Menschen oder Tieren. Doch echte Informationen fand Hamilton keine. Mehr Erfolg hatte er bei Wikipedia. Hier erfuhr er, dass Adamson seit drei Jahren geschieden und vorher fünf Jahre lang mit Paul Parker, einem Investment-Banker aus London, verheiratet gewesen war. Offenbar blieb das Paar kinderlos. Ferner konnte er lesen, dass die Politikerin sich für den Schutz der Umwelt, insbesondere die Verminderung des CO_2-Ausstoßes einsetzte – ob echtes Interesse, oder lediglich das Interesse gewählt zu werden, dahintersteckte, ließ sich nicht feststellen. Eine Boulevardzeitung meldete, dass die Politikerin ein Alkoholproblem habe, eine andere sagte ihr ein Verhältnis zu einer Mitarbeiterin nach, beides wenig glaubwürdig und letztere Aussage im 21. Jahrhundert auch kein Grund zur Diskussion mehr. Doch aus anderer Warte betrachtet, könnte dies für den Fall von Interesse sein. Vielleicht hatte nicht dieser Prendergast, sondern Joanna Adamson ein Verhältnis mit Leigha Harrow. Doch dann wäre die Ermahnung, diskret zu ermitteln, besonders einfältig. Dennoch durchaus im Bereich des Möglichen. Bob Hamilton hatte in seiner langen Karriere bei der Polizei die Erfahrung gemacht, dass so mancher Politiker dermaßen von sich überzeugt war, dass er glaubte, gegenüber der Polizei weisungsbefugt zu sein – und überhaupt über allen Gesetzen zu stehen. Dass Adamson mit ihren 35 Jahren schon derart borniert sein sollte, mochte Hamilton jedoch nicht glauben.

Hamilton beschloss, der Dame auf den Zahn zu fühlen und seine neue Position als Chef der schottischen Kriminalpolizei gab ihm auch das Mandat, dies zu tun. Er bat seine persönliche Assistentin, Susan Moffat, ehedem als Sekretärin bezeichnet, einen Termin mit der Staatssekretärin zu vereinbaren und war bass erstaunt, dass die Dame ihn bereits um 11 Uhr in ihrem Büro in der Nähe des Parlamentsgebäudes sehen wollte. Das konnte nur bedeuten, dass Joanna Adamson wirklich allen Grund hatte, die Ermittlungen zu beeinflussen – auf die eine oder andere Weise. Bob Hamilton war ziemlich gespannt, was ihn in der Hauptstadt erwarten würde.

Und so machte er sich in seiner schicken, neuen Uniform auf den Weg nach Edinburgh. Es war für ihn, nach fast dreißig Jahren in Zivil, sehr ungewohnt, in Uniform seinen Dienst zu versehen. Und die Tatsache, dass er anhand seiner Schulterklappen sofort als »hohes Vieh« zu identifizieren war, anstatt wie früher unerkannt zu bleiben, irritierte ihn mehr, als er zunächst geglaubt hatte.

Kapitel 5

Rachel war schon am frühen Morgen fleißig gewesen und hatte bereits um sechs Uhr die Sonderkommision zusammengetrommelt. Rund 30 Polizeibeamte waren im großen Besprechungsraum von Tulliallan Castle versammelt, einem schmuck- und fensterlosen, fast quadratischen Saal mit ahornvertäfelten Wänden, grauem Linoleumboden, grünen und beigen Holzstühlen mit Edelstahlbeinen und einer großen Leinwand, die von der weißen Decke herabgelassen werden konnte. Bob Hamilton hatte darauf verzichtet, teilzunehmen, denn er wollte beim ersten großen Auftritt von Rachel vermeiden, ihre Autorität zu untergraben, was bei seiner Anwesenheit, wenn auch unbeabsichtigt, sicherlich der Fall gewesen wäre. Rachel war der Chef im Ring und als solcher sollte sie auch wahrgenommen werden.

Neben den örtlichen Detectives waren die Kollegen von der E-Division aus Edinburgh sowie Kimberley Kirshtein, die Rechtsmedizinerin, vor Ort. In Schottland gab es, im Gegensatz zum Rest des Vereinigten Königreiches, keinen Coroner, der feststellt, ob ein natürlicher Todesfall oder ein Verbrechen vorlag, doch das war im Fall Leigha Harrow keine Frage, sondern offensichtlich. Und so war es nicht ein Coroner, sondern die Rechtsmedizinerin, die über die Umstände des Todes, soweit sie bekannt waren, Auskunft erteilte. Kimberley war bemüht, sich kurz zu fassen und nur die wesentlichen Fakten zu erläutern, die Details konnte, wer wollte, noch später in ihrem ausführlichen Bericht nachlesen. Zahlreiche Bilder vom Tatort und dem Opfer, von der Rechtsmedizinerin knapp kommentiert, waren via Beamer auf der Leinwand zu sehen.

»Unser Täter muss ein Linkshänder sein«, stellte Kimberley in gedehnten Worten am Ende ihres Vortrags fest. »Das Opfer erlitt eine schwere und letztlich tödliche Kopfverletzung im Bereich der rechten Schädeldecke, etwa fünf Zentimeter oberhalb des Haaransatzes. Das Tatwerkzeug könnte ein Zimmermannshammer gewesen sein. Dabei ist der verlängerte Klauenzahn von schräg vorne durch den Knochen bis ins Hirn vorgedrungen, der kurze Klauenzahn hinterließ eine Verletzung im Schädel. Der Täter muss bei der Tat vor Miss Harrow gestanden haben und dürfte vermutlich etwas größer als sein Opfer sein. Ich würde sagen, wir suchen einen linkshändigen Mann von etwa eins achtzig Größe.«

Sie setzte sich wieder auf ihren grünen Stuhl und Rachel erhob sich von ihrem grauen. »Vielen Dank, Kim. Das schränkt die Tätersuche doch schon mal erheblich ein. Wir suchen einen Linkshänder. Ob Mann oder Frau können wir, denke ich, noch nicht sagen, und auch die Größe ist eher Spekulation. Wenn der Täter leicht erhöht gestanden hat, oder das Opfer beispielsweise vor ihm oder ihr gekniet hat, käme auch ein weit kleinerer Mensch infrage.« Rachel rieb sich mit Zeigefinger und Daumen die Nase, eine Gewohnheit, die sie sich unbedingt abgewöhnen musste. »Die wichtigste Frage ist doch, warum Leigha umgebracht wurde. Wer hatte ein Motiv? Hier haben wir noch überhaupt keinen Ansatzpunkt. War es eine Beziehungstat oder ein persönlicher Racheakt? Oder gar ein politisch motivierter Mord?«

Rachel ließ ihre Augen langsam durch den Saal wandern. Dabei musterte sie ihre Kollegen der Reihe nach, als würde sie sie zu einer geheimen Aktion einschwören. Tatsächlich hatte sie die Erfahrung gemacht, dass sie ihre Mitarbeiter dadurch viel eher erreichen konnte, als durch bloßes Reden. Allerdings funktionierte dies nur in kleinem Kreis und die Gruppe im Besprechungssaal war fast schon zu groß.

»Wir müssen uns alle Optionen offenhalten. Jede Spur wird so lange verfolgt, bis sie sich definitiv als falsch erwiesen hat. Ich will sofort informiert werden, wenn es brauchbare Ergebnisse gibt und wenn Sie im Dunkeln tappen, dann melden Sie dies auch. Machen wir uns an die Arbeit.«

Schon am frühen Morgen, noch vor der Sitzung, hatte sie Arbeitsgruppen gebildet, die jeweils verschiedene Spuren verfolgen sollten. Inspector Miller und sein Team von der E-Division sollten sich um das berufliche Umfeld von Leigha Harrow kümmern, Sean McNally und seine Kollegen mussten Arran Prendergast unter die Lupe nehmen und ihn dafür zunächst einmal ausfindig machen und Ray Williams wurde von Rachel auf Leighas persönliches Umfeld angesetzt.

Es war kurz nach 9 Uhr, als Ray Williams und Rachel, die ihn dabei begleitete, im Cobden Crescent ankamen. Die Wolken hingen grauschwarz über Edinburgh, nur ganz im Osten, über dem Meer waren blaue Himmelsfetzen zu erkennen. Der Wind schlug den beiden entgegen, als sie aus ihrem Wagen, einem nachtblauen Mercedes, ausstiegen. Leighas Haus war leicht ausfindig zu machen, denn davor stand ein Polizeiauto und zwei Beamte lehnten lässig an der Gartenmauer, die das Grundstück umgab. Als die Polizisten Ray erkannten, nahmen sie blitzschnell eine angemessene Position ein, wohl in der Hoffnung, keinen Rüffel zu erhalten. Ray begrüßte sie, Rachel jedoch konnte sich eine Ermahnung nicht verkneifen.

»Zu Hause, meine Herren, können Sie tun, was Ihnen beliebt. In Uniform jedoch, verhalten Sie sich bitte angemessen. Was glauben Sie, wie es in der Öffentlichkeit aufgenommen wird, wenn zwei Polizisten an eine Wand gelehnt in der Zeitung abgedruckt werden. Schlagzeile: »So klärt die schottische Polizei den Mord an Leigha Harrow auf!« Hier wimmelt es doch nur von Journalisten.«

»Entschuldigung Ma'am. Wir stehen hier schon seit gestern Abend.«

Rachel erwiderte nichts und Ray fragte, ob jemand im Haus sei.

»Nein Sir, bislang war noch niemand drinnen. Eigentlich sollte jemand von der Spurensicherung vorbeikommen, ist aber niemand erschienen, sind überlastet. Bis gegen Mittag will ein Team da sein«, sagte der Jüngere der beiden.

»Das Haus ist also noch verschlossen?«

»Ja, Sir.«

Ray sah Rachel fragend an.

»Ich weiß nicht, ob das sinnvoll ist, wenn wir jetzt da reinlatschen bevor die Spurensicherung da ist. Das können wir auch noch später nachholen. Widmen wir uns lieber der Nachbarschaft«, antwortete diese sichtlich gut gelaunt.

»Gute Idee. Hast du auch schon eine Ahnung, wo du anfangen willst? Im Haus gegenüber?« Ray sah sich das herrschaftlich wirkendende Anwesen auf der anderen Straßenseite an und wirkte unentschlossen. »Ich hoffe nur, dass die Spurensicherung endlich auftaucht.«

»Keine Bange. Ein Schritt nach dem anderen. Ja, das sieht doch sehr vielversprechend aus. Wenn wir Glück haben, finden wir eine frustrierte Ehegattin eines wohlhabenden Snobs, die Gin trinkend den ganzen Tag am Fenster hängt.«

»Voreingenommen bist du nicht?«, fragte Ray augenzwinkernd.

»Nein. Aber ich habe gute Augen. Und als wir gekommen sind, habe ich eine Gestalt hinter dem Fenster im Obergeschoss des Hauses gesehen. Da ist es nicht abwegig, eine neugierige Person dort vorzufinden. Es ist jedenfalls jemand im Haus und dieser Person werden wir nun ein paar Fragen stellen.«

Es war eines dieser vornehmen viktorianischen Häuser, die man von allerlei kitschigen Romanen kennt; gepflegte Hofeinfahrt, gepflastert, rosenumsäumter Vorgarten, der Rasen kurz geschnitten und saftig dunkelgrün, mit seitlich angebauter Doppelgarage in rostrotem Sandstein, schwerer Holzeingangstür, über vier breite Treppenstufen erreichbar, anstatt einer Klingel einem schweren Messingklopfer, der gegen das Holz geschlagen wurde. Ein Messingschild am Türrahmen offenbarte den Namen der Bewohner der Haushälfte: Norman & Lori Spencer. Ray sah Rachel vielsagend an und diese nickte. Der Lärm, den der Klopfer verursachte, war bestenfalls nervtötend, erzielte jedoch optimale Wirkung, wenn auch Rachel vermutete, dass die Frau, die die Tür öffnete, schon auf sie gewartet hatte. Lori Spencer war etwa 40 Jahre alt, mittelgroß mit langen blonden Haaren und blauen Augen – wie man sich gemeinhin eine gelangweilte Ehefrau eines reichen Schnösels vorstellte. Ihr Lippenstift war einen Tick zu rot, ihr Lidschatten ein Hauch zu dunkel und ihr Parfüm atemraubend. Und das Lächeln, das über ihr Gesicht huschte, verriet, dass sie sich über eine Abwechslung in einem mutmaßlich ereignisarmen Alltag freute.

»Ich bin DI Williams, meine Kollegin Detective Ward« – Rachel hatte vorgeschlagen eher als Unterstützung, denn als Kavallerie in Erscheinung zu treten – »wir ermitteln im Mordfall Ihrer Nachbarin.«

»Die arme Leigha, kommen Sie doch bitte herein und folgen Sie mir.«

Das Haus roch förmlich nach Geld; hell, viel Glas und Edelstahl aber wenig Geschmack. Der große Salon, in den Lori Spencer die beiden führte, strahlte so viel Kälte aus, da hätte selbst das Feuer der Hölle nicht ausgereicht, Wärme in den Raum zu bringen, dachte Rachel. Bodenfliesen aus Marmor, kalkweiße, schmucklose Wände sowie ein gläserner Tisch mit Edelstahlbeinen, dazu die passenden Stühle mit ebensolchen Beinen und einer Sitzfläche und Rückenlehne aus Glas.

»Nehmen Sie doch bitte Platz«, sagte die Hausherrin. »Darf ich Ihnen etwas zu trinken anbieten? Vielleicht einen Gin?«

»Danke, wir sind im Dienst«, antwortete Ray, »aber wenn Sie einen Tee oder Kaffee hätten …«

»Das ist kein Problem. Ich bin gleich zurück«, hauchte Lori und verschwand hinter einer weißen, vorher nicht sichtbaren Tür.

»Was denkst du?«, fragte Rachel.

»Gin ist ihre einzige Abwechslung im tristen Leben. Du könntest recht haben, sie weiß bestimmt einiges über Leigha zu berichten.«

»Hoffen wir, dass die Geschichten nah an der Realität bleiben«, gab Rachel trocken zurück und checkte ihr Handy, das unmittelbar vorher in ihrer Jackentasche vibriert hatte.

»Und?«

»Bob. Die Politik mischt auch mit. Das kann ja heiter werden.«

Ray grinste: »Du kommst nach Schottland und gleich bringt sich die High Society gegenseitig um.«

»Mal sehen. Vielleicht war es auch nur ein Penner, der ein paar Münzen für die nächste Flasche Schnaps brauchte.«

»Gegen einen Raubmord spricht aber, dass Leigha ihre gut gefüllte Geldbörse noch in der Jeans stecken hatte.«

»Vielleicht wurde der Mörder ja gestört. Aber wir wollen nicht spekulieren, sondern Fakten zusammentragen.«

»Ja Ma'am.«

In diesem Moment kehrte Lori Spencer mit einem Tablett in Händen zurück: Zwei Tassen Tee, eine Zuckerdose, ein Kännchen Milch, ein paar Kekse und ein Glas mit einer klaren Flüssigkeit – Gin. Ob es der erste war, den sie heute zu sich nehmen würde, vermochte Rachel nicht zu beurteilen, zumindest machte sie keinen betrunkenen Eindruck.

»Sie müssen entschuldigen, ich trinke normalerweise nicht am Tage, aber mir ist einfach danach, nach all dem, was mit Leigha geschehen ist.«

»Was ist denn geschehen?«, fragte Ray mit übertrieben naivem Tonfall.

»Das arme Mädchen, erst läuft ihr Freund davon, dann macht sich dieser aufgeblasene Prendergast an sie heran, ihre Mutter stirbt und zum Schluss verliert sie ihren Job bei der BBC.«

»Moment, der Reihe nach«, bat Ray etwas verwirrt. »Prendergast war nicht ihr Partner und ihr wurde gekündigt? Sie hat doch letzte Woche noch moderiert.«

Lori legte den Kopf nach hinten und durchstrich sich divenhaft ihre Haare. »Keine fristlose Kündigung, sondern eine reguläre. Offenbar passten dem Sender ihre politischen Ansichten nicht.«

»Und woher wissen Sie von ihrer Kündigung?«, wollte Rachel wissen.

»Sie hat es mir selbst gesagt. Vor einer Woche, gleich nach der Wahl. Da hat ihr der Intendant von BBC Alba mitgeteilt, dass sie leider nicht länger beim Sender bleiben kann.«

»Und wie hat Leigha darauf reagiert?«

»Sie hat sich betrunken. In Stresssituationen hatte sie immer an der Flasche gehangen. Sie glauben ja nicht, was diese Fernsehleute alles wegtrinken.«

»Keine Ahnung«, sagte Ray. »Und wie war das mit Prendergast?«

»Weiberheld. Der steigt jedem Rock nach. Wenn der eine Frau sieht, schaltet bei dem der Verstand aus – Sie verstehen?« Lori sah die beiden vielsagend an.

Ray nickte. »Und war er bei Leigha erfolgreich?«

»Das glaube ich nicht. Leigha konnte ihn nicht leiden.«

»Aber hatten sie nicht sehr offensichtlich bei dieser Fernsehsendung geflirtet?«

Lori verdrehte die Augen. »Prendergast flirtet. Wie ich bereits sagte, der geifert jedem Rock nach, was jedoch nicht unbedingt zum Erfolg beiträgt. Also wer will schon mit dem ins Bett, da muss die Not ja groß sein. Nein, ich glaube nicht, dass sich Leigha auf ihn eingelassen hat. Aber er war ganz scharf auf sie.«

Rachel nippte an ihrem Tee, fand, dass er ganz passabel schmeckte und fragte dann: »Und wie war die Sache mit ihrem Freund?«

»Von ihrem Freund wusste eigentlich niemand. Leigha war sehr darauf bedacht, dass ihr Privatleben nicht an die Öffentlichkeit gezerrt wurde. Einmal hatte sie einen Reporter vom Scotsman verklagt, weil er Bilder von ihr im Urlaub auf Teneriffa verbreitet hatte. Der Journalist erhielt eine saftige Strafe und danach wagte es niemand mehr, in Leighas Privatleben herumzuschnüffeln.«

Das hörte sich nach jeder Menge Verdächtiger an, dachte Rachel. Sie war gespannt, was Lori noch alles zu berichten hatte. »Wer war der Freund von Leigha? Und warum hat er Schluss gemacht?«

»Er hatte die Heimlichkeiten satt.«

»Kennen Sie den Namen des Ex-Freundes?«

»Er heißt Angus McIllroy. Ein Rinderfarmer aus Dundee.«

Rachel schielte zu Ray, der Mühe hatte, die Fassung zu wahren. Das konnte doch nicht wahr sein – ein Rinderfarmer aus Dundee, mehr Klischee ging wohl nicht.

»Sind Sie sicher?«, fragte Rachel nach.

Empört richtete sich Lori in ihrem Glasstuhl auf. »Natürlich bin ich sicher. Denken Sie, ich erzähle Ihnen Märchen? Was denken Sie denn von mir? Dass ich das kleine Dummchen vom reichen Spencer bin? Nichts im Hirn, nur einen großen Vorbau? Die Blondine mit der Schnapsflasche in der Hand?«

Rachel hob die Hände zur Beschwichtigung. »Es tut mir leid. Nein, so denke ich nicht über Sie.«

Lori musterte Rachel und diese war nicht überzeugt, ob sie ihre Entschuldigung akzeptierte.

»Mrs Spencer, kennen Sie die Adresse von Mr McIllroy?«

»Natürlich nicht. Ich weiß nur, dass er in der Nähe von Dundee wohnt, wo er auch seine Farm hat. Es sollte für Sie als Polizisten ja nicht allzu schwer sein, herauszufinden, wo er wohnt.«

Ray nickte ihr zu. »Danke, mit diesen Informationen werden wir ihn schon finden. Wann hat sich dieser McIllroy von Leigha getrennt?«

»Das muss so Anfang des Jahres gewesen sein. Januar oder Februar.« Sie legte den Kopf in den Nacken und sagte dann: »Es war Anfang Februar, als es so kalt war und geschneit hat. Es lag Schnee auf den Hügeln.«

»Und seit wann stellte Prendergast ihr nach?«

»Schon seit zwei Jahren, mindestens.«

»Und Prendergast war nicht der Grund für die Trennung?«

»Glaube ich nicht. Leigha sagte mir, dass Angus die Heimlichkeiten leid war. Er wollte die Beziehung öffentlich machen, aber Leigha lehnte dies ab.«

»Wann hatten Sie das letzte Mal mit Leigha gesprochen?«

»Das war vor drei Tagen, Sir. Nur kurz unten auf der Straße. Wir haben lediglich ein paar Worte gewechselt. Nichts von Bedeutung.

Wenn ich daran denke, wird mir ganz übel. Was hätte ich noch alles mit Leigha besprechen können? Wer bringt das arme Mädchen nur um?«

»Das versuchen wir herauszufinden«, stellte Rachel bestimmt fest.

Lori Spencer klammerte sich jetzt an ihr Gin-Glas, das bislang auf dem gläsernen Tisch gestanden hatte, und wirkte auf einmal so einsam und zerbrechlich, wie sie tatsächlich wohl war. »Leigha war ein guter Mensch. Ein bisschen verrückt vielleicht und bestimmt zu polarisierend für eine Fernsehmoderatorin, etwas mehr Zurückhaltung hätte ihr sicher gutgetan; aber sie war eine ehrliche Seele mit dem Herz am rechten Fleck, hilfsbereit und bodenständig, nicht so exaltiert und hochnäsig wie die meisten ihrer Kolleginnen und Kollegen.« Sie nippte an ihrem Glas, stellte dabei fest, dass es leer war, umklammerte es wieder und fuhr fort. »Ich kenne Leigha seit fast zehn Jahren, als sie gegenüber eingezogen ist. Damals war sie fast noch ein Mädchen von einer fernen Insel am Ende der Welt. Eine Gegend, wo die Menschen gälisch sprechen und die Zeit stehengeblieben scheint. Sie kam hierher, war freundlich und unbekümmert und schaffte es sehr schnell, sich von einer unbedeutenden Radiosprecherin, die Verkehrsmeldungen verlas, zu dem bekanntesten Gesicht im gälischen Fernsehen zu mausern.«

Rachel hoffte, dass Peter Miller und seine Leute von der E-Division herausfanden, warum ihr gekündigt wurde. Wer entlässt sein bestes Pferd im Stall? Oder hatte auch hier die Politik ihre Hände im Spiel? »Hat Leigha den Grund ihrer Entlassung genannt?«

»Sie passe nicht mehr in das Konzept, hatte man ihr mitgeteilt. BBC Alba will mehr aus den gälischen Regionen berichten. Das hat sich für mich alles nach einer billigen Ausrede angehört.«

»Was glauben Sie, war der Grund für ihre Entlassung?«

»Sie wurde nach der Wahl entlassen. Vor der Wahl hatte sie sich für die Unabhängigkeit Schottlands stark gemacht. Und was ist bei der Wahl passiert? Die SNP hat reihenweise Wahlkreise verloren und zwar an die Tories, deren einziges Wahlprogramm war, sich für das Vereinigte Königreich einzusetzen. Seit mehr als dreißig Jahren waren die Konservativen in Schottland nicht mehr so stark. Ich nehme an, Sie können sich denken, was das bedeutet.«

Rachel nickte. »Die SNP hat Angst, bei den nächsten Wahlen zum schottischen Parlament die Mehrheit und vor allem den Posten des Ersten Ministers an die Tories zu verlieren. Und eine gälische Fernsehmoderatorin, die massiv für ein unabhängiges Schottland wirbt, ist da kontraproduktiv. Viel lieber ist es den Fernsehmachern, dass schöne Bilder von wilden Landschaften in Hochland und auf den Inseln gezeigt werden. Nicht dass nach dem Osten auch noch die westlichen Wahlkreise abhandenkommen und die SNP zur Regionalpartei ich engsten Sinne mutiert und lediglich für die gälische Bevölkerung eine Rolle spielt.«

»So würde ich das auch sehen. Das Wahlergebnis hat Leigha den Job gekostet – vielleicht auch das Leben.«

»Haben Sie einen Verdacht?« Rachel sah Lori fragend an.

»Nein. Aber es könnte doch sein. Vielleicht hat sie sich gegen die Entlassung gewehrt, vielleicht hatte sie einen Trumpf in der Hinterhand, den sie gegen einen Verantwortlichen verwenden konnte – und schwupp hat man sie umgebracht.«

»Beweise haben Sie hierfür aber keine?«, wollte Ray wissen.

Lori schüttelte den Kopf. »Nein, aber wer sollte es denn gewesen sein? Angus bestimmt nicht, wieso sollte er und Arran traue ich eine solche Tat nicht zu, der ist ein Schürzenjäger und Schwachkopf, aber kein Mörder.«

»Und wie schätzen Sie seine politischen Ansichten ein?«

Lori lachte laut, fast schon hysterisch. »Er ist ein Wirrkopf, der von keinem für voll genommen wird. Hinterbänkler eben. In seinem Wahlkreis mag er ein Kämpfer für die gälische Sache, was das auch immer bedeuten mag, sein; in Edinburgh oder gar in London spielt er überhaupt keine Rolle. Die Inseln und das Hochland hängen doch am Tropf der EU, wie sollen die denn ohne Europa und ohne das Geld aus London leben? Von Schafwolle und den paar Touristen, die sich während des Jahres dorthin verirren, wohl kaum. Dieser ganze, von ihm aufgebaute Popanz wird zusammenbrechen, wie ein Kartenhaus, darauf können Sie sich verlassen.«

Die Argumentation schien Rachel einleuchtend. Prendergast als Täter erschien in diesem Licht als wenig wahrscheinlich, und wenn er sich tatsächlich in Katalonien aufhalten sollte, schied er als Täter sowieso aus. »Hatte Leigha Freunde? Eine beste Freundin, eine Clique?«

»Hm«, brummte Lori. »Dawn Roberts war ihre beste Freundin. Sie arbeitet in der Parlamentsverwaltung, irgendwo im Bereich der Beschaffung. Dann gab es eine ganze Reihe guter Bekannter, teilweise vom Sender, teils aus dem Umfeld des Parlaments, aber ganz dick war sie mit Dawn.«

»Sie selbst zählen sich nicht zu ihren Freunden?«, fragte Ray vorsichtig.

Lori lachte. »Nein, so weit würde ich nicht gehen. Ich war eine Nachbarin, die sich gut mit ihr verstanden hat. Unter anderen Umständen wären wir vielleicht Freundinnen geworden.«

»Wie muss ich das verstehen?«

»Das ist eine persönliche Geschichte. Wie Sie sicherlich schon festgestellt haben, bin ich die Gattin eines wichtigen Mannes. Ich habe mein Studium abgebrochen, um Mrs Spencer zu werden. Sie verstehen, was ich meine?«

Ray nickte.

»Und so lebe ich nun in meinem goldenen Käfig.« Urplötzlich stand sie auf, schaute auf ihre diamantbesetzte Armbanduhr und sagte in einem Tonfall, als sei sie ein anderer Mensch: »Ich muss Sie bitten jetzt zu gehen. Ich habe Ihnen alles gesagt, was ich weiß und werde Ihnen gerne ein anderes Mal zur Verfügung stehen und Ihre Fragen beantworten. Aber bitte, gehen Sie jetzt!«

»Was war denn das?« Ray blickte verwundert und irritiert auf das Haus zurück, das sie gerade verlassen hatten.

Rachel grinste. »Du bist ein Schotte und solltest dich mit den Gepflogenheiten deiner Landsleute auskennen.«

»Meine Vorfahren kommen aus Afrika, wie unschwer zu erkennen ist. Dass ich in Schottland geboren bin, ist nur ein unglücklicher Zufall.«

»Nun, ich finde es ganz in Ordnung, dass du hier bist.«

»Nur in Ordnung?« Ray gab ihr einen Knuff.

»Seien Sie vorsichtig, Detective Inspector, wir sind hier in der Öffentlichkeit. Was sollen denn die Kollegen denken, wenn ein Polizist seine Vorgesetzte schlägt?«

»Ist mir egal. Komm, wir schauen uns jetzt mal bei Leigha in der Wohnung um, die Spurensicherung ist bereits bei der Arbeit. Ich denke, wir können ins Haus.«

»Gute Idee.«

Kapitel 6

Joanna Adamson hatte ihr Abgeordnetenbüro in der Holyrood Road, einer Parallelstraße der Royal Mile auf halber Strecke zwischen Parlament und Moray House, einem Komplex, der zur Universität gehörte. Zum ersten Mal in seinem neuen Amt schätzte es Bob Hamilton, einen Chauffeur zu haben – nicht weil er des Autofahrens überdrüssig geworden wäre, sondern weil er keinen Parkplatz suchen musste. Er stieg einfach am Zielort aus und konnte den Wagen dem Fahrer überlassen. Und wenn er das Gespräch mit der Politikerin beendet hatte, musste er nicht mehr tun, als einen kurzen Telefonanruf zu tätigen. So leicht wie in den ganzen Fernsehkrimis, wo jederzeit am Ort des Geschehens freie Parkplätze im Überfluss vorhanden schienen, war es in der Realität nicht, war es schon in Cornwall nicht gewesen, doch dort fand sich meist irgendwo eine Möglichkeit, ein Auto abzustellen. Hier in der Großstadt war dies undenkbar – Parkplätze waren ein rares Gut und die Parkgebühren außerdem horrend. Und Ausnahmen für Polizisten gab es nur im Einsatzfall, nicht aber, wenn ein Beamter sich zum informativen Gespräch mit einer potenziellen Zeugin, auch wenn sie Staatssekretärin war, traf. Für die Bewirtschaftung des ruhenden Verkehrs, wie es amtssprachlich hieß, war die Stadt zuständig und als Kommune mit notorisch leerer Kasse war der diesbezügliche Entscheidungsspielraum nicht einmal vorhanden.

Bob Hamilton fühlte sich unvorbereitet und wusste in dem Moment, als er im Vorzimmer einem jungen Mann mit gegelten Haaren und einem talibanähnlichen Rauschebart gegenüberstand, nicht, was er seine Gesprächspartnerin eigentlich fragen wollte.

»Wen darf ich melden?«, fragte der Bärtige.

Hamilton war irritiert. Das Bürschlein musste doch wissen, dass er einen Termin bei seiner Chefin hatte. Dass er nicht der Mann von der Gasversorgung war, konnte anhand der Uniform jeder sehen, der nicht blind war. Oder war der Mann vielleicht blind und konnte sich deshalb auch nicht rasieren, durchfuhr es den Polizisten. Hamilton sah dem Mann intensiv in die Augen – nein, blind war er wohl nicht. »ACC Hamilton, ich bin mit der Staatssekretärin verabredet«, knurrte er genervt.

»Ach ja, der Mann von der Polizei. Setzten Sie sich doch noch einen Moment, die Staatssekretärin kommt sofort.«

Er wies Hamilton einen ledernen Sessel in der Ecke des verwinkelten Raumes zu. Dort platziert, stellte dieser fest, dass von diesem Ort nichts zu sehen war; weder der Schreibtisch des Zausels, nicht die Ausgangstür, noch die Tür zum Büro der Abgeordneten und schon gar nicht das Fenster, das wenigstens einen Blick auf das triste Grau des Tages freigegeben hätte. Hamilton sah nur die zitronengelbe Wand vom grauen Teppichboden bis hoch zur limettengrünen Decke. Er kam sich vor wie in Einzelhaft ohne Aussicht auf baldige Freilassung. Gab es einen besonderen Plan hinter der Platzierung der wartenden Gäste oder war dies lediglich den räumlichen Umständen geschuldet? Bob konnte sich nicht vorstellen, dass dies Zufall war, er vermutete eine hinterhältige Zermürbungstaktik, die den Bittsteller oder auch politischen Gegner der Staatssekretärin kampf- oder argumentationsunfähig machen sollte. Zudem herrschte Grabesstille, die allenfalls durch das schwache Geklapper einer Computertastatur untermalt wurde. Einige Zeit geschah überhaupt nichts, obwohl es schon zwei Minuten nach elf Uhr war, als Hamilton in das Büro kam. Vielleicht wollte Joanna Adamson ein Exempel statuieren. Wer unpünktlich kommt, wird ignoriert! Dann klingelte ein Telefon – Hamilton wurde einmal mehr in seiner Überzeugung bestärkt, dass Klingeltonprogrammierer hinter Gitter gehörten; wieso konnten Telefone nicht einfach klingeln wie früher? Nein, es musste wahlweise die »Halle des Bergkönigs«,

»Ode an die Freude« oder »Scotland the brave«, wie in diesem Fall, sein. Nach gefühlten dreieinhalb Strophen nahm der Taliban den Hörer ab – wahrscheinlich hatte er aber ein Headset umgeschnallt, wie es heutzutage modern war – und sprach gälisch. Eine zusätzliche Tortur, wie Bob Hamilton fand. Dieses aufdringliche Kauderwelsch drang überall hin und durchsetzte ganz Schottland. Eine kleine Minderheit pochte auf ihre Rechte und drängte damit die Mehrheit in eine ungemütliche Ecke – buchstäblich. Nicht dass Hamilton das Gälische und die Lebensweise der Menschen in den abgelegenen nordwestlichen Ecken des Landes ablehnte oder infrage stellte; im Gegenteil, er stand zur Erhaltung des kulturellen Erbes. Es war aber vielmehr so, dass sich einige Vertreter des Gälischen dermaßen exponierten und dabei für sich in Anspruch nahmen, die wahren Schotten zu sein. Die große Mehrheit galt für diese keltischen Musterexemplare allenfalls als Vasallen Englands oder gar als verkappte Engländer. Und das war schlichtweg eine bösartige Unterstellung.

Lange Minuten nachdem der Taliban sein ausgedehntes Gespräch beendet hatte, kam er endlich in die abgeschiedene Ecke des Büros, um Hamilton zu erlösen.

»Die Staatssekretärin erwarte Sie jetzt, bitte folgen Sie mir«, hauchte er.

»Sehr gerne«, flötete der Kripochef zurück und fügte im breitesten Glaswegian an, wohlwissend, dass es der Typ nicht verstehen würde: »Hat die Dame endlich ausgeschlafen?«

»Wie bitte?«

»Ach nichts.« Nein, Schottland bestand aus viel mehr als den keltischen Randerscheinungen. Schließlich war Glasgow noch immer die größte und seiner Ansicht nach auch die schönste Stadt des Landes, wenn nicht gar des ganzen Comonwealth.

Kurze Augenblicke später stand Hamilton vor Joanna Adamson und war ehrlich überrascht. Sie wirkte nicht wie eine Politikerin aus dem Bilderbuch, sondern hatte tatsächlich menschliche Züge, schien unkompliziert und bodenständig zu sein.

»Guten Morgen, ACC Hamilton, entschuldigen Sie bitte meine Verspätung, der Politikbetrieb kann ganz schön zäh sein.«

»Keine Ursache, Frau Staatssekretärin«, log Hamilton.

»Ach, nennen Sie mich doch einfach Joanna.«

Wollte sie sich jetzt nur einschmeicheln, oder war sie einfach so umgänglich? Er würde es herausfinden.

»Dann sagen Sie doch bitte Bob zu mir.«

Die beiden setzten sich an einen antiken oder zumindest antik wirkenden Eichentisch und Hamilton fand, dass dieses Büro, im Gegensatz zum Vorzimmer geschmackvoll eingerichtet war. Zwar hatte es den gleichen grauen Teppichboden, doch die Wände waren weiß gestrichen und das Mobiliar überzeugte durch klassische Eleganz. Und genauso elegant wirkte Joanna Adamson. Im Original war das Blond ihrer Haare frisch, die blauen Augen freundlich und lebhaft, ihr Make-up dezent und ihr Parfum auf eine angenehme Weise aufdringlich. Sie trug ein bordeauxfarbenes Businesskostüm und bis auf eine fein gearbeitete Goldkette um den Hals, trug sie keinen Schmuck.

»Ich kann mir schon denken, wieso Sie hier sind?«

Hamilton lächelte freundlich.

»Sie dürfen nicht denken, dass ich die Ermittlungen behindern oder gar verhindern will. Mir geht es lediglich darum, dass Sie bei Ihrer Arbeit ein gewisses Fingerspitzengefühl walten lassen.«

»Haben Sie etwas zu verbergen?« Hamilton blickte ihr tief in die Augen.

Sie hielt seinem Blick stand. »Wir brauchen keine Spielchen zu spielen. Natürlich gibt es Dinge, vor allem in der Politik, die nicht unbedingt an die Öffentlichkeit gezerrt werden müssen, weil sie der politische Gegner weidlich ausschlachten kann. Dabei handelt es sich zwar nicht um Vergehen im juristischen Sinn, aber die gängigen Regeln der Moral werden sicherlich hin und wieder außer Acht gelassen.«

»Nun, das sollte man, auch oder vor allem als Politiker nicht tun, die Regeln von Moral und Anstand zu ignorieren. Wenn bei polizeilicher

Ermittlungsarbeit etwas zu Tage tritt, das geheim bleiben sollte, dann ist es eben Pech für die Betroffenen. Wir haben einen Mord aufzuklären und dabei können wir keinerlei Rücksicht auf die fehlgeleitete Libido ihrer Parteikollegen nehmen.«

»Bob«, Joanna neigte sich leicht ihrem Gesprächspartner zu, »ich verstehe, dass Sie Ihre Arbeit machen müssen, aber es geht hier um die Zukunft unseres Landes. Leigha hatte ihre eigene Agenda und die stand nicht im Einklang zu den Vorstellungen unserer Partei. Wir sind eine Partei für alle Schotten und wollen unser Land in eine erfolgreiche Zukunft führen.«

»Fahren Sie nur fort«, sagte Hamilton und lockerte dabei seine Krawatte. Hätte er doch lieber den Pullover angezogen. »Es ist interessant, aus erster Hand zu hören, wie unser Land erfolgreicher werden soll.«

»Unsere Arbeit wird durch die Presse behindert. Das ist auch ihr gutes Recht. Aber«, Joanna machte eine kurze Pause, »die Presse muss auch bei der Wahrheit bleiben.«

»Und Leigha verbreitete Lügen?«

»Wie ich bereits erwähnte, verfolgte Leigha ihre eigene Agenda. Was ihr eigentliches Ziel war, weiß ich nicht, aber sie sammelte Material, um die SNP in Misskredit zu bringen.«

»Das ist doch nicht illegal«, stellte Hamilton fest.

»Nein, es ist aber auch nicht notwendig, dass Ihre Polizisten Unterlagen, die sie bei Leigha auf Datenträgern oder auf Papier finden, an Fernseh- oder Zeitungsredaktionen durchstechen. Dies ist sogar verboten.«

»Wollen Sie der Polizei drohen?«

Joanna lächelte. »Bob. Wenn Sie naiv wären, würden Sie wohl noch auf den Straßen von Glasgow Streife laufen, jedenfalls nicht in dieser Uniform hier sitzen. Ich möchte Sie nur bitten, dafür zu sorgen, dass die Polizei einen Mord aufklärt und nicht die Arbeit der Presse übernimmt.«

»Das verstehe ich sehr gut.« Hamilton zupfte sich am rechten Ohr. »Eines wundert mich aber jetzt doch. Sie oder Ihre Partei hatten Bedenken, dass Leigha etwas an die Öffentlichkeit befördern könnte, das der Partei schaden könnte. Nun ist Leigha tot. Sehe ich da einen Zusammenhang?«

Wieder lächelte Joanna, diesmal jedoch kalt und Hamilton wusste plötzlich um die Stärke seines Gegenübers. »Nun enttäuschen Sie mich aber.«

»Das tut mir leid, aber das bringt mein Job eben so mit sich. Und wenn ich schon mal hier bin, möchte ich Sie fragen, ob Sie Leigha persönlich kannten.«

Er spürte ein leichtes Zögern in ihrer Antwort und war mit sich zufrieden. Nie zu viel Zurückhaltung üben, auch wenn das Gegenüber noch so liebenswürdig ist und schon gar nicht, wenn von dort versteckte oder gar offene Drohungen ausgehen.

»Natürlich kannte ich Leigha persönlich. Sie war ja schließlich das bekannteste Gesicht von BBC Alba und ich bin Parlamentarische Staatssekretärin. Doch mein Kontakt zu ihr ging über das rein Berufliche nicht hinaus. Und ich mochte sie nicht besonders, deshalb habe ich es auch, soweit es möglich war, vermieden, in ihrer Sendung aufzutreten. Und ich habe Leigha nicht umgebracht, ich war bis gestern Nachmittag in London – Brexit, Sie verstehen.«

»Ich habe Sie nicht verdächtigt, Leigha umgebracht zu haben, außerdem passen Sie nicht in unser Täterprofil, so viel denke ich, kann ich verraten.« Joanna war eindeutig Rechtshänderin und mit rund eins sechzig auch viel zu klein, um als Mörderin in Frage zu kommen. Das bedeutete aber nicht, dass sie nicht hinter dem Mord stecken konnte. »Wo steckt denn ihr Parteifreund Arran Prendergast?«

»Das ist eine gute Frage, Bob. Angeblich weilt er zu politischen Gesprächen in Katalonien. Dort weiß nur niemand von seiner Anwesenheit.«

Hamilton biss sich auf die Unterlippe. »Das ist ja interessant. Unterhält er Kontakte zur dortigen Unabhängigkeitsbewegung?«

»Ja, aber im Augenblick haben wir andere Probleme. Prendergast ist nicht unbedingt unser Vorzeigepolitiker. Wie ich schon sagte, ich wünsche Diskretion bei der Aufklärung des Falles. Im Klartext: Prendergast ist ein Idiot, der den Zielen der Partei im Wege steht. Er hat versucht, auch mit Hilfe von Leigha Harrow, seine Vorstellung eines gälischen Schottlands in der Welt zu verbreiten, sehr zur Verärgerung der Partei und der Ersten Ministerin. Leider haben wir nur wenig Handhabe, denn Prendergast ist gewählter Abgeordneter. Ihn aus der Partei zu werfen, wäre aber noch weniger sinnvoll, um Ihre nächste Frage gleich vorweg zu beantworten. Da warten wir lieber bis zur nächsten Wahl und sorgen dafür, dass er gar nicht als Kandidat nominiert wird.«

»Politik«, sinnierte Hamilton vielsagend.

»Ja, so läuft es nun mal. Aber alle kennen die Spielregeln – die Mitspieler zumindest.«

»Und wie ist es mit dem vermeintlichen Verhältnis, das Prendergast mit Leigha Harrow hatte?«

»Ich war nicht als Mäuschen im Schlafzimmer dabei. Da bin ich wirklich überfragt. Prendergast war sicher willig, aber dazu braucht es nicht viel – auch eines der Probleme, die die Partei mit diesem Mann hat. Ob Leigha, bei allen Unzulänglichkeiten, diese Schwäche zeigte, glaube ich eher nicht. Doch wer weiß?«

»Aber in den einschlägigen Zeitschriften wird doch von einer Beziehung gesprochen.«

»Bob, glauben Sie, was in der Zeitung steht?«

»Zurück zu Prendergast. Wie ist Ihr Verhältnis zu ihm?«

»Er ist Parteimitglied der Regierungspartei, würde ich jetzt in einem Interview sagen.«

»Und was sagen Sie mir?«

»Er ist ein Idiot. Ist das klar genug?«

»Vielen Dank für die Offenheit.« Hamilton zupfte abermals an seiner Krawatte. »Und wie sehen Ihre Parteikollegen – oder besser gefragt, hat er Gesinnungsgenossen in der Partei oder zumindest Kollegen, die gut mit ihm auskommen?«

»Ich glaube nicht, dass er Gesinnungsgenossen im Parlament hat. Es gibt zwei oder drei Kollegen, die mit ihm ganz gut auskommen. Aber das kann ich nicht wirklich beurteilen. Das müssen Sie die Herrschaften schon selbst fragen.«

»Um wen handelt es sich dabei?«

Joanna nannte die Namen der drei Abgeordneten und Hamilton notierte sie sich.

»Wer könnte wissen, wo er sich aufhält? Ist es nicht so, dass in dieser Woche noch Parlamentssitzungen stattfinden?«

»Das stimmt. Arran hat sich nicht abgemeldet. Ich muss davon ausgehen, dass er übermorgen zur Sitzung kommt. Ob er sich aktuell in Katalonien, auf den Hebriden oder in Daressalam aufhält. Tatsächlich haben wir im Augenblick keinerlei Kontakt zu ihm. Das heißt aber überhaupt nichts, der Herr ist hin und wieder unauffindbar.«

»Und das nehmen Sie einfach so hin?«

»Wie ich bereits gesagt habe, er ist gewählt und nur der Wähler kann ihn abwählen.«

»Es sei denn, er stirbt während der aktuellen Legislaturperiode«, befand Hamilton lakonisch.

Joanna ignorierte diese Aussage.

»Noch eine letzte Frage, Joanna. Hatte die Partei vor, juristisch gegen Leigha vorzugehen, also im Falle einer drohenden Veröffentlichung pikanter oder problematischer Vorwürfe?«

»Unsere Juristen sind immer gegen solche Dinge gewappnet. Aber da es keine konkreten Vorwürfe gab, konnten wir auch nicht dagegen vorgehen und eine Glaskugel, um Gefahren vorauszusehen, besitzen wir leider nicht.«

»Vielen Dank, Joanna. Ich will Ihre kostbare Zeit nicht länger in Anspruch nehmen, auch wenn dieses Gespräch zu den Höhepunkten einer tristen Woche im Leben eines leitenden Polizisten zählt, und daher behalte ich mir auch vor, gegebenenfalls wieder vorstellig zu werden. Ich wünsche Ihnen noch einen guten Tag. Und das meine ich ernst.«

Hamilton erhob sich, reichte die Hand zum Abschied und ging durch das Vorzimmer, das inzwischen verwaist war – offensichtlich befand sich der Taliban in der Mittagspause – nach draußen. Die Partei hat etwas zu verbergen und ich wüsste gerne was es ist, dachte er sich während er die Nummer seines Fahrers wählte. Er glaubte nicht, dass Joanna Adamson etwas mit dem Mord an Leigha zu tun hatte, aber sie wollte sicher sein, dass die Mordermittlungen nicht in die, aus ihrer Sicht, falsche Richtung gehen. Die SNP war noch lange nicht aus dem Schneider. Und die dringendste Frage für Hamilton war: Wo steckt Arran Prendergast?

Kapitel 7

Die Pentland Hills sind eine Moorlandschaft vor den Toren Edinburghs, genau genommen handelt es sich um eine Mittelgebirgskette, die sich von Edinburgh im Nordosten rund 30 Kilometer nach Südwesten zieht. Doch wenn man gerade aus der Hauptstadt kommt oder durch die saftigen Wiesen von South Lanarkshire gefahren ist, wirkten die Pentland Hills wie ein fremdes Land aus einem Fantasyroman: Graue, baumlose Wiesen, Wassertümpel und abgeschliffene Berggipfel, die seit Jahrmillionen den Unbilden des Wetters trotzen. Und während die umliegenden Gebiete zu den am dichtesten besiedelten Orten in Schottland zählen, findet man in den Pentland Hills nur wenige Häuser, die schrotschussartig verteilt in der Landschaft liegen.

In einem dieser Häuser, rund einen Kilometer östlich der A70 gelegen, mitten im grauen, baumlosen Nichts – allenfalls ein paar verirrte Schafe, das nährstoffarme Gras kauend – wohnte Dawn Roberts. Als sie am Vortag vom Tod ihrer Freundin erfahren hatte, war sie sofort nach Hause gefahren und hatte sich krank gemeldet. Doch dort war es noch viel schlimmer für sie, als bei der Arbeit, wo sie sich wenigstens ablenken konnte. Sie wollte niemanden sehen, mit niemandem reden und nichts hören – und hierzu war ein einsames Haus in den Pentland Hills die allerbeste Voraussetzung. Dawn war in Wishaw, einer Stadt am äußeren, südöstlichen Rand des Glasgower Ballungsraumes, aufgewachsen und war nach ihrem Studium in Birmingham in ihre Heimatstadt zurückgekehrt. Bei ihrer täglichen Fahrt zur Arbeit in Edinburgh hatte sie an einem sonnigen Sommermorgen vor ein paar Jahren am Straßenrand der A70 ein Schild einer Maklerfirma entdeckt, das auf ein zu verkaufendes Haus, ein Stückchen von der Straße entfernt, am Fuß eines schroffen Hügels, hinwies. Dawn lebte immer noch bei ihren Eltern, wenn auch in separater Wohnung mit eigenem Eingang, dort, wo früher ihre Großeltern wohnten, bevor sie in ein nahe gelegenes Altersheim abgeschoben wurden. Da sie der langen Fahrerei zwischen ihrer Heimatstadt und Edinburgh überdrüssig war, über ein kleines finanzielles Polster verfügte und endlich von ihrer Familie unabhängig werden wollte, fasste sie den spontanen Entschluss, dieses Haus zu kaufen. Sie vereinbarte einen Termin mit dem Makler und schon am Nachmittag des gleichen Tages besichtigte sie das Anwesen, das neben dem Wohnhaus einen als Schafstall genutzten Schuppen sowie ein paar Hektar Land umfasste. Dawn Roberts unterzeichnete noch an Ort und Stelle den Vertrag und erwarb zu Haus und Hof noch 17 Schafe, die auf den umliegenden Wiesen grasten. Sie hatte zwar keine Ahnung von Schafzucht im Besonderen oder Landwirtschaft im Allgemeinen, doch der Nachbar vom rund 5 Kilometer entfernten Hof, ein älterer Mann, der als ortskundige Person den Makler begleitete, versprach, sich um die Schafe zu kümmern, wie er es schon die vergangenen beiden Jahre getan hatte, seit die ehemaligen Besitzer des Hauses verstorben waren. Doch erst jetzt hatten sich die Erben geeinigt und der Verkauf konnte über die Bühne gehen. Dass es so rasch vonstattenging, war purer Zufall, denn normalerweise kauften die Menschen lieber ein Haus in der Stadt und nicht mitten im Nirgendwo.

Dawn jedenfalls bereute diesen Kauf nicht – je länger sie dort wohnte, lebte und auch liebte, desto besser gefielen ihr die Einsamkeit in den Pentlands, das Blöken der Schafe, das Prasseln des Regens, die frische Luft und der Wind, der von den Bergen ins Tal wehte – manchmal säuselnd als leise Brise, dann wieder brüllend als orkanartiger Sturm – das Haus war ihre Heimat geworden, wie sie sich eine bessere nicht vorstellen konnte. Und mit dem Bus war es nur eine gute halbe Stunde bis zum Parlament, wo sie in einem Nebengebäude ihr Büro hatte. Bis zur Bushaltestelle an der A70 und am Abend wieder zurück fuhr sie mit dem Fahrrad. Vor zwei Jahren hatte Dawn einen jungen Mann kennengelernt, Hamish Walker, der bei einer Werbeagentur in der Hauptstadt arbeitete, und als Hamish bei ihr einzog, war für sie das Glück vollkommen.

Der Tod von Leigha war ein düsterer Einschnitt in ihrem Leben, denn Leigha war nicht nur ihre beste Freundin, sie bereitete als Trauzeugin auch die Hochzeit von Dawn und Hamish vor, die Ende Juli, also in wenigen Wochen, stattfinden sollte. Doch angesichts dieses Dramas waren sich die zukünftigen Eheleute nicht mehr sicher, ob der Termin zu halten wäre, sowohl organisatorisch als auch emotional.

Dawn war über den Tod ihrer Freundin nicht nur schockiert, sie konnte sich auch überhaupt nicht vorstellen, wer einen Grund hatte, sie zu ermorden. Was zum Teufel hatte sie auf dem Friedhof verloren? Dawn wusste, dass Leigha Friedhöfe hasste.

Um nicht völlig den Verstand zu verlieren, wanderte sie den ganzen Nachmittag über die Hügel, ließ sich den Wind durch die Haare und um die Nase wehen, fand dabei zufällig ihre Schafe, die sich inzwischen auf 35 vermehrt hatten, und dachte dabei an Leigha, wie sie sich vor acht Jahren zufällig in einem Pub kennengelernt hatten, ins Gespräch kamen und sich gleich sympathisch waren, wie sie ein paar Monate später ihren ersten gemeinsamen Urlaub auf Ibiza verlebt hatten – mit grauenvollen Alkoholabstürzen und noch grässlicheren One-Night-Stands –, die ersten Reise zu den Hebriden, als Leigha, das Landei, bei der Großstadtpflanze Dawn das Verständnis für das Leben auf dem Land und in der Natur weckte, die unendlichen Gespräche über Gott und die Welt, Politik und Gesellschaft, Sport, die neueste Mode, Musik und natürlich Männer, die unvergesslichen Abende in ihrem Haus in den Pentlands, das vergangene Weihnachten in einer Kirche in London und an das letzte Treffen mit Leigha, am vergangenen Sonntag in einem Pub in der New Town. Sie gingen anschließend noch gemeinsam zur Princess Street, wo beide ihren Bus nach Hause nahmen. Sie wollten sich an diesem Samstag zum

Abendessen bei Leigha treffen und über die bevorstehende Hochzeit reden. Und jetzt? Sie würde nie wieder mit Leigha reden können, nie mehr ihr unvergleichliches Lachen hören. Mit ihrer Freundin war auch ein Teil von ihr selbst gestorben. Dawn war nur froh, dass sie mit Hamish einen verständnisvollen und klugen zukünftigen Mann hatte. Doch Leigha konnte er auch nicht ersetzen – schließlich war er ein Mann und lebte, wie das Männer nun mal tun, in einer eigenen Welt.

Der Wind wurde stärker und es begann zu regnen. Dawn zog sich die Kapuze über den Kopf und marschierte auf den Berggipfel zu. Den musste sie noch überqueren, denn auf der anderen Seite lag irgendwo ihr Haus.

Kapitel 8

Carnoustie liegt auf halber Strecke zwischen Dundee und Arbroath direkt am Meer. Angus McIllroys Hof lag irgendwo zwischen dem Städtchen und der A92, umsäumt von windgepeitschten Rotbuchen, ein großer, langgestreckter Stall aus dunkelrotem Backstein, gegenüber eine Kälberweide und, fast schon bescheiden wirkend, das Farmhaus mit Douglasienholzverschalung. Es war kurz nach 16 Uhr, der Regen hatte etwas nachgelassen, als Rachel und Ray nach rasanter Fahrt über die M90 nach Perth, die A90 nach Dundee und dort durch unzählige Kreisverkehre, die einen fast schwindelig machten und für Ortsunkundige mehr als verwirrend waren – was vermutlich verkehrsplanerische Absicht war, um Fremde aus der Stadt zu halten – die letzten Kilometer in östliche Richtung problemlos das McIllroy'sche Anwesen erreichten. Die kurze Besichtigung der Wohnung von Leigha hatte ihnen keinerlei Aufschlüsse gegeben, sie warteten lieber auf den Bericht der Spurensicherung, als selbst die Nadel im Heuhaufen zu suchen. Von DI Miller und der E-Division aus Edinburgh hatte Rachel inzwischen erfahren, dass Leigha zwar beliebt, aber nicht mehr tragbar gewesen sei und deshalb keinen neuen Vertrag für das kommende Jahr erhalten hatte. Es war zwar keine Kündigung ausgesprochen worden, aber eine ausbleibende Vertragsverlängerung kam ungefähr auf das Gleiche heraus. Der Grund hierfür war, laut BBC Alba, dass der Sender das Konzept verändern wollte und daher ab dem kommenden Jahr keine politischen Talkshows und dergleichen mehr zeigen werde. Vielmehr stehe der gesellschaftliche Bildungsauftrag von BBC Alba im Vordergrund und die Stärkung des Gälischen im schottischen Alltag. Hierbei hätte Leigha durchaus auch eingesetzt werden können, doch so wie Miller es verstanden hatte, galt Leigha Harrow als rotes Tuch beim Sender. Mit ihrer polarisierenden Art habe sie, zumindest für die BBC, mehr Schaden als Nutzen angerichtet. Und da BBC Alba die Absicht verfolge, den keltisch-gälischen Lebensstil in Schottland zu integrieren und für Verständnis bei der englischsprechenden Mehrheit zu werben, wäre ein Gesicht, das eher für Trennung stand, wenig konstruktiv gewesen im neuen Konzept. Obwohl, und das hatte Miller auch herausgehört, gar nicht klar gewesen sei, ob Leigha die von ihr vertretene Meinung auch tatsächlich verinnerlicht hatte oder einfach nur auf einer, vom wem auch immer entfachten Welle des gälischen Nationalismus ritt und sich davon treiben ließ. Immerhin hätten ihre Sendungen jeweils eine hohe Einschaltquote gehabt, doch die Stoßrichtung habe eben nicht ins Konzept des Senders gepasst, weshalb man sich, im Einvernehmen, wie dieses auch immer zu beurteilen war, von seiner langjährigen Gallionsfigur habe trennen wollen.

DI Miller berichtete ebenfalls, dass die Gespräche mit Kollegen von Leigha keinerlei Differenzen an den Tag befördert hätten, im Gegenteil, Leigha sei beliebt, geschätzt und im negativsten Fall respektiert worden. Auch habe sie sich keine Gedanken über die Zukunft gemacht, offenbar lagen ihr bereits Angebote anderer Sender vor. Miller konnte bislang noch kein Motiv entdecken, das ausgereicht hätte, Leigha Harrow zu ermorden. Dennoch wollte er mit seinem Team nochmals sämtliche Sendungen des vergangenen Jahres anschauen. Eventuell gab ja irgendein Thema Anlass zum Mord, vielleicht war Leigha auf ein Wespennest gestoßen, das die »Wespen« in einen Zustand höchster Erregung versetzt hatte.

Und während die E-Division weiter die beruflichen Aspekte von Leigha abarbeitete, widmeten sich Rachel und Ray der privaten Seite. Und dabei war Angus McIllroy die erste Adresse. Er galt zwar nicht unbedingt als verdächtig, doch bei einem Mordfall war das gesamte persönliche Umfeld eines Opfers potenziell tatverdächtig. Tatsächlich wurden Morde zum überwiegenden Teil von den Ermordeten nahe stehenden Menschen verübt. Der angeheuerte Mörder, der islamistische Attentäter oder der psychotische Massenmörder waren zwar in den Medien allgegenwärtig, spielten bei den Mordkommissionen im Land aber kaum eine Rolle – was den durch diese Tätergruppen Ermordeten natürlich nur wenig half.

Angus McIllroy, 35 Jahre alt, geboren in Dundee, hatte an der Universität Newcastle den Studiengang »Agriculture with Animal Production Science« mit einem Masterabschluss beendet und vor vier Jahren den Hof seines Großvaters übernommen und inzwischen zu einem modernen Vorzeigebetrieb mit Mutterkuh-Haltung ausgebaut. Neben ihm selbst arbeiteten noch zwei Mitarbeiter auf dem Hof und auch der 82-jährige Großvater half noch mit, soweit es ihm möglich war – und da gab es in modernen, sehr mechanisierten Betrieben jede Menge Möglichkeiten, denn das Fahren eines landwirtschaftlichen Schleppers war körperlich nicht besonders anstrengend, sondern erforderte lediglich etwas Geschick im Umgang mit Maschinen. So war es nur wenig verwunderlich, dass Angus McIllroy senior den lieben langen Tag auf seinem nagelneuen John Deere 8295R mit 332 PS saß und allenfalls herunterstieg, um die Thermoskanne mit Tee aufzufüllen. Die schwere Arbeit erledigten Nigel Moore, ein Nordire, und Jakub Belka, ein Pole. Angus McIllroy junior kümmerte sich um den betriebswirtschaftlichen Aspekt und leitete die Farm. Er saß dabei überwiegend am Computer, um irgendwelche Formulare auszufüllen, meist Förderanträge und unendliche Statistiken zu Anbauflächen und dergleichen. Durch geschicktes Wirtschaften war es McIllroy gelungen, den Familienbetrieb, der sich die vergangenen 50 Jahre mehr schlecht als recht über Wasser gehalten hatte – weshalb sein eigener Vater, Eric, auch nie etwas von der Landwirtschaft wissen wollte – in erfolgreiches Fahrwasser zu leiten. Dazu rückte er von der Haltung der Galloway-Rinder ab und legte den Schwerpunkt auf die Zucht von Hereford-Rindern. Bei einem befreundeten Farmer in Dunblane konnte er 25 Wagyu-Rinder erwerben, außerdem gelang es ihm, einen preisgekrönten Bullen aus Japan bei einer Auktion zu ersteigern, was der McIllroy-Farm viel Aufmerksamkeit und noch mehr Prestige verschaffte. Das Einzige, was Angus McIllroy zu seinem Glück fehlte, war eine Frau. Ob Leigha Harrow allerdings die geborene Farmerin gewesen wäre, stand auf einem anderen Blatt.

McIllroy hatte die beiden Polizisten bereits erwartet und eine kalte Platte mit allerlei Köstlichkeiten aufgetischt. »Dieses marmorierte Trockenfleisch stammt vom Wagyu, auch als Kobe-Rind bekannt. Das Brot wird auch von uns gebacken, das macht immer noch meine Großmutter. Ich habe mir erlaubt, einen kleinen Imbiss zu offerieren.«

Ray Williams grinste und Rachel war froh, keine Vegetarierin zu sein, zu verlockend waren die Häppchen auf dem Tisch. Doch sie waren nicht gekommen, die Köstlichkeiten der Region zu probieren, sondern wollten Licht ins Dunkel im Mordfall Leigha Harrow bringen.

»Angus, wann haben Sie Leigha zum letzten Mal gesehen?«

»Das war im April, als sie den Rest ihrer Klamotten hier abholte.«

»Demnach hat sie hier gewohnt?«

»Nein, Ma'am, sie hatte ihre Wohnung in Edinburgh. Aber wie das so ist, hatten sich im Verlauf der Zeit jede Menge Wäschestücke, T-Shirts, Jeans, Jacken und so weiter hier angesammelt.«

»Und nach April haben Sie Leigha nicht mehr gesehen?«

»Wieso sollte ich? Wir hatten uns getrennt und jeder ging seiner Wege. Ich bin nicht oft in Edinburgh, mein Leben findet hier statt, und wenn, die Stadt ist groß genug, dass man sich nicht zwangsläufig über den Weg läuft.«

»Haben Sie sich im Streit getrennt?« Rachel hasste diese Formulierung.

»Nicht direkt. Wir haben uns schlicht auseinandergelebt.« Er wiegte den Kopf hin und her. »Wir haben uns eher in eine unterschiedliche Richtung entwickelt. Bei mir war schon immer klar, zumindest seit ich den Hof übernommen habe, dass dies hier mein Lebensschwerpunkt ist. Nicht dass das Leben eines Rinderzüchters nicht mit dem Leben einer Fernsehmoderatorin in Einklang zu bringen wäre, heute muss eine Bäuerin nicht mehr Kühe melken und den Stall misten. In meinem Fall wäre mir Leigha als Gesicht des Hofes viel mehr wert gewesen. Aber bitte verstehen Sie mich jetzt nicht falsch. Ich wollte damit nur sagen, dass Leigha und ich kein unmögliches Paar waren. Aber sie hat sich verändert. Sie wollte lieber die investigative Journalistin sein, als die Frau des Farmers. Außerdem ging mir diese ganze Heimlichtuerei auf den Geist.«

»Wie meinen Sie das?«, fragte Rachel und steckte sich eine gerollte Scheibe des getrockneten Fleisches in den Mund.

»Wir konnten uns nie in der Öffentlichkeit sehen lassen, als wenn etwas dagegen gesprochen hätte, dass sich eine Fernsehmoderatorin mit einem Landwirt liiert. Bei allem Respekt Leigha gegenüber, aber so wichtig war sie nun auch wieder nicht, sie war ja schließlich keine Hollywood-Diva. Und irgendwann habe ich die Reißleine gezogen. Es konnte ja nicht ewig so bleiben.« McIllroy nahm ein Hackbällchen zwischen die Finger und führte es zum Mund. »Eine Teilzeitfreundin ist nicht das, was ich mir vorstelle«, sagte er, nachdem er den Mund wieder leer hatte.

»Haben Sie ihr einen Antrag gemacht?«

McIllroy lachte. »Nein, so romantisch bin ich nicht. Ich habe sie nur gefragt, wie es mit uns weitergehen soll.«

»Und was hat sie geantwortet?«

»Sie wollte alles so beibehalten, wie es war. Und da habe ich ihr gesagt, dass sie sich entscheiden muss. Entweder sie steht voll und ganz zu mir oder sie muss ohne mich auskommen.«

Rachel strich sich eine Haarsträhne aus dem Gesicht, erhaschte dabei ein kurzes Lächeln von Ray, der sich fleißig Notizen machte. Dann fragte sie: »Und wie hat Leigha Ihr Ultimatum aufgenommen?«

»Zunächst gar nicht. Sie bräuchte Zeit, hat sie gesagt, und ein paar Tage später ist sie gekommen, sagte mir, dass es ihr leid täte, aber das Leben als Kuhhirtin, genau diesen Ausdruck hatte sie gewählt, sei nicht das ihre.«

»Hat Sie dieser Begriff gekränkt?«

»Nein, Ma'am, ich habe schon mit so einer Entscheidung gerechnet. Bestimmt ist es ihr nicht leicht gefallen, nach fast fünf Jahren, aber es war nun mal so und es ist auch gut, wie es ist.«

»Haben Sie eine neue Partnerin gefunden?«

Angus McIllroy grinste. »Ich glaube, ich bin auf gutem Weg, würde ich mal sagen.«

Offensichtlich war McIllroy Rechtshänder und hatte anscheinend nur wenig Grund, Leigha umzubringen. Es sei denn, sie hätte versucht, Unregelmäßigkeiten aus dem Geschäftsgebaren ihres Ex an die Öffentlichkeit zu tragen. Rachel wollte noch mehr über Leigha wissen.

»Was für ein Mensch war Leigha?«

»Unkompliziert, frech, liebenswürdig, provokativ, sportlich, zuvorkommend und sehr spontan. Sie verkörperte das nette Mädchen von nebenan genauso wie die freche Göre aus der Vorstadt oder die verzogene Bürgertochter.«

»Und welche Rolle spielte Leigha für Sie?«

»Sie war der Kumpel zum Rinder stehlen und die absolute…«, er stockte, »na ja, sie hatte Qualitäten, die Männer zu schätzen wissen. Sie war einfach unkompliziert.«

Rachel nickte vielsagend. Sie kannte Frauen, die Männer mit dieser unkomplizierten Art dazu brachten, alles zu tun was sie wollten oder auch alle Geheimnisse preiszugeben. Möglicherweise war diese Eigenschaft auch bei Leighas Arbeit von nicht zu unterschätzender Wirkung gewesen. Nur war Leigha politische Korrespondentin und keine Enthüllungsjournalistin – oder doch? Nein, dafür war sie nun wirklich nicht bekannt. Und dieser Arran Prendergast? Rachel fragte nach Angus' Meinung zu dem Politiker und griff danach zu einem Tatarbrötchen.

»Arran Prendergast ist ein vollkommener Idiot, der sich selbst komplett überschätzt, dabei von kaum jemandem ernst genommen wird.«

Hatte nicht Lori Spencer am Vormittag ähnliche Worte gewählt?

»Nicht sehr schmeichelhaft«, brummte Williams.

»Aber dennoch die Wahrheit. Ich kann mir vorstellen, dass er bei der nächsten Wahl nicht wieder gewählt wird. Dabei ist es durchaus denkbar, dass ihn die eigene Partei absägt.«

»Wie war sein Verhältnis zu Leigha? In Edinburgh wird behauptet, die beiden hatten ein Verhältnis.«

»Prendergast stellt seit zwei drei Jahren Leigha nach. Angefangen hat alles in einer Talkshow, als er ihr schöne Augen machte und Leigha das ausnutzte, um ihn am Nasenring vorzuführen. Ich glaube, er hat bis heute noch nicht gemerkt, dass er aufs Glatteis geführt wurde.«

»Und später. Nach der Talkshow?«

»Er hat immer mal wieder versucht, sich an Leigha heranzumachen.«

»Erfolgreich?«, fragte Rachel knapp und schielte bereits wieder zu der inzwischen sehr übersichtlich gewordenen Platte. Das waren aber auch wirklich absolute Köstlichkeiten.

»Das glaube ich nicht. Jedenfalls nicht so lange wir zusammen waren.«

»Können Sie sich da sicher sein?«

Angus schnaubte hörbar. »Da kann man sich nie sicher sein – bei Frauen meine ich, aber ich bin mir ziemlich sicher. Sie hasste diesen Typ.« Er wiegte den Kopf hin und her, offenbar eine Angewohnheit von ihm. »Nein, hassen ist nicht das richtige Wort. Sie verachtete ihn, fand ihn lächerlich und eingebildet.«

»Aber die Öffentlichkeit hatte einen anderen Eindruck.«

Er nickte. »Das war ihr Spiel. Arran war ein kleiner Bauer im großen politischen Ränkespiel.«

»Ränkespiel?« wiederholte Rachel und richtete sich aus ihrer allzu legeren Haltung wieder auf. War da doch mehr?

»Na ja, Leigha war politische Journalistin bei BBC Alba und verfolgte ihr Ziel, die Sache des gälischen Landesteils zu stärken. Und hierbei wird schon mit harten Bandagen gekämpft. Jeder der nicht gegen dieses Ziel ist, ist ein Freund des Unterfangens. Auch ein Arran Prendergast.«

»Wie hart ging es dabei zur Sache? Wurden Drohungen ausgesprochen?«

»Ma'am, ich denke, Sie haben schon einmal eine politische Sendung im Fernsehen angeschaut. Dabei geht es selten zu wie auf einem Kindergeburtstag.«

Rachel dachte an die Kindergeburtstage bei den Hamiltons, zu denen sie schon gelegentlich eingeladen war. Dort ging es ziemlich heftig zu. Doch sie verstand seine Intention. »Ich verstehe«, sagte sie.

»Leigha war eine begnadete Interviewerin. Sie bestach durch Fachwissen und war derart spontan, dass sich ihre Interviewpartner keine Blöße geben durften. Leigha nutzte jede Schwäche gnadenlos aus. Und da ein Politiker immer irgendwo in der Zwickmühle steckt, genoss sie ihre Position als Inquisitorin.«

»Machte sie sich dadurch keine Feinde?«

»Sie machte sich bei einigen Politikern nicht unbedingt beliebt, dafür aber beim Publikum. Aber Feinde?« Angus sah Rachel mit großen Augen an. »Wir sind hier in Schottland und nicht in Mittelamerika oder der Türkei.«

»Und wenn sie einen tatsächlichen Skandal aufgedeckt hätte, der beispielsweise auch zu rollenden Köpfen geführt hätte?«

»Dann wären diese nicht tatsächlich gerollt – eben Schottland und nicht Türkei – sondern nur zurückgetreten. Aber ich wüsste nichts von einem solchen Fall. Es ging meist mehr um Peinlichkeiten oder Unzulänglichkeiten der Herren und Damen Politiker.«

»Trotzdem, manche Politiker werden ziemlich sauer, wenn man sie zu sehr angreift.«

»Sauer schon, aber Journalisten umbringen? Da gibt es andere Kandidaten als Leigha. Dieser Schmierfink vom Royal Scotsman zum Beispiel ...«

»Ich weiß, wen Sie meinen«, antwortete Rachel und blickte verstohlen auf die geleerte Platte.

»Soll ich Nachschub holen?«

»Nein, machen Sie sich mal keine Mühe.«

»Doch, doch, das ist kein Problem«, sagte McIllroy und war schon verschwunden.

»Und?«, fragte Rachel.

»Macht einen netten Eindruck. Hat kein Motiv, denke ich und ist Rechtshänder. Wieso sollte er Leigha umbringen?«

»Sehe ich auch so. Ich hoffe, er kann uns noch einiges erzählen.«

»Von Leighas privatem Umfeld wissen wir noch nichts. Ich hoffe, er plaudert da aus dem Nähkästchen.«

»Und was sagt dein Gespür als Detective?«

»Ich verlasse mich da viel lieber auf meinen Verstand und meine Kombinationsgabe, als auf das Gespür. Das ist ja bekanntlich dein Metier. Kennst du denn den Täter schon?«

»Gute Frage. Ich glaube, wir sind gar nicht so weit entfernt. Aber hör auf, mich zu löchern. Ich weiß nämlich nicht mehr als du.«

»Du sprichst in Rätseln.«

»Das tun Frauen gemeinhin.«

»Immerhin hat McIllroy sofort verstanden, dass du noch mehr seiner Häppchen haben wolltest, nach dem Motto: Immer das Gegenteil tun, was Frauen fordern, dann macht man es richtig.«

Rachel erstarrte kurz. »Was hast du da eben gesagt? Heißt doch im Umkehrschluss, dass Frauen das verlangen, was sie nicht wollen.«

Ray kratzte sich am Kopf. »Und was meinst du jetzt damit? Ich kann dir nicht folgen.«

»Schlaf mal drüber, vielleicht verstehst du es dann.«

In diesem Moment kam Angus McIllroy mit einer frisch gefüllten Platte in das gemütliche Wohnzimmer seines Farmhauses, das in seiner Schlichtheit und mit dem behaglich knisternden Feuer im offenen Kamin sehr heimelig wirkte.

Er ist wirklich ein attraktiver Mann, dachte sich Rachel, ungefähr in ihrem Alter, mit rund eins fünfundachtzig etwas größer als sie selbst, lockiges dunkles Haar und blaue Augen, mit einem kleinen

Grübchen am Kinn, selbstbewusstes und dennoch zurückhaltendes Lachen, kräftig aber nicht zu stiernackig; der Inbegriff des gutaussehenden Schotten. Und einen solchen Mann ließ sich Leigha Harrow durch die Lappen gehen?

»So, da bin ich wieder, greifen Sie ruhig bedenkenlos zu, das soll auch keine Bestechung sein.«

»Vielen Dank für Ihre Mühe«, antwortete Rachel. »Ich hatte schon lange nicht mehr so etwas Feines.«

»Sind Sie deshalb nach Schottland gekommen, um endlich mal herzhafte Kost genießen zu können?«

»Ich bin nicht aus London, falls Sie das meinen, ich stamme aus dem ländlichen Devon. Und durch einen seltsamen Zufall bin ich hier bei der schottischen Polizei gelandet.« Sie merkte, wie ein Lächeln über Rays Gesicht huschte. »Doch wir wollen hier nicht über mich reden, sondern den Mörder von Leigha dingfest machen. Was wissen Sie über Dawn Roberts?«

»Dawn.« Angus schüttelte lachend den Kopf. »Dawn ist ein Unikum. Manchmal erinnert sie mich an Luna Lovegood, sie hat bisweilen ziemlich abstruse Ansichten, die sich bei genauerer Betrachtung jedoch als hochphilosophisch herausstellen und dann gar nicht mehr so weit hergeholt wirken. Außerdem sprudelt stets die Wahrheit aus ihr heraus. Lügen ist nicht ihr Ding und wenn sie es versucht, ist es dermaßen auffällig, dass sie es gleich bleiben lassen kann. Auch ihre Kleidung ist ziemlich auffällig, vorsichtig ausgedrückt. Wie sie die Stelle in der Parlamentsverwaltung erhalten hat, ist mir schleierhaft, aber vermutlich hat sie das Personalamt überzeugt. Dawn ist einfach Dawn, ich habe noch nie einen Menschen erlebt, der so speziell und dabei so liebenswürdig ist wie Dawn. Sie würde ihr letztes Hemd geben, wenn sie damit jemandem helfen könnte.«

»Sie hatte keinen Grund, Leigha zu ermorden?«

»Nein Ma'am. Dawn würde keiner Fliege was zuleide tun. Sie kann noch nicht einmal helfen, die Schafe zu schlachten, das muss ihr

Freund übernehmen – sie hat vor einiger Zeit ein Haus mit ein paar Schafen gekauft. Das ist auch so eine Sache, die Dawn charakterisiert, sie hat das Haus gesehen und es vom Fleck weg gekauft. Es ist irgendwo in den Pentland Hills.«

»Haben Sie noch Kontakt zu Dawn?«

»Leider nicht. Durch den Bruch mit Leigha habe ich auch die Verbindung zu ihrer besten Freundin verloren. Und das ist wirklich bedauerlich.«

»Und wie würden Sie die Freundschaft zwischen Leigha und Dawn beurteilen?«

»Da haben sich zwei gefunden, die so unterschiedlich waren, auf den ersten Blick jedenfalls, dass sie sich nur ergänzen konnten. Leigha sollte die Hochzeit von Dawn und ihrem Freund Hamish organisieren. Soweit ich das beurteilen kann, war das eine fast perfekte Freundschaft. Und durch die großen Unterschiede kam es eigentlich gar nie zu der Situation, dass die eine auf die andere eifersüchtig geworden wäre. Sie lebten auf unterschiedlichen Planeten und trafen sich auf der Sonne.«

»Sehr poetisch ausgedrückt«, fand Rachel. »Kommen wir zu Leighas Nachbarschaft. Hatte sie dort Freunde oder Bekannte?«

»Freunde eher weniger. Leigha war, wie ich schon gesagt habe, sehr darauf bedacht, nicht zu viel von sich preiszugeben.«

»Wie war ihr Verhältnis zu den Spencers im Haus gegenüber?«

Angus McIllroy runzelte die Stirn. »Diese feinen Pinkel?«

Rachel nickte.

»Den Spencer konnte sie nicht leiden, die Frau war ganz in Ordnung. Aber ganz offensichtlich ist sie für ihn lediglich ein schmückendes Beiwerk, das im goldenen Käfig sitzt. Der Gin ist ihr Freund, aber ich glaube, sie hat sich ab und an mit einem Callboy getroffen. Das hat Leigha mir einmal erzählt.«

»Gab es sonst noch Geheimnisse der Spencers, über die Leigha Bescheid wusste?«

»Nein. Ich glaube auch nicht, dass die Spencers Leigha sonderlich interessiert haben. Mit Lori hat sie sich ab und zu unterhalten, mehr aus Höflichkeit, denke ich.«

»Könnte Leigha ihren Kontakt zu Lori Spencer intensiviert haben, seit sie sich von Ihnen getrennt hat?«

»Darüber kann ich nichts sagen, weil ich keine Ahnung habe, mit wem sich Leigha nach der Trennung getroffen hat.«

Ray Williams, der sich die ganze Zeit weitgehend schweigend Notizen machte und nebenbei die McIllroy'schen Häppchen verzehrte, mischte sich nun plötzlich ins Gespräch ein. »Angus, Sie haben vorhin erwähnt, dass sie wieder eine Freundin haben. Habe ich das richtig verstanden?«

»Ja.«

»Kannte Ihre jetzige Freundin Leigha?«

»Was tut das zur Sache?«

»Bitte beantworten Sie nur meine Frage«, sagte Ray ruhig.

»Nein, sie kannten sich nicht. Alisa kennt Leigha nur vom Fernsehen und da sie nicht gälisch spricht, auch nur vom Reinzappen ins Programm, lediglich aus Interesse.

Wollen Sie etwa behaupten, Alisa hätte etwas mit Leighas Tod zu tun?«

»Ich will mir nur ein Gesamtbild verschaffen. Das ist so wie ein großes Puzzle. Am Anfang haben Sie viele Einzelteile und am Ende gibt es ein Bild. Und vieles, das sie bereits am Anfang klar sehen, stellt sich am Ende als nebensächliches Detail heraus. Doch manchmal sind es gerade die Details, die zum Erfolg führen.«

Rachel hoffte, dass Ray seinen Monolog kurz halten würde und das Wesentliche nicht aus den Augen verlöre.

»Also ich sehe überhaupt keinen Grund, wieso Alisa ihre Vorgängerin getötet haben sollte«, grummelte Angus.

»Was macht Ihre Freundin Alisa beruflich?«, frage Ray weiter.

»Sie ist Lehrerin an der Grove Academy in Dundee.«

»Und seit wann kennen Sie Alisa?«

»Ich wüsste zwar nicht, was das mit dem Fall zu tun hat, aber ich kenne Alisa schon seit gut zehn Jahren, sie war eine Studienkollegin meiner Schwester Sheila, die ebenfalls Lehrerin ist, allerdings in Aberdeen.«

»Aber Sie waren nicht mit ihr …?«

»Nein, Sir. Ich kannte sie eher flüchtig, von Feiern bei meiner Schwester. Ich habe mich schon immer gut mit Alisa verstanden, aber ohne jeden Hintergedanken. Der ist erst gekommen, als ich mich von Leigha getrennt habe.«

»Aha«, kommentierte Ray.

»Ja, und sie hat es mir nicht gerade leicht gemacht, aber ich glaube, so langsam wird es was mit uns beiden.«

»Dann wünsche ich Ihnen wirklich alles Gute.«

»Danke, Sir.«

»Was können Sie uns über Leighas Familie sagen?«, fragte Rachel, die das Ruder wieder an sich riss.

»Leigha stammt von den Hebriden, von der Insel Vatersay. Das ist das hinterste Ende des Endes der Welt. Auf der Insel leben nur rund 90 Personen, verstreut auf einzelne Gehöfte. Ihr Vater war Fischer, verstarb jedoch schon vor vielen Jahren auf See, ihr Bruder John ist Soldat und war im Irak und in Afghanistan, ihr anderer Bruder, Sean, ist Fischer und lebt im elterlichen Haus mit seiner Frau und zwei Kindern. Die Mutter ist im vergangenen Jahr gestorben.

Was kann man über Vatersay sagen? Es ist die südlichste bewohnte Insel der Äußeren Hebriden und nur etwas für Menschen, die Einsamkeit gewohnt sind. Zu dieser Einsamkeit kommt jedoch, dass man in einer Art Zwangsgemeinschaft mit anderen Menschen zusammen leben muss. Das ist nicht ganz einfach. Kein Wunder, dass Leigha ein anderes Leben suchte, denn mehr als Ehefrau und Schafhirtin kann man in Vatersay als Frau nicht werden. Die Natur jedoch ist absolut eindrucksvoll. Davon kann ein junger Mensch aber nichts kaufen.«

»Hatte Leigha noch Freunde in Vatersay?«

»Das ist seltsam. Die ganze Insel hält eng zusammen. Dem Clan entkommt man nie wirklich. Das ist einerseits sehr schön, auf der anderen Seite auch ganz schön lästig.« Angus blickte Rachel an. »Richtige Freunde hatte sie nicht. Es gibt da nur Ruth Gordon, das Nachbarsmädchen aus Leighas Kindertagen. Sie ist mit dem Tierarzt, Jeff Gordon, der auch noch für die Nachbarinsel Barra zuständig ist, verheiratet. Mit Ruth hatte Leigha noch gelegentlich Kontakt und sie haben sich auch immer getroffen, wenn sie zu Hause zu Besuch war. Sonst ist mir niemand bekannt, der engeren Kontakt zu ihr hatte.«

»Und wie sah es mit Männern aus?«

McIllroy lachte. »Das können Sie sich ja an einer Hand abzählen. Immerhin gab es mit Ruth ein gleichaltriges Mädchen. Bei 90 Einwohnern hatte es nur eine Handvoll Männer in ihrem Alter und zwei davon waren ihre Brüder. Da muss ich Fehlanzeige melden. Ich habe nie von einem Mann gehört und Leigha hat auch niemals von Männerbekanntschaften aus Vatersay berichtet.«

»Und von anderen Hebrideninseln?«

»Ihren ersten Freund hatte Leigha, so wie sie mir versicherte, während ihres Studiums in Glasgow. Aber wer kann sich da schon sicher sein?«

Rachel nickte.

»Haben Sie noch Kontakt zu Leighas Familie?«

»Wieso sollte ich?«

»Haben Sie irgendeinen Verdacht, wer Leigha umgebracht haben könnte?«

»Nein, ich habe keinen Verdacht. Ich kann mir auch nicht vorstellen, wer sie umbringen sollte. Aus welchem Grund auch? Leigha war Leigha, aber niemand, den man ermorden müsste. Ich habe mir, seit ich erfahren habe, dass sie tot ist, immer wieder diese Frage gestellt. Aber eine Antwort habe ich nicht erhalten. Vielleicht war es doch Prendergast.«

Rachel zuckte innerlich zusammen. »Wie kommen Sie jetzt auf Prendergast?«

»Ach was weiß ich. Irgendwer muss es doch gewesen sein. Ich war es jedenfalls nicht. Es tut mir sehr leid, aber das Thema Leigha ist für mich abgeschlossen und ich habe auch keine Lust, ein neues Kapitel zu eröffnen.«

»Das verstehe ich gut, Angus«, sagte Rachel und war irgendwie enttäuscht, dass sie nicht mehr von McIllroy erfahren hatte. Irgendwie hatte sie sich gewünscht, dass er auf ein dunkles Geheimnis verweisen würde, das zur Lösung des Falles führt.

Kapitel 9

Als Bob Hamilton am Abend auf dem Weg nach Hause war, traute er seinen Ohren nicht: »Der SNP Politiker und Lebensgefährte von Leigha Harrow, Arran Prendergast, wurde nach Aussagen seines Wahlkreisbüros entführt. Die Polizei hat dies bestätigt. Damit nimmt der Mordfall an der beliebten Fernsehmoderatorin eine spektakuläre Wende«, hieß es in den Nachrichten bei BBC Scotland. Zornig schaltete Hamilton das Radio aus und fuhr an den Straßenrand. Was sollte denn dieser Blödsinn? Wie konnte das Radio solche Meldungen verbreiten, wenn er selbst noch vor gut zehn Minuten, als er sein Büro verlassen hatte, keine Information über eine Entführung Prendergasts hatte. Und welche Polizei bestätigte die Entführung? Er überlegte kurz, was zu tun sei und stopfte sich zunächst einmal in aller Ruhe seine Pfeife. Nach ein paar genüsslichen Zügen beschloss er, zurück ins Büro zu fahren, denn wenn diese Information in der Welt war, musste gehandelt werden, egal ob sie stimmen sollte oder eine Falschmeldung war. Er rief kurz seine Frau an, um sich zu entschuldigen und lenkte dann seinen Wagen zurück nach Tulliallan Castle. Dort ging er in zügigen Schritten zu seinem Büro, ohne sich um das Rauchverbot im Gebäude zu scheren – wenn jemand sich beschwert hätte, wäre Hamilton ihm mit Sicherheit an die Gurgel gegangen.

Duke, der Weimaraner, wunderte sich, wieso es wieder ins Büro ging und folgte seinem Herrn nur widerwillig, legte sich dann mit einem unwirschen Knurren in sein Ledersofa. Hamilton warf sein Jackett über den Besucherstuhl, fuhr den Computer wieder hoch und nahm den Telefonhörer in die Hand, nachdem er sich auf seinen ledernen Schreibtischsessel gesetzt hatte, und wählte Rachels Nummer. Sein modernes Telefon hätte auch auf einen Sprachbefehl reagiert, aber diese Technik war ihm suspekt. Außerdem verstünde das Gerät seinen Dialekt ohnehin nicht.

»Bob, was gibt es?«

»Hast du schon gehört?«

»Nein, was denn?«

»Das Radio hat verkündet, dass Prendergast entführt sei und die Polizei habe das bestätigt.«

»Wie bitte?«, Rachels sonst so warme und ruhige Stimme überschlug sich fast.

»Genau. Dir ist nichts dergleichen bekannt?«

»Nein, du wärest der Erste gewesen, dem ich diese Information mitgeteilt hätte. Meinst du, da kann etwas dran sein?«

»Ich glaube es eigentlich nicht«, antwortete Bob. »Aber ich bin auch kein Hellseher. Anscheinend kam ein diesbezüglicher Hinweis von Prendergasts Wahlkreisbüro.«

»Das kann man überprüfen lassen. Sean McNally befindet sich auf den Hebriden, er und Jessica Barlow. Die hätten doch etwas gesagt.«

»Versuche die beiden zu erreichen und rufe mich zurück, wenn du etwas weißt.«

»Mach ich. Bis gleich.«

Inzwischen war der Computer funktionstüchtig. Bob Hamilton stopfte seine Pfeife nach und zündete sie wieder an. In diesem Moment kam Chief Constable Ian Fitzpatrick in Hamiltons Büro.

»Was ist denn das für eine Scheiße?«, fragte er sichtlich verärgert.

»Das frage ich mich auch. Nimm doch erst mal Platz, Ian.«

Dieser sah das Jackett auf dem Besucherstuhl und zögerte kurz.

»Lege die Jacke doch einfach auf die Fensterbank.«

Fitzpatrick setzte sich. »Was ist denn da los? Am Morgen kommt die Adamson und verlangt Diskretion und jetzt passiert der Super-GAU.«

»Da stellt sich die Frage, wem an diesem Super-GAU gelegen ist. Wir wissen nicht von einer Entführung, wenngleich mir die Frau Staatssekretärin bestätigt hat, dass die Partei nicht weiß, wo sich ihr Superheld gerade aufhält.«

»Was machen wir jetzt? Spätestens morgen früh wird die Erste Ministerin vorstellig und will Ergebnisse haben. Von der Presse ganz zu schweigen. Welcher Idiot hat da was ausgeplaudert?«

»Meine Leute sind dran, das zu recherchieren. Ich kann mir vorstellen, dass da ein entsprechendes Gerücht im Umlauf ist und ein im Umgang mit Medien nicht unbedingt gut geschulter Kollege, dessen Hauptaufgabe es ist, entlaufene Hunde einzufangen oder Touristen davon abzuhalten, den Robbenkolonien zu nahe zu kommen, eine unbedachte Aussage gemacht hat. So in der Art: ‚Der Prendergast ist nicht hier – nein, eine Entführung kann nicht ausgeschlossen werden.‘« Hamilton versuchte einen Hochlanddialekt nachzuahmen, was allerdings nur mäßig gelungen war. »Du weißt doch, was die Medien aus einer solchen Aussage machen. Da wird jedes Wort im Mund umgedreht, wenn es der Sensation dient.

Ich würde jetzt mal abwarten, was tatsächlich Fakt ist. Supt. Ward wird sich jeden Moment bei mir melden. Sie telefoniert gerade mit ihren Leuten, die sie auf die Hebriden geschickt hat.«

»Können sich nicht normale Leute gegenseitig umbringen? Ich hasse es immer, wenn die Politik in eine Sache involviert ist.«

»Keine Angst vor Politikern, die kochen auch nur mit Wasser«, entgegnete Hamilton.

»Das Wasser kann aber sehr heiß sein.«

Hamilton nickte. »Da hast du recht. Also schön in Deckung bleiben und im richtigen Moment zuschlagen. Willst du was trinken? Scotch oder Gin?«

»Es ist also etwas dran an der Legende?«

»Welcher Legende denn?«, fragte Hamilton grinsend.

»Dass du ein trinkender Polizist bist.«

»Jeder Polizist, der was taugt, trinkt und wenn es nur Iron Bru ist.«

Fitzpatrick lachte. »Und dich hat noch nie einer bei der Dienstaufsicht angeschwärzt, wegen Alkohol oder dieser Qualmerei, immerhin ist nicht mehr das Jahr 1985.«

»Die gute alte Zeit«, sagte Hamilton und zog den Aktenordner mit der Aufschrift »Notfallhilfe« aus dem Schrank. »Als Männer noch Männer waren und die Welt in Gut und Böse aufgeteilt war.«

Hamilton schlug den Ordner auf und es kamen eine Flasche Lagavulin 16 und eine Flasche Bombay Sapphire 47 in der unverkennbaren blauen Flasche zum Vorschein.

»Ich nehme den Gin«, sagte Fitzpatrick und Hamilton goss etwas von der klaren Flüssigkeit in zwei Gläser.

»Tonic, Ginger Ale oder Soda?«

»Tonic.«

Hamilton füllte die Gläser auf und reichte eines davon seinem Chef. »Cheers.«

»Nun mal im Ernst. Hast du keine Bedenken, dieses Verhalten könnte dir zum Verhängnis werden?«

»Willst du mich an den Henker ausliefern? Nein, da soll mal einer kommen und es wagen, die Klappe aufzumachen. Ich kann dir versichern, egal welchen Job er hat, er wäre ihn innerhalb kürzester Zeit los. Ich müsste mir dann Sorgen machen, wenn ich jeden Tag betrunken aus dem Büro taumeln würde und nicht, wenn ich alle Jubeljahre einen Schluck Whisky trinke. Das gilt auch für das Bier beim Mittagessen. Es kotzt mich an, diese politische Korrektheit, überall die heile Welt vorgaukeln, aber nichts auf die Reihe bekommen.« Hamilton schaute seinem Vorgesetzten direkt in die Augen. »Solange ich meine Mörder fange und meinen Job zur Zufriedenheit meiner Vorgesetzten und der politisch Verantwortlichen erledige, mache ich mir keine Gedanken über ein Bier zum Mittagessen oder eine Pfeife im Büro. Was glaubst du denn, was Churchill gesagt hätte, hätte man ihm die Zigarre verboten? Das ist doch alles vollkommener Blödsinn und niemand traut sich dagegen anzugehen. Wie beim Märchen von Andersen. Du kennst ‚Des Kaisers neue Kleider'? So geht es uns in dieser Zeit auch.«

»Du könntest recht haben.«

In diesem Moment klingelte das Telefon. Rachel.

»Hallo Rachel. Ich hoffe, du hast Neuigkeiten. Der Chief ist bei mir im Büro, ich schalte mal den Lautsprecher ein.«

»Ist gut. Hallo Chief.«

»Hallo Superintendent Ward. Was gibt es von den Hebriden zu berichten?«

»Ich habe mit Jessica Barlow gesprochen. Das mit der Entführung ist eine absolute Falschmeldung. Sid Langdale, der Leiter von Arran Prendergasts Büro, hat dementiert, dass er gegenüber der Presse von einer Entführung gesprochen hat. Er sagte lediglich, dass er nicht wisse, wo sich der Abgeordnete zurzeit aufhält. Er hatte anscheinend eine Reise nach Katalonien geplant. Ob diese zustanden gekommen sei, wisse er jedoch nicht.«

»Und wie kam die BBC dazu, von einer Entführung zu reden?«

»Jessica konnte sich das nicht erklären. Sie hat auch die gesamte Streitmacht der Polizei auf den Hebriden ins Visier genommen, es gab keine offizielle Anfrage der Presse nach einer Entführung und demnach auch keine Bestätigung für eine Entführung.«

»Wer zum Teufel hat ein Interesse, eine solche Nachricht zu verbreiten?«, fragte Fitzpatrick.

»Die Frage, Sir, ist viel mehr, wer hatte die Möglichkeit, eine solche Nachricht beim Sender zu lancieren.«

»Schicke einen brauchbaren Beamten zur BBC!«, riet Hamilton seiner Chefermittlerin und schlug dann vor: »Wir schicken meine Gattin. Rebecca hat als langjährige Pressesprecherin die notwendigen Fähigkeiten, mit der Presse richtig umzugehen. Wenn du nichts dagegen hast, Rachel, soll Becks morgen bei der BBC vorstellig werden.«

»Du bist der Chef, Bob«, sagte Rachel und lachte. »Da bin ich gespannt, ob sie etwas herausfindet.«

»Wusste Jessica sonst noch irgendetwas zu berichten?«

»Eine heiße Spur haben sie noch nicht gefunden. Jessica klang auch nicht sehr zuversichtlich.«

»Danke Rachel. Wir sehen uns morgen früh im kleinen Besprechungsraum.«

»Gut Bob, bis dann. Auf Wiedersehen Chief.«

»Bis bald, Superintendent Ward.«

»Das ist doch wohl die Höhe«, schimpfte Fitzpatrick.

»Da gibt es zwei Möglichkeiten. Entweder jemand hat sich einen üblen Scherz erlaubt, woran ich glaube, oder irgendwer will Verwirrung stiften. Mich würde aber wirklich interessieren, wo sich dieser Typ herumtreibt.«

»Nebelkerze, Bob. Ich glaube, Prendergast hat nichts mit dem Mord zu tun. An Rachels Stelle würde ich das private Umfeld von Leigha in die Mangel nehmen. Den Ex-Freund beispielsweise oder Arbeitskollegen.«

»Rachel macht das schon richtig. Sie ist fast so gut wie ich zu meinen besten Zeiten.«

»An Selbstbewusstsein hat es dir noch nie gemangelt. Das war schon damals bei der Londoner City-Polizei so.« Vor mehr als zwei Jahrzehnten war Fitzpatrick der direkte Vorgesetzte von Bob Hamilton gewesen. Hamilton hatte es dort jedoch nur kurze Zeit ausgehalten, was nicht an Fitzpatrick lag, sondern an der Herausforderung, die bei der Polizei der Greater Manchester Police auf ihn wartete und wo sein legendärer Ruf begründet wurde.

Als Hamilton endlich nach Hause kam, war es schon kurz vor Mitternacht. Er war froh, dass die Sitzung erst für acht Uhr angesetzt war, so blieben ihm noch ein paar Stunden, um auszuschlafen – vorausgesetzt, die Kinder machten keinen Terror und der Hund musste nicht in den Garten. Er wurde zunehmend älter und hielt in der Nacht nicht mehr dicht.

Kapitel 10

Pünktlich um acht Uhr fand sich Bob Hamilton im kleinen Besprechungszimmer ein. Dieses glich dem Zimmer vom Vortag in sämtlichen Details, nur war es eben um einiges kleiner. Neben Rachel und dem Team von Ray Williams waren noch DI Miller und zwei Kollegen der E-Division sowie Laura Lynn von der Spurensicherung und Sam Bingham von der technischen Abteilung versammelt. Nach kurzem Gruß setzte sich Hamilton neben Rachel, diese sagte einige einleitenden Worte und übergab dann an Sam Bingham.

»Wir haben auf Leighas Computer einige interessante Details gefunden«, begann Bingham und rückte seine Brille zurecht. »Offenbar erhielt sie außer den üblichen Fan- und Hassmails auch welche mit strafrechtlichem Potenzial. Sie wurde definitiv gestalkt. Ein Typ, der sich »The Highlander« nennt, schickte ihr täglich zigfach Nachrichten. Er könne nicht mehr ohne sie leben, er bete sie an und solches Zeug. Begonnen hat das alles im März. Damals meinte er, da sie jetzt frei sei, hätte er seine Chance verdient und er schickte gleich ein Bild seines erigierten Geschlechtsteiles mit. Sie können sich nicht vorstellen, Ma'am, wie viele Männer derartige Bilder an Leigha geschickt haben.«

»Ich will es mir gar nicht vorstellen. Ein Motiv für Mord ist es jedenfalls nicht, allenfalls umgekehrt. Kommen Sie zum Punkt, Bingham.«

Der Polizeitechniker rutschte unsicher auf seinem Stuhl umher und fuhr dann fort. »Die Nachrichten des Highlanders wurden fordernder. Was sich zunächst wie ein schlechter Scherz anhörte, wurde immer drohender. Am 24. April schrieb er: ‚Du bist für mich bestimmt. Ich will dich haben.' Drei Wochen später sogar: ‚Ich habe dich gesehen.' Dazu war ein explizites Nacktbild von Leigha angehängt, allerdings handelt es sich dabei um eine Fälschung. Und vor einer Woche schrieb er: ‚Ich will dich jetzt haben und ich hole dich jetzt.' Der Typ muss Leigha über längere Zeit beobachtet haben, denn er beschreibt minutiös ihren Tagesablauf. Ich würde sagen, der Highlander ist unser Mann.«

»Sehr schön, Bingham, und wissen Sie auch schon, wer sich hinter dem Highlander versteckt?«

Der Angesprochene seufzte hörbar. »Wir sind dran. Das ist nicht ganz so einfach wie es aussieht.«

»Und hat die Auswertung des Computers noch etwas Brauchbares ergeben, oder waren die Männerzipfel das einzige Highlight?«

»Wir sind noch dran, die Mails auszuwerten, bislang fanden wir nichts Auffälliges. Hauptsächlich hat das Opfer den Rechner benutzt, um ihre Sendungen vorzubereiten.«

»Privat wurde er nicht genutzt?«, fragte Rachel etwas verwundert.

»Nein, anscheinend nicht. Es finden sich nur ganz vereinzelt Privatmails.«

»Dann muss es noch einen privaten Computer geben. Kein Mensch, der jünger als 40 ist, lebt heute ohne Computer.« Rachel warf einen scharfen Blick über die Runde und jeder wusste, dass es nun galt, diesen Computer zu finden. »Und die Sendungsvorbereitungen geben keinen Aufschluss für ein Mordmotiv?«

»Das sieht definitiv nicht so aus.«

»Gut. Was wissen wir noch?«, fragte sie in die Runde.

»Sie hat ihren Vertrag bei BBC Alba nicht verlängert«, meldete sich Peter Miller zu Wort. »Anscheinend wollte der Sender verlängern, aber Leigha nicht.«

»Sie wurde also nicht entlassen?«, fragte Ray erstaunt.

»Keine Rede davon. Sie war das beste Pferd im Stall. Dieser aufgesetzte schottische Nationalismus war nur Show, oder Mittel zum

Zweck. Man hatte festgestellt, dass diese Art der Polarisierung die Einschaltquoten in die Höhe treibt.«

»Hm. Das ist ja ganz überraschend. Wir hatten bisher die Version, dass ihr gekündigt wurde, bzw. dass man ihr den Vertrag nicht verlängerte, weil sie nicht mehr tragbar gewesen sei. Wusste der Sender etwas über Leighas Pläne?«

»Nein, der Programmchef, mit dem ich gestern gesprochen habe, sagte nur, dass sich Leigha anderweitig orientieren wollte. Das kann alles oder nichts bedeuten. Sie hätte zu einem anderen Fernsehsender wechseln können, zu einer Zeitung, als Auslandskorrespondentin nach Übersee, als Tierfilmerin in die Highlands oder ihren Beruf an den Nagel hängen und eine Familie gründen. Wir wissen es nicht.«

»Gut. Und was wusste das Umfeld von Leigha über ihre Pläne?«, fragte Rachel in Jessica Barlows Richtung.

»Die Familie auf Vatersay war nicht über Leighas zukünftige Vorhaben informiert. Der Bruder, der noch dort lebt, hat sie seit Ostern nicht mehr gesehen und nur sporadisch mit ihr telefoniert. Der andere Bruder ist seit vergangenem Jahr auf den Falklands stationiert und hat nur sehr wenig Kontakt mit seinen Geschwistern, was allerdings an seinem Job und weniger an familiären Zwistigkeiten liegt. Und dann gibt es noch eine Schulfreundin, Ruth Gordon, deren Kontakte sich in den vergangenen Jahren weitgehend auf mehr oder weniger intensive Facebook-Einträge beschränkten. Allerdings hat Leigha, wenn sie in ihrer alten Heimat war, regelmäßig bei Ruth vorbeigeschaut. Nur war Leigha viel seltener auf den Hebriden, als man es hätte vermuten können. Insofern passt das schon mit der Aussage des Programmdirektors zusammen. Leigha war vermutlich Lokalpatriotin, aber die Art und Weise, wie sie polarisiert hat, war lediglich Teil des Konzeptes der Sendung.«

»Und was wissen wir über Arran Prendergast, der wie ein unsichtbares Gespenst über allem schwebt?«

»Schlichtweg nichts«, antwortete Jessica. »Er ist nur unauffindbar.«

»Wenn Sie mich fragen, Ma'am, würde ich sagen, Prendergast fickt sich irgendwo die Eier leer. Der konnte seinen Schwanz noch nie bei sich behalten«, kläffte der ältere der Kollegen aus Edinburgh dazwischen.

Rachel warf ihm einen vernichtenden Blick zu. »Ich frage Sie aber nicht. Und dann möchte ich Sie bitten, auch wenn ich die überbordend politisch korrekte Sprache nicht vollumfänglich unterstützen kann, dass Sie sich zukünftig so ausdrücken, wie es in zivilisierter Gesellschaft üblich ist. Haben Sie mich verstanden?«

Er nickte und bekam im gleichen Moment noch einen Ellbogenschlag von Peter Miller in seine Weichteile.

»Es ist tatsächlich seltsam mit diesem Kerl. Er scheint vom Erdboden verschluckt zu sein«, meldete sich Ray zu Wort. »Dennoch denke ich, kann uns das zunächst einmal egal sein, denn bis auf eine, von einigen Medien kolportierte, aber offensichtlich falsche Behauptung, Prendergast sei der Partner von Leigha, hat dieser Herr nichts mit unserem Fall zu tun. Und bis dahin soll er bleiben, wo er mag, es sei denn, jemand meldet ihn als vermisst. Das ist bislang aber noch nicht geschehen und schließlich hat jeder Mensch, auch ein Abgeordneter, das Recht, von der Bildfläche zu verschwinden. Daher werden ich und mein Team die Causa Prendergast von nun an ignorieren. Es sei denn, es liegen eindeutige Beweise vor, dass er mit dem Tod von Leigha etwas zu tun hat. Ich denke, wir sollten uns mit dem Highlander beschäftigen und den Privatcomputer suchen.«

»Das sehe ich auch so«, befand Rachel. »Dennoch scheint jemand die Prendergast-Karte im Spiel halten zu wollen. Doch darum kümmern wir uns im Augenblick nicht, Chief Inspector Rebecca Hamilton hat diese Aufgabe übernommen und wird uns auf dem Laufenden halten.

Hat die Spurensicherung etwas zu berichten, Laura?«

»Leigha war eine äußerst ordnungsliebende Frau, die großen Wert auf Sauberkeit legte. Leider haben die Reinigungsmittel ganze Arbeit geleistet. Die Wohnung ist zwar geschmackvoll eingerichtet, aber auch irgendwie unpersönlich.«

»Wie haben wir das zu verstehen?«

»Typische Wohnungen von Frauen in Leighas Alter haben entweder einen gewissen Charme oder gleichen einer Müllhalde. Diese Wohnung könnte auch ein Appartement in einem Hotel sein. Es gibt zwar Kleidung, ein paar Bücher und aktuelle Zeitschriften, aber nichts Persönliches. Kein Tagebuch, keine privaten Aufzeichnungen, keinerlei Versicherungspolicen und keine Privatpost. Das Einzige, was wir gefunden haben, war ein kleiner Aktenordner mit Rechnungen, die Wohnung betreffend. Das war seltsam, als habe Leigha nicht wirklich dort gewohnt.«

»Es muss also noch irgendwo eine weitere Wohnung, ein Ferienhaus oder etwas in dieser Richtung geben«, mutmaßte Rachel. »Hat jemand aus dem Bekannten- oder Kollegenkreis etwas diesbezüglich verlauten lassen?«

Überall Kopfschütteln im Raum.

»Dann sollten wir mal unsere Anstrengungen intensivieren. Und was gibt es sonst noch, was uns weiterbringen könnte?«

Bob Hamilton zupfte an seiner Krawatte herum und entfernte dann kurzerhand das um den Hals gewickelte Ungetüm, das ihm fast die Luft abschnürte. Er steckte den zusammengeknüllten Binder in die Jackentasche und sagte dann, als habe das Gespräch mit Joanna Adamson nicht stattgefunden: »Hatte Leigha Unterlagen zur Regierungspartei gesammelt? Irgendwas? Gibt es Aufzeichnungen zu Politikern der SNP?«

Laura Lynn musste ihn enttäuschen. »Nein Sir, in ihren Aufzeichnungen gab es lediglich Konzepte und Informationen über die vergangenen Sendungen und ein paar Notizen über zukünftige. Alles in Allem eher übersichtlich und nichts, was in irgendwelcher Art und Weise für die SNP oder Mitglieder der Partei verfänglich wäre. Wir haben in der Kürze der Zeit natürlich noch nicht alles bis ins letzte Detail ausgewertet, aber von Enthüllungsjournalismus war das, was wir gefunden haben, weit entfernt. Dennoch denke ich mir, dass es solche Aufzeichnung geben kann. Und zwar auf einem privaten Computer in einem privaten Rückzugsraum. Das kann ein angemietetes

Büro oder Ein-Zimmer-Appartement irgendwo in ganz Schottland oder sogar in Nordengland sein.«

»Wir sollten mal die Fluggastdaten überprüfen, vielleicht findet sich da etwas«, schlug Ray Williams vor.

»Wieso sollte sie geflogen sein?«

»Rachel, Ma'am«, ergänzte er, um ihre Autorität nicht zu untergraben, »Leigha liebte die Hebriden. Es ist doch nicht ganz unwahrscheinlich, dass sie dort ein Häuschen, versteckt am Meer oder hinter sieben Hügeln hatte. Via Glasgow erreicht man beispielsweise Barra zwei Mal am Tag und auf die anderen Inseln gelangt man auch am besten, schnellsten und bequemsten mit dem Flugzeug.«

»Du hast recht, das ist gar nicht so abwegig. Könnten Sie das checken, Sergeant Peacock?«

Keira Peacock, eine rothaarige, kleine Frau mit großer Oberweite und wachem Verstand, die die Fähigkeit hatte, um die verwinkeltste Ecke denken zu können und deshalb Mitglied im Team war, nickte und begann gleich auf der Tastatur ihres Notebooks herumzuhämmern. Reden war dagegen nicht ihre Stärke. Hamilton hatte sie noch nie reden hören und bezweifelte sogar, dass sie dazu in der Lage war. Doch sie zeigte obendrein die besten Ergebnisse auf dem Schießstand, also passte sie vorzüglich in Rays Team.

In diesem Moment huschte ein Grinsen über das Gesicht von Sam Bingham. »Ma'am, Sir«, sagte er und blickte dabei erst zu Rachel, dann zu Hamilton, »wir haben herausgefunden, wer der Highlander ist.«

»Machen Sie es nicht so spannend«, sagte Hamilton ungeduldig. Wieso mussten diese Typen wie Bingham erst einem mit großem Brimborium etwas ankündigen, anstatt sofort zur Sache zu kommen?

»Also«, sagte Bingham großspurig, »Es handelt sich um Euan Munro.«

Pause.

»Und weiter?« knurrte Hamilton unwirsch. »Lassen Sie sich nicht jedes Wort einzeln aus der Nase ziehen.« Er hatte gute Lust, ihm an die Gurgel zu gehen.

»Sorry, Sir«, erwiderte Bingham kleinlaut. »Euan Munro, geboren am 17. September 1982 in Aviemore, arbeitet im Hafen von Leith als Gabelstaplerfahrer und wohnt in der Rosevale Terrace.«

»Schicke Gegend«, fand DI Miller. »Haben wir den Typen in unserer Datenbank?«

Wieder grinste Bingham, doch seine Gesichtszüge froren ein, als Hamilton ihm einen eisigen Blick entgegenschleuderte.

»Er ist ein guter, alter Bekannter. Kleinkrimineller, hatte immer mal wieder Ärger mit der Justiz, für Knast reichte es bisher jedoch noch nicht. Die erste Verurteilung erfolgte im Jahr 1999, als er zu ein paar Stunden Sozialarbeit verdonnert wurde. Ich erspare Ihnen jetzt die ganze Liste.«

Hamiltons Laune steigerte sich.

»Der letzte Eintrag stammt von diesem Februar, als er wegen Geschwindigkeitsübertretung die Fahrerlaubnis verlor. Im Moment ist er also zu Fuß unterwegs.«

»Oder er fährt verbotenerweise weiter«, raunzte Miller. »Ich kenne dieses Pack, die sind nur …«

»Behalten Sie Ihre Meinung für sich«, unterbrach ihn Rachel. »Wissen wir, wo er sich im Moment aufhält?«

»Nein. Entweder bei der Arbeit oder zu Hause, würde ich mal sagen.«

»Also, dann schicken wir ein paar Beamte zum Hafen. Wo genau arbeitet dieser Munro?«

»Gordon Limited, die Spezialisten für Stückgut.«

»Dann fragen wir mal nach, ob er heute arbeitet und wann. Machst du das Ray?«

Ray Williams nickte.

»Und wenn nicht, dann holen wir ihn von zu Hause. Dort gehe ich hin und nehme die Spurensicherung mit. Machen Sie das Laura?«

»Nein, dafür sind die Kollegen aus Edinburgh zuständig. Ich bekomme die Ergebnisse.«

»Auch gut.« Rachel stand auf und klatschte in die Hände. »An die Arbeit, ich hoffe, jeder weiß, was er zu tun hat.«

Hamilton zupfte sie am Ärmel ihrer Burberry-Steppjacke. »Ich weiß nicht, was ich tun soll, Ma'am.«

»Dann begleiten Sie mich doch, Sir«, antwortete Rachel lachend. »So was lässt du dir doch nicht entgehen.«

»Natürlich nicht.«

Rund eine Stunde später standen die beiden, begleitet von vier uniformierten Beamten der E-Division, vor einem heruntergekommenen Haus in der berüchtigten Straße im alten Hafenviertel von Edinburgh. Die Kollegen der Spurensicherung waren noch nicht eingetroffen.

»Hübsche Gegend«, befand Hamilton. Ich bin froh, dass es gerade Vormittag und nicht mitten in der Nacht ist.

»Ja, am Tag sieht man die Ratten besser.«

Das Reihenhaus war dreistöckig, wobei das obere Stockwerk unbewohnt aussah, die Fenster waren zugenagelt. Der Rest des Hauses sah nicht viel besser aus, der Vorgarten glich einem Dschungel oder einer Müllhalde im Dschungel. Die Abwasserrohre waren brüchig und das war sowohl zu riechen, als auch zu sehen.

»Dann versuchen wir mal unser Glück«, sagte Hamilton und klopfte an der hölzernen Tür, deren ursprüngliche rote Farbe kaum mehr zu erkennen war.

Kapitel 11

Rebecca Hamilton hatte ihre rotblonden Haare zu einem Pferdeschwanz gebunden und war, gehüllt in einen beigen Trenchcoat, mit Jeans und weißen Turnschuhen auf dem Weg zu einem Café am Grassmarket, dem belebten Platz zwischen Castle Hill und Greyfriars Kirkyard. Sie genoss es, endlich nach mehr als 20 Jahren Polizeiarbeit, in Zivil arbeiten zu können und dabei das tragen zu können, was ihr stand und was ihr an sich gefiel – eine dunkelblaue Polizeiuniform war es jedenfalls nicht. Ob ihr der neue Job auch zusagte, konnte sie nach den wenigen Tagen noch nicht sagen, es war nun einmal etwas ganz anderes, einer gierigen Meute von Pressevertretern gegenüber zu sitzen und entweder wortreich nichts zu sagen oder Details von bestialischen Verbrechen in verdaulichen Häppchen der Öffentlichkeit zu präsentieren oder direkt in Kontakt zu Verbrechern und Verbrechen zu stehen. Wie fast jeder Polizist hatte sie bei der Berufswahl die Motivation, die Welt besser zu machen, inzwischen hatte sie eingesehen, dass allenfalls Schadensbegrenzung möglich war. Doch nun hatte sie einen Posten, der die Bezeichnung Polizistin auch verdiente und darüber war sie froh. Schottland hätte es zwar nicht unbedingt sein müssen, zu sehr liebte sie den milden, sonnigen Südwesten, doch das Leben in Schottland hatte auch seine Reize und Edinburgh war eine Stadt, genau nach ihrem Geschmack. Sie bot alle Vorteile einer Großstadt, kulturell, kulinarisch und verkehrstechnisch, lag landschaftlich traumhaft mit Hügeln und Meer, eingebettet zwischen den ländlichen Lowlands im Süden und den Pentland Hills im Westen und die vielen Touristen konzentrierten sich in erster Linie auf die Princess Street und die Royal

Mile, daher konnte man ihnen ausweichen. Der Grassmarket war zwar ebenfalls bei den Touristen beliebt, jedoch noch nicht morgens um neun.

Rebecca hatte sich mit Christina Kelly, der Programmdirektorin von BBC Scotland, in diesem Café verabredet. Dass es gleich die Programmdirektorin war, mit der sie sich in der Causa Leigha Harrow treffen konnte, hatte sie tatsächlich ihrem ehemaligen Job zu verdanken, denn Christina Kelly war lange Jahre als Fernsehreporterin für die BBC im Südwesten tätig. Bei allen Kriminalfällen, die von landesweitem Interesse waren, tauchte seinerzeit meist auch sie im Pressezentrum der Polizei von Devon und Cornwall auf. Und dabei entstand so etwas wie eine berufliche Freundschaft zwischen den zwei Frauen, zum Nutzen beider Seiten. Christina war eine kleine, quirlige, dunkelhaarige Frau mit blauen Augen und einer großen Klappe, die sie jedoch im Laufe der Jahre bei Bedarf auch zu halten lernte. Sie wartete bereits auf Rebecca, die sich wie üblich um ein paar Minuten verspätet hatte.

»Hallo Becks! Komm her, du bist mal wieder zu spät, schön dich zu sehen. Nimmst du auch noch ein Frühstück? Das schmeckt hier vorzüglich.«

»Schön dich zu sehen«, antwortete Rebecca und ging zu ihr an den Tisch.

Die Zentrale von BBC Scotland war zwar in Glasgow, doch unterhielt der Sender ein Studio in der Hauptstadt und in Anbetracht der Umstände, nämlich dem Tod einer Mitarbeiterin, hielt es Christina Kelly für angebracht, herzukommen. Und dadurch war auch ein rasches Treffen zwischen ihr und Rebecca möglich gewesen.

Die beiden Frauen redeten zunächst einmal, nachdem die Polizistin ebenfalls ein großes Frühstück bestellt hatte, über Familie und Kinder, alte Zeiten und neue Herausforderungen. Rebecca stellte fest, dass, obwohl sie sich schon fast drei Jahre nicht mehr gesehen hatten, von der alten Vertrautheit nichts verloren gegangen war. Bereits als sie sie am Vortag angerufen hatte, war es wie damals gewesen, als wäre noch das Jahr 2010 und sie beide in Devon.

»Wie war das denn jetzt, mit Leigha?«, fragte Rebecca mitten in einer Diskussion über die Sinnhaftigkeit des Brexits. »Wurde ihr gekündigt, hat sie den Vertrag nicht verlängert oder hat sie einfach hingeworfen? Wir haben da verschiedene Versionen. Welche entspricht der Wahrheit?«

»Ja. Leigha war nicht ganz pflegeleicht, deshalb sind all deine Versionen plausibel. Ich habe eine weitere Version für dich.« Christina machte eine Kunstpause und genehmigte sich erst einmal einen Schluck Kaffee. »Leigha war eines unserer besten Pferde im Stall und sie wollte sich verändern. Die Sendungen für BBC Alba machten ihr zwar Spaß, aber nach mehreren Jahren der alltäglichen Routine – du weißt ja, wie das ist – wollte sie eine neue Herausforderung. Und dann gab es tatsächlich Differenzen mit dem Chefredakteur unseres gälischen Programms. Aber das alles war nur ein Nebenkriegsschauplatz. Wir wussten, und wenn ich von wir spreche, meine ich die Chefetage der BBC, was wir an Leigha haben und deshalb haben meine Mitarbeiter und ich ein neues Format für Leigha entwickelt, das ab dem kommenden Jahr gesendet werden sollte. Vermutlich werden wir es auch – logischerweise mit einem anderen Gesicht – auf den Schirm bringen, schließlich hat es viel Geld und Mühe gekostet. Leigha sollte in einer landesweit ausgestrahlten Sendung bei BBC Two Skandalen und politischen Affären auf den Grund gehen. Dazu sollte eine Gesellschaft gegründet werden, die diese Sendung produziert und Leigha war als Geschäftsführerin vorgesehen, sie hätte also als freie Mitarbeiterin für uns gearbeitet, zu deutlich besseren Bedingungen, auch finanziell.«

Rebecca staunte. »Es geht um investigativen Journalismus?«

»So in etwa. Im Vorfeld einer Sendung wird zu einem Thema recherchiert und nach einem Filmbeitrag von einer Stunde wird es eine Talkshow mit Betroffenen aller Parteien geben.«

»Stehen schon irgendwelche Themen fest?«

»Nein«, Christina schüttelte den Kopf, »so weit sind wir noch nicht. Aber es gibt natürlich schon Ideen.«

»Hatte Leigha schon mögliche Themen, hatte sie vielleicht schon recherchiert?«

»Das weiß ich nicht, ist aber schon möglich. Leigha war immer am Ball.«

»Dann hätte eines dieser Themen auch zu ihrem Tod führen können?«

Christina Kelly griff in ihre Tasche, um eine Zigarette herauszunehmen, besann sich dann darauf, dass das Rauchen schon seit 10 Jahren in öffentlichen Gebäuden verboten war und beförderte lediglich ihr Feuerzeug auf den Tisch. Rebecca registrierte diese Unsicherheit und nippte an ihrem Tee, obwohl die Tasse leer war, um die entstandene Pause zu überbrücken.

»Ich hoffe nicht«, sagte Christina nach einer Weile. »Ich hoffe nicht, dass Leigha wegen einer zukünftigen Fernsehsendung sterben musste. Es stand doch noch überhaupt nichts fest. Es gibt doch lediglich vage Konzepte.«

»Und wenn Leigha schon jetzt ein heißes Eisen angerührt hat?«

»Was sollte das denn gewesen sein? Einen Fernsehjournalisten zu ermorden, bedarf es schon, der Mafia auf die Füße zu treten oder Erdogan die Unterstützung von islamistischen Terrorgruppen nachzuweisen. Und davon sind wir weit entfernt. Es geht allenfalls um die Unfähigkeit von Lokalpolitikern, die Müllabfuhr zu organisieren, um das Versagen des Verteidigungsministers bei der Beschaffung neuer Sturmgewehre oder um die Vertuschung eines Lebensmittelskandals durch untätige Behörden. Wir wollten das Rad nicht neu erfinden, sondern nur neu verpacken. Wenn du verstehst, was ich meine. Es gibt nichts, was es nicht schon jetzt auf dem Bildschirm gibt, aber es ist geplant, dies zeitgemäß und peppig über den Äther zu schicken.«

Rebecca steckte sich das letzte Stück Speck auf ihrem Teller in den Mund und wechselte das Thema. »Hatte jemand von Leighas Arbeitskollegen einen Grund, sie umzubringen?«

»Meinst du das im Ernst?«

»Ich weiß, dass es sich krass anhört, aber wir müssen jeder Spur nachgehen. Eine verschmähte Liebschaft, ein Mitarbeiter, der sich ungerecht behandelt fühlte, ein Kollege, der übergangen wurde, jemand der – ach was weiß ich.«

»Das kann ich nicht sagen, mein Büro ist in Glasgow, die Sendungen von Leigha wurden im Studio in Stornoway produziert und von dort aus auch gesendet. Daher weiß ich nur wenig, ehrlicherweise gar nichts über das Arbeitsumfeld von Leigha.«

Rebecca legte die Stirn in Falten. »Wieso hatte Leigha eine Wohnung in Edinburgh, wenn sie doch in Stornoway arbeitete?«

»Keine Ahnung. Doch Edinburgh ist die Hauptstadt und hier spielt die politische Musik. Mit dem Flieger ist es von hier nur eine gute Stunde.«

»Doch dann muss sie auch eine Wohnung auf Harris und Lewis gehabt haben. Sie wird ja nachts wohl kaum im Studio gewesen sein.«

»Vermutlich nicht. Aber auch dazu kann ich nichts sagen. Haben das deine Kollegen gestern nicht gefragt?« Sie schüttelte verwundert den Kopf.

»Nicht meine Baustelle. Ich bin nur die Aushilfe.«

»Ich habe Leigha nicht näher gekannt«, begann Christina. Sie winkte dem Kellner und bestellte zwei Kaffee. »Du nimmst doch auch noch einen?«

Rebecca nickte.

»Ich kenne ihre Personalakte, ich habe ihre Sendungen gesehen und dabei auf sie geachtet. Sie war schlagfertig, eine ziemlich coole Socke, würde man bei einem Mann sagen, sie sah gut aus, kurz: Sie hatte alles, was eine erfolgreiche Fernsehmoderatorin mit sich bringen muss. Aus den Gesprächen mit ihr, die zugegebenermaßen einseitig geschäftlich angelegt waren, schimmerte eine selbstbewusste Frau mit sozialer Ader durch. Diese wusste sie jedoch gut zu verbergen. Und ich glaube, sie war einsam. Vermutlich hat sie die Trennung von diesem Rinderzüchter nicht gut überstanden. Sie schien sich noch immer nicht recht gefangen zu haben. Sie wirkte, auf mich zumindest, sehr verbittert, härter als sonst, sie hatte ihren Humor verloren.«

Christina goss sich etwas Milch in den Kaffee, der nun vor ihr stand.

»Sie galt als äußerst professionell und hätte niemals eine Affäre mit einem Arbeitskollegen oder gar einem Politiker – Stichwort Arran Prendergast – angefangen. Leigha konnte Privates gut von Geschäftlichem trennen.«

»Anders als ich.«

»Das ist doch was ganz anderes. Du weißt, was ich meine.«

»Ja. Die Mädchen von der Seite 2, die es auf die erste Seite schaffen.«

»Und dann wieder zurück«, lachte Christina.

»Und welche Schwächen hatte Leigha?«

»Ich weiß nicht. Mir sind keine bekannt.«

Rebecca zog eine Grimasse. »Du hast die Personalakte gelesen. Was steht drin? Du weißt, dass ich die Akte beschlagnahmen kann.«

»Frauen. Das steht aber nicht in der Personalakte.«

Rebecca war irritiert. »Was meinst du mit Frauen?«

»Mein Gott, Becks, bist du schwer von Begriff.«

»Aber du hast doch gerade gesagt, sie war ganz neben sich, nach der Trennung von ihrem Freund. Wie habe ich jetzt das zu verstehen?«

»Sie fühlte sich zu Frauen hingezogen. Leigha war bisexuell. Aber das ist im 21. Jahrhundert kein Verbrechen und auch kein Grund für einen Mord. Sie hatte definitiv ein Verhältnis mit einer Tierärztin oder der Frau eines Tierarztes auf Vatersay – einer Frau, die sie schon seit frühester Kindheit kannte. Doch ich möchte nochmals betonen, sie war äußerst professionell.«

Rebecca strich sich durchs Haar, kam dabei ihrem Haargummi ins Gehege, zog es ab und schaute Christina fragend an.

»Ja?«

»Ich verstehe das nicht. War sie jetzt mit ihrem Rinderzüchter glücklich oder mit der Tierärztin?«

»Ich weiß nicht, ob man das verstehen muss. Sie war glücklich mit ihrem Freund, dem Rinderzüchter, aber sie stand auch auf Frauen. Ob das etwas zu bedeuten hat, weiß ich auch nicht. Aber das könnte vielleicht ein Motiv für den Mord sein. Ich habe keine Ahnung. Vielleicht so eine Eifersuchtsgeschichte. Aber das müsst ihr schon selbst herausfinden, wenn da etwas dran ist.«

Christina spielte mit ihrem Feuerzeug.

»Gab es schon einmal diesbezügliche Probleme?«

»Nicht dass ich wüsste.« Das Feuerzeug klickte. »Und dann war da noch was. Leigha hatte einen wahnsinnigen Gerechtigkeitssinn. Sie mischte sich manchmal in Dinge ein, die sie nichts angingen.« Christina Kelly hob beide Hände. »Und sie konnte nachtragend sein. Doch ich denke nicht, dass das mit ihrem Tod zu tun hat. Da ging es eher um alltägliche Kleinigkeiten.«

»Das überlass mal uns zu überprüfen.«

»Ach ist das eine Scheiße«, sagte die Programmdirektorin plötzlich. »Da glaubt man, alles sei in Ordnung, das Leben verläuft in ordentlichen Bahnen und dann dies. Ich kann es wirklich nicht glauben. Aber dessen bin ich mir sicher: Die BBC hatte keinen Grund, Leigha zu ermorden.«

Rebecca wusste überhaupt nicht mehr, was sie denken sollte. Sie hatte gehofft, klare Informationen zu erhalten. Doch war das der Fall gewesen? War nun nicht alles noch verwirrender als vorher? Sie schob ihre Vorbehalte zur Seite und versuchte einen kühlen Kopf zu bekommen. Sie atmete tief durch, dachte an ihre Kinder, was sie immer tat, um sich zu beruhigen, und kam dann zum Alltäglichen zurück.

»Wie lange bist du noch hier in Edinburgh?«

»Bis heute Abend. Ich habe jetzt noch einen Termin mit der parlamentarischen Staatssekretärin Joanna Adamson, und am Nachmittag noch eine Konferenz im Studio.«

»Joanna Adamson?« Rebecca stutzte. »Was willst du denn bei der?«

»Ich glaube nicht …«

»Chris, die Adamson hat gestern bei meinem Mann interveniert, wegen Leigha«, unterbrach Rebecca. »Was zum Teufel machst du bei dieser Frau?«

Kapitel 12

Die ehemals rote Haustür schloss nicht mehr richtig, weshalb die Polizisten keine Mühe hatten, sie zu öffnen. Sie gab den Weg frei in einen dunklen, nach öffentlicher Bedürfnisanstalt stinkenden Flur, von dessen Ende eine Treppe nach oben führte. Euan Munro hatte eine Wohnung im Erdgeschoss, weshalb Hamilton wohlweislich zwei Beamte auf der Rückseite des Hauses positioniert hatte. Die Polizisten im Haus gingen langsam, mit Taschenlampen bewaffnet, da die Treppenhausbeleuchtung nicht funktionierte – Hamilton zweifelte daran, dass es überhaupt Strom im Haus gab – auf die unfreundlich wirkende Tür zu. »Go to hell« stand in großen Lettern zu lesen und während sich Hamilton noch umschaute und den Strahl der Taschenlampe über Wände und Decke gleiten ließ, gab es einen gewaltigen Schlag und die Polizisten stürmten laut rufend die Wohnung. Als der Kripochef und Rachel ihren Kollegen folgten, hatten diese schon einen großen, grobschlächtigen Mann mit langen, ungepflegten Haaren zu Boden geworfen und legten ihm gerade Handschellen an.

»Mr Munro?«

»Ja verdammt, was wollt ihr scheiß Bullen?«

»Sie sind nicht verpflichtet, auf unsere Fragen zu antworten, aber wenn Sie antworten, werden Ihre Aussagen aufgezeichnet und können als Beweise verwendet werden. Haben Sie das verstanden?«, fragte Rachel. In Schottland galt, anders als in England und Wales, ein uneingeschränktes Schweigerecht. Und ein schweigender Angeklagter hatte dadurch keine Nachteile zu befürchten. Daher war eine korrekte Belehrung eines Verdächtigen unter Zeugen eine wichtige

Voraussetzung, um später vor Gericht nicht schon von vornherein zu scheitern.

»Ach leck mich, du blöde Kuh!«

»Haben Sie mich verstanden, oder muss ich Ihnen das nochmals erläutern?«

»Fick dich.«

»Ich habe Zustimmung vernommen«, sagte Hamilton.

»Wer ist denn der alte Sack? Scheiß Schwuchtel aus Glasgow.«

Hamilton freute sich schon darauf, ihn zu verhören. »Führt ihn ab«, sagte er und die Polizisten schleiften Euan Munro nach draußen und setzten ihn in einen Streifenwagen, der rasch davonfuhr.

»Hübsch hässlich, hätte Pater Brown gesagt«, entfuhr es Hamilton in Munros Schlaf-/Wohnzimmer stehend. Die ganze Wohnung bestand lediglich aus diesem Raum, einer komplett versifften Küche und einem Badezimmer in nicht minder desaströsem Zustand. »Da werden unsere Kollegen von der Spurensicherung sicherlich ihre Freude haben.«

»Wir können uns kaum etwas Schöneres als dieses Idyll vorstellen«, maulte einer der Kollegen in den weißen Overalls, die gerade ihre Arbeit aufnahmen.

»Da vorne steht ein Computer. Den nehmen wir mit.« Hamilton bemerkte, dass er noch eingeschaltet war. »Das Ding läuft ja noch«, sagte er. »Mal sehen, ob ich was finde.« Er zog Plastikhandschuhe aus seiner Jackentasche und streifte sie über. Doch nach kurzer Zeit gab er es auf. Er war hierbei noch nie ein Genie gewesen. Der Bildschirm blieb schwarz und fragte nach einem Kennwort. Der Kriminalist wandte sich anderem zu und nahm sich die Videosammlung vor: Pornos und Kriegsfilme, alles Titel, die Hamilton nichts sagten, weder hier noch dort. Überall standen leere und angefangene Schnapsflaschen, billiger Fusel mit großspurigen Namen: Landlords' Pride oder Knightshield. Dazu gesellten sich Bierflaschen und Coladosen, überall lag Wäsche herum, zweifellos ungewaschen, von den Speiseresten auf diversen Tellern ganz zu schweigen. Hamilton zweifelte einmal mehr an der menschlichen Rasse als Krone der Schöpfung. Wie konnte ein Mensch in einer solchen Umgebung leben? Konnte man das überhaupt leben nennen? Bob Hamilton erinnerte sich an Behausungen, die noch deutlich schlimmer ausgesehen hatten, als diese; Bruchbuden, nasskalte Löcher, einfache Verschläge in denen Menschen, meist Obdachlose, Drogenabhängige, Flüchtlinge oder sonstige verlorene Seelen Unterschlupf fanden und dann diejenigen, die unter Brücken, auf Bahnhöfen oder unter einem Baum im Park anzutreffen waren. Das Verstörende war, fand Hamilton, dass es nicht einfach nur die Ungebildeten, die Unterprivilegierten, die am Rande der Gesellschaft oder jenseits des Rands Stehenden waren, die so lebten. Er hatte in seinen drei Jahrzehnten bei der Polizei schon Richter, Staatsanwälte, Pfarrer, Geschäftsleute und manchmal Leute in solchen Situationen vorgefunden, die früher im Scheinwerferlicht standen.

Euan Munro hatte definitiv noch nie im Scheinwerferlicht gestanden, vielmehr vermutete Hamilton, dass er die Schattenseiten des Lebens bereits als Kind kennenlernen musste. Immerhin fand er im Hafen einen Job und damit auch ein gewisses Auskommen, doch von Annehmlichkeiten des Savoir-Vivre war er meilenweit entfernt. Soweit Hamilton informiert war, war Munro einmal verheiratet; vor mehr als zehn Jahren ehelichte er eine gewisse Lucy McDonald, die er in einer Bar aufgegabelt hatte, wo sie der Prostitution nachging. Die Ehe hielt zwei Jahre, doch nachdem Euan seine eigene Frau auf den Strich geschickt hatte, sah diese keinen Grund mehr, länger mit ihrem Ehemann zusammen zu leben. Mehr Glück und Erfolg war Lucy jedoch nicht beschieden, sie landete in einem Flatrate-Bordell, wurde schwanger und lebt heute in einem Frauenhaus der Heilsarmee. Vielleicht besteht ja noch Hoffnung, dachte Hamilton betrübt.

Aber wie kommt so ein Typ wie Munro auf die Idee, dass ausgerechnet Leigha Harrow die Bekanntschaft mit seinem besten Stück machen wollte? Vermutlich erregte es ihn. Doch darum sollten sich die Psychologen kümmern. Ihn interessierte, wer die Journalistin umgebracht hatte. Euan Munro war verdächtig, genügend groß und

Linkshänder. Aber hätte sich Leigha mit ihm auf dem Friedhof getroffen?

»Keine Spekulationen, sondern Fakten«, ermahnte er sich selbst.

Bob Hamilton blickte sich um. Er sah die Kollegen der Spurensicherung bei ihrer Arbeit, um die er sie nicht beneidete, und er sah Rachel, die sich am Computer zu schaffen gemacht und tatsächlich Zugang erhalten hatte.

»Wie hast du denn das fertig gebracht?«

Rachel lachte. »Ich bin Polizistin und ich habe kombiniert.«

»Aha. Und was hast du kombiniert?«

»Dazu braucht es nicht viel Phantasie. Was ist offensichtlich das Lieblingshobby von Euan?«

»Du meinst doch nicht …?«

»Doch. Und es hat funktioniert.«

»Und welche bahnbrechenden Erkenntnisse hast du gewonnen?«

»Wenn ich ein Mann wäre, hätte ich meine reinste Freude. Immerhin muss ich sagen, ist hier bislang alles legal.«

»Wenn man mal von den unflätigen Mails und Drohungen gegenüber Leigha absieht.«

»Ich rede von den Bildern und Filmchen, die er gespeichert hat. Da könnte man den Geschmack als durchaus konventionell, wenn nicht langweilig bezeichnen.«

Bob Hamilton fühlte einen Anflug von Jucken an seinen Armen, der ihn immer ereilte, wenn ihm etwas unwohl war. »Liebe Rachel, ich möchte jetzt aber nicht mit dir über Sexualpraktiken diskutieren müssen. Das wäre unangemessen.«

Rachel prustete plötzlich vor Lachen. »Dass ich das noch erleben darf: Dir ist etwas peinlich. Wie süß.«

»Rachel«, rief Hamilton in scharfem Ton, nachdem das Spurensicherungsteam komplett die Aufmerksamkeit auf sie gelenkt hatte.

»Entschuldigung, Sir. Kommt nicht mehr vor, Sir«, sagte sie in einem Tonfall, den man von Rekruten bei dümmlichen amerikanischen Kriegsfilmen kennt.

»Auch schon auf etwas Relevantes gestoßen?«

»Die besagten Mails in Farbe und Stereo. Der Typ ist echt bescheuert. Welche vernünftige Frau steht auf solche Bilder? Leigha war dabei nur eine von vielen.« Rachel tippte auf der Tastatur herum. »Das gibt es doch nicht, da ist tatsächliche eine Slut 39, die entsprechende Bilder von sich an Munro schickte.«

»Aber wie passt da Leigha ins Bild? Ich denke, die angeschriebenen Frauen entsprechen eher dieser Grazie.«

»Vielleicht war es ein Versuch. Ich kenne die Damen hier nicht, aber eventuell ist die eine oder andere Berühmtheit dabei, die wir nicht auf unserem bürgerlichen Schirm haben.«

»Ich weiß nicht«, Hamilton kratzte sich mit beiden Händen am Hinterkopf. »Das passt alles nicht, doch ich lasse mich gerne eines Besseren belehren.«

»Mal abwarten. Vielleicht können wir heute Abend schon Vollzug melden und den Mörder von Leigha Harrow der geifernden Öffentlichkeit präsentieren.«

Eine halbe Stunde später befanden Hamilton und Rachel, dass sie für den Moment genug gesehen hatten. Es war bereits halb eins und gegen ein Uhr wollte sich der Polizeichef mit seiner Frau in einem netten Lokal in der New Town zum Lunch treffen.

»Ich fahre zurück ins Büro, um mal den ganzen Wust an Informationen zu ordnen«, sagte Rachel und stieg in ihr Dienstauto, einen silbernen Ford Mondeo.

»Ist gut. Ich denke, ich bin am späten Nachmittag im Hauptquartier. Mal hören, was Becks herausgefunden hat.«

»Sag ihr einen Gruß.«

»Mach ich. Und warte mit der Befragung von Munro. Da will ich dabei sein.«

»Ich kann mich zurückhalten«, lachte Rachel.

Fünf Minuten zu spät erreichte Hamilton das Iris, ein von außen unscheinbares, jedoch hervorragendes Restaurant in der Thistle Street. Seine Frau saß bereits vor einer aufgeschlagenen Speisekarte und hatte ein kleines Bier vor sich stehen.

»Hallo mein Liebes«, begrüßte er sie. »Es tut mir leid, aber trotz Dienstwagen mit Chauffeur habe ich es leider nicht rechtzeitig geschafft, hierher zu kommen.«

»Spar dir deine Worte. Schau mal, hier gibt es Fasan.«

»Das hört sich gut an.« Hamilton warf einen schnellen Blick auf die Karte, entschied sich für den Fasan mit Knoblauch-Pommes. »Und was nimmst du? Chorizo?«

»Den Seeteufel mit Kartoffeln und Gemüse.« Becks trat ihm gegen das Schienbein.

Ein junges Mädchen aus Osteuropa kam vorbei, um die Bestellung aufzunehmen, und Hamilton erinnerte sich, wie er vor Jahren zum ersten Mal in dieses Restaurant kam. Es war am Abend und er war mit seiner Schwester, ihrem Mann und deren Sohn sowie Becks in der Stadt unterwegs auf der Suche nach einem Abendessen. Zahlreiche Pubs sind ab sechs Uhr am Abend für Kinder tabu, weshalb die Suche sich schwierig gestaltete. Nach einer gefühlten Ewigkeit fanden sie ein Lokal, in dem Kinder auch am Abend willkommen waren. Sie hatten sich schon gesetzt und die Speisekarte in Händen, als seine Schwester, über die Preise maulend, die Speisekarte auf den Tisch warf und das Lokal verließ. Nach einem weiteren Gewaltmarsch durch die Stadt landeten sie schließlich im Iris und alle waren zufrieden. Bis auf Becks. Sie hatte in der Meinung, Chorizo sei ein italienisches Gemüse, einen entsprechenden Eintopf bestellt und war mehr als irritiert, als dieser hauptsächlich aus einer scharfen spanischen Wurst bestand. Dieser Fauxpas entwickelte sich zum Running Gag in der Familie Hamilton. Immerhin wusste Rebecca seit damals, dass Chorizo eben kein italienisches Gemüse ist.

»Und, wie ist es bei dir gelaufen?«, fragte Hamilton seine Frau.

»Ich weiß es nicht, muss ich ehrlicherweise gestehen«, war die erste Antwort. »Unsere bisherigen Erkenntnisse werden, falls die Aussagen von Christina Kelly wahr sind, wovon ich ausgehe, komplett auf den Kopf gestellt.« Und dann schilderte Becks ihr Treffen mit der Programmdirektorin.

»Spannend. Und was schließt du daraus?«

»Dass die BBC und Leighas Kollegen wohl nicht hinter dem Mord stecken. Die Sache mit der Bisexualität von Leigha macht mich stutzig. Hat sie ihren Freund wegen einer Frau sitzen lassen, und der hat sich dann gerächt?«

»Unwahrscheinlich. Wir leben schließlich nicht mehr im 19. Jahrhundert. Schau dich doch mal um, ich glaube die Hälfte aller bekannten Fernsehmoderatorinnen ist lesbisch. Wen interessiert das denn heute noch? Hier ein Mordmotiv zu vermuten, ist sehr weit hergeholt. Aber ich glaube, jetzt ist mir klar, was unsere parlamentarische Staatssekretärin Joanna Adamson mit Diskretion meinte.«

»Du meinst …«

Hamilton nickte. »Ich glaube, dass Leigha ein Verhältnis mit Joanna Adamson hatte. Dass dieses jedoch nicht im Zusammenhang mit dem Mord stand. Dennoch möchte die Adamson nicht in den Mordfall hineingezogen werden. Das meinte sie gestern, als sie Diskretion anmahnte.« Er verdrehte die Augen. »Mein Gott, das hätte sie auch gleich sagen können und nicht allgemein von abstrusen Problemen für die Partei sprechen müssen.«

»Nachhaken müssen wir da aber.«

»Natürlich. Das delegiere ich an dich. Vielleicht ist sie gegenüber einer Frau auskunftsfreudiger.«

»Und wie ist das mit der Freundin?«, Rebecca blätterte in ihrem Notizblock, den sie zuvor aus ihrer Handtasche geholt hatte, »Dieser Ruth Gordon?«

»Was soll mit der sein?«

»Vielleicht hatte Leigha mit der noch immer ein Verhältnis und ihr Mann war eifersüchtig.«

Hamilton verdrehte die Augen.

»Ich hasse deine nonverbale Kommunikation. Du brauchst nicht zu glauben, nur weil ich zwanzig Jahre vor Mikrofonen und Fernsehkameras gesessen habe, ich hätte keine Ahnung von Polizeiarbeit und keinen ermittlerischen Spürsinn.«

»Das tue ich doch gar nicht.«

»Doch, genau das. Ich glaube, dein neuer Job ist dir jetzt endgültig zu Kopf gestiegen.«

»Es tut mir leid.«

»Das sollte es auch.« Rebecca warf ihm einen bösen Blick zu und schob »Idiot« nach.

»Ich bin überzeugt, dass dieses Lesbenmotiv überhaupt nichts hergeben wird. Ich bin überzeugt, da steckt was ganz anderes dahinter. Und dieser Schwachmat von Munro war es mit Sicherheit genauso wenig.«

»Spricht die fleischgewordene Kompetenz in Sachen Verbrechen«, befand Rebecca sarkastisch.

»Nun ist aber gut«, knurrte Hamilton.

»Da sich inzwischen überhaupt niemand mehr traut, dich zu kritisieren, muss diesen Part umso mehr deine Gattin übernehmen. Sonst wirst du noch überheblicher und noch ungenießbarer für deine Mitmenschen.«

»Entschuldigung.«

Rebecca grinste. »Geht doch.«

Die beiden widmeten sich nun hauptsächlich ihrem Mittagessen, das sie mit Genuss und Appetit verspeisten.

»Was ich nicht verstehe«, sagte Hamilton, nachdem er seinen letzten Bissen mit einem Schluck Bier heruntergespült hatte, »ist die Wohnungssituation von Leigha.«

»Fassen wir einmal zusammen. Leighas offizielle Wohnung ist in Edinburgh im Cobden Crescent. Diese wirkt jedoch sehr unpersönlich und dient offenbar nur geschäftlichen Interessen. Ihre Sendungen werden in Stornoway produziert und ausgestrahlt. Zwar sind die

Flugverbindungen auf die Äußeren Hebriden sehr gut, aber Leigha wird wohl spät am Abend, nach einer Sendung, kaum einen Flug zurückgefunden haben.«

»Suchen wir also nach ihrem Übernachtungsort in oder bei Stornoway. Nach Vatersay wird sie wohl kaum gelangt sein«, sagte Hamilton.

Seine Frau nickte. »Da hätte sie noch eher eine Möglichkeit gefunden, aufs Festland zurückzukommen.«

»Wenn wir Glück haben, ist das auch die gesuchte Privatwohnung.«

»Oder nur ein Hotelzimmer in einem Vorort. Oder gar ein möbliertes Zimmer, am Fiskus vorbei vermietet von einer alten Witwe.«

Beide mussten lachen.

»Weiter«, sagte Rebecca. »Wir wissen, dass Leigha sehr selten zu Hause bei ihrer Familie war und sich am Anfang des Jahres von ihrem langjährigen Freund Angus McIllroy getrennt hat, wo zumindest ein Teil ihres Hausstandes untergebracht war.«

»Und wo ist dieser Teil jetzt?«, fragte Hamilton.

»In Rachels Bericht steht nur, dass Leigha mit einem Lieferwagen angerückt war und die Sachen mitnahm. Dann war sie noch ein letztes Mal bei Angus, um die Reste mit dem Auto mitzunehmen.«

»Da diese Dinge nicht im Cobden Crescent gefunden wurden, müssen sie an einem anderen Ort sein.«

»Die Frage ist wo«, sagte Rebecca und bestellte zwei Espressi. »Konnte dieser Angus McSowieso keine Aussage machen, wohin Leigha ihre Utensilien brachte?«

»Davon habe ich nichts in den Akten gelesen. Vermutlich hat es ihn nicht mehr besonders interessiert.«

»Verständlich.«

»Wer könnte wissen, wohin sie ihre Sachen gebracht hat? Doch nicht nach Stornoway. Vielleicht zur Frau Staatssekretärin.«

»Sei nicht albern, Bob.«

»Wieso, das könnte doch sein. Und ein Grund für die besondere Furcht der Dame vor polizeilichen Ermittlungen. Stell dir die Schlagzeile im Daily Record vor: »Lesbendrama im Parlament – Leigha

Harrows Unterwäsche in der Villa der Staatssekretärin Joanna Adamson gefunden!«

»Gott bewahre, dann hätten wir einen Riesenskandal.«

»Und wären der Auflösung des Falles keinen Schritt näher gekommen.«

»Da gibt es doch noch eine weitere Freundin«, Rebecca blätterte in ihren Aufzeichnungen, »Dawn Roberts. Was ist mit der? Wer hat denn die befragt.«

»Bislang offenbar noch niemand. Da kannst du dich auch drum kümmern.«

»Ich bin eigentlich nicht in diesen Fall involviert und gehöre auch nicht zur Mordkommission. Dafür ist der Kollege Miller zuständig.«

Hamilton zog die rechte Augenbraue hoch. »Du bist Kriminalbeamtin bei der schottischen Polizei und ich bin der Chef der schottischen Kriminalpolizei. Ich denke, da sind die Kompetenzen schnell geklärt.«

»Muss da nicht der übliche Dienstweg eingehalten werden?«, meinte Rebecca.

»In solch wichtigen Fällen von nationaler Bedeutung kann ich direkt auf meine Mitarbeiter zugreifen. Außerdem habe ich mit dir den Vorteil, dass ich weiß, die Arbeit wird gut und effizient erledigt. Ich weiß nämlich noch nicht, wer wirklich gut ist von Rachels Leuten.«

»Du hast kein Vertrauen in sie?«

»Das will ich nicht sagen, aber ich kenne sie noch nicht gut genug. In Middlemoor hätte ich gewusst, wen ich schicken würde. Hier weiß ich es noch nicht. Wie sollte ich auch nach gut zwei Wochen?«

»Ähm, ist das nicht Rachels Aufgabe?«

»Im Prinzip schon, aber ich denke, sie hat nichts dagegen einzuwenden. Und ich will einen schnellen Erfolg in der Angelegenheit.«

»Dein Ehrgeiz hat offenbar noch nicht gelitten.«

»Nein. Im Gegenteil, ich könnte es nicht ertragen, wenn zu Weihnachten immer noch kein Täter hinter Schloss und Riegel sitzt.«

»Und wie ist das Verschwinden von Arran Prendergast zu beurteilen?«

»Der Typ interessiert mich überhaupt nicht. Nebelkerze, würde ich sagen«, zeigte sich Hamilton überzeugt.

»Und wenn er ebenfalls getötet wurde? Vom gleichen Täter?«

»Spekulation. Solange ich keine Leiche habe, fange ich nicht an zu ermitteln.«

»Hast du aber auch schon getan. Denke an deinen ersten Fall in Cornwall.«

»Da war ich auch überzeugt, dass es Leichen gibt.«

Hamilton bezahlte mit seiner Kreditkarte und rief dann seinen Chauffeur an.

»So gut müsste ich es auch mal haben. Ich muss den Bus nehmen.«

»Kein Problem. Ich kann dich beim Revier vorbeibringen lassen. Was machst du noch am Nachmittag?«

»Akten wälzen, Protokolle diktieren und Termine mit Joanna Adamson und Dawn Roberts vereinbaren. Und du?«

»Ich freue mich auf Euan Munro.«

»Na dann viel Spaß.«

Kurze Zeit später rollte Hamiltons Dienstwagen vor das Restaurant und beide stiegen ein. Eine knappe Stunde nachdem sie Rebecca bei ihrem Revier abgesetzt hatten, traf Hamilton im Hauptquartier ein. In seinem Vorzimmer wartete eine faustdicke Überraschung auf ihn.

Kapitel 13

Rebecca Hamilton hatte Glück und konnte noch am gleichen Nachmittag einen Gesprächstermin mit Dawn Roberts vereinbaren. Diese hatte sich ganz glücklich angehört, jemanden Außenstehenden gefunden zu haben, der mit ihr über den Tod Leighas sprechen würde. Die Polizistin hatte keine Mühe damit, Kummertante für Dawn zu spielen, wenn es dabei etwas Wichtiges zu erfahren gab. Im Übrigen war es immer so, dass ein guter Polizist seine Informationen allein durch Zuhören gewinnen konnte. Sie erinnerte sich an einen Abend, ganz am Beginn ihrer Beziehung zu Bob Hamilton, als beide nach einem langen Arbeitstag diesen in einem Pub ausklingen lassen wollten. Sie gingen an den Tresen, Rebecca in Uniform, Bob in ziviler Kleidung, ein Bier zu bestellen, als ein junger Mann plötzlich sagte: »Das ging aber schnell. Ich dachte nicht, dass ich so rasch gefasst werde.« Und anstatt ihr Bier zu bestellen, hörten sie dem Mann zu, der im Verlauf des Tages eine Kasse in einem kleinen Supermarkt ausgeräumt hatte. Hamilton hatte zwar von diesem Raub Kenntnis gehabt, aber da der Supermarkt nicht über eine Überwachungskamera verfügt hatte, tappte die Polizei im Dunkeln und hatte kaum Anhaltspunkte. Es blieben nicht viel mehr Möglichkeiten, als die üblichen Verdächtigen ins Visier zu nehmen, doch die Aussicht auf Erfolg war ziemlich gering gewesen. Und dann erzählte ein Mann ihnen einfach, wie er den Supermarkt überfallen hatte. Im Ladengeschäft waren neben ihm keine weiteren Kunden gewesen, er hatte Geldsorgen und nötigte die Kassiererin, eine alte Frau, die Geldscheine aus der Kasse herauszugeben. So flüchtete er mit knapp 1.000 Pfund, die sich in der Kasse befunden hatten. Man musste einfach nur zuhören, das war eine der ersten Lektionen, die Rebecca Wynham, wie sie vor ihrer Hochzeit hieß, lernte. Die meisten Menschen hatten ein großes Mitteilungsbedürfnis, wenn sie etwas nicht Alltägliches erlebt hatten, den Wunsch, sich Dinge, die sie belasteten, von der Seele zu reden. Dies galt umso mehr bei einer verübten Straftat. Insofern fiel es sehr vielen Menschen schwer, ein Geheimnis für sich zu behalten.

Rebecca konnte nicht davon ausgehen, dass sich durch ihr Gespräch mit Dawn der Mordfall lösen würde, aber sie war sich sicher, mehr über Leigha und ihr Leben zu erfahren. Sie schnappte sich einen zivilen Ford Focus aus dem Dienstwagenpool und bog am Haymarket auf die A70 in südwestliche Richtung ein. Bei Juniper Green war sie sich etwas unsicher, ob sie noch auf dem richtigen Weg war, doch dann kam sie nach Currie und Balerno und dahinter tauchte sie in die weite, raue Moorlandschaft der Pentland Hills ein. Diese Gegend erinnerte sie an ihre Heimat, an Dartmoor, Exmoor, die einsamen Hügel, versprengte Schafe, kleine Kuhherden, die heimelige Einsamkeit – und unvermittelt sah sie sich einem leichten Anflug von Heimweh ausgesetzt. Sie kam immer tiefer ins weite Nichts, als sie eine verfallene Scheune am Straßenrand realisierte. Von hier aus war es noch eine halbe Meile und dann sollte ein schmaler Feldweg links abzweigen. Diesen fand sie mit Leichtigkeit und wenige Minuten später stand Rebecca vor einem liebevoll gepflegten Anwesen, das einen Hauch magischer Entrücktheit ausstrahlte. Sie war gespannt auf Dawn Roberts, die am Telefon sehr freundlich und ganz normal geklungen hatte. War sie tatsächlich ein Abbild von Loony Lovegood oder war da jemandem die Fantasie durchgegangen?

War sie nicht. Als Rebecca ihren Wagen abschloss, offenbar wurde bei der schottischen Polizei gespart, denn die Karre verfügte über keine funkgesteuerte Zentralverriegelung und die Polizistin versuchte umständlich den Schlüssel in den dafür vorgesehenen Schlitz zu stecken, kam eine auffällig gekleidete junge Frau in den Hof. Sie trug eine blaue Strickmütze, ihre lockigen blonden Haare reichten ungebändigt bis zu ihren Hüften. Dawn Roberts war in eine bordeauxfarbene Filzjacke gehüllt, unter der hellgrüne Hosen zum Vorschein kamen.

»Sie müssen Chief Inspector Hamilton sein, mein Name ist Dawn, herzlich willkommen auf der Scald Law Farm. Der Scald Law ist mit 579 Metern der höchste Gipfel in den Pentland Hills und nicht weit von hier. Früher hatte die Farm keinen Namen, Hamish, mein zukünftiger Mann, und ich haben uns entschieden, die Farm nach dem Berg zu nennen.«

Rebecca wusste nicht, was sie auf diesen Redeschwall antworten sollte und nickte nur brav.

»Kommen Sie doch bitte ins Haus, ich habe gerade ein paar Scones gebacken und das Teewasser müsste gleich kochen. Mögen Sie lieber salzige oder süße Scones? Ich weiß, dass man in England, und Sie sind unverkennbar Engländerin, wie ich schon am Telefon feststellen konnte, lieber süße Scones isst, deshalb habe ich süße gebacken. Ich habe auch frische Clotted Cream und selbst gemachte Erdbeerkonfitüre, ganz frisch eingekocht.«

»Das ist sehr nett von Ihnen«, war Rebeccas Antwort und sie fühlte sich dabei etwas überrollt.

Das Farmhaus, eingerichtet im Landhausstil, wirkte wie aus einem Katalog und versprühte dennoch den warmen Hauch freundlichen Lebens. Rebecca fühlte sich sofort wohl, genoss das kontrollierte Chaos, das nur in Haushaltungen ohne Kinder möglich war. Sie war froh, wenn in ihrem eigenen Zuhause zumindest oberflächliche Ordnung herrschte, meist jedoch reichte es am Abend oder wenn Gäste kamen lediglich dazu, die herumliegenden Spielsachen, Schulutensilien, Kleider und sonstigen Plunder aus den Wohnräumen zu entfernen.

Rebecca setzte sich auf ein bequemes Sofa, auf dem Tisch vor ihr standen die Scones, Clotted Cream und die Konfitüre, auf dem Teeservice im klassischen Design wimmelte es von schottischen Schafen und sie bekam richtig Hunger, obwohl das reichliche Mittagessen noch gar nicht so lange hinter ihr lag.

»Es tut mir leid, ich habe nur Schafmilch, die schmeckt etwas streng im Tee, vielleicht mögen Sie den Tee auch schwarz.«

»Vielen Dank, so viel Mühe wäre nicht nötig gewesen. Mir reicht etwas Zucker im Tee.«

»Es ist wirklich schön, dass Sie sich die Mühe gemacht haben, hier raus zu fahren. Ich selbst habe seit dem Tod von Leigha mit keiner Menschenseele gesprochen. Nur mit Hamish. Von der Arbeit habe ich mich abgemeldet, also ich habe Urlaub genommen, denn es ist mir nicht möglich, zu arbeiten. Sie müssen wissen, ich arbeite in der Parlamentsverwaltung, beim Amt für Beschaffungen, dort sind wir für alles verantwortlich, was gebraucht wird, vom Bleistift bis zum Dienstwagen für die Regierungschefin. Jetzt, wo es auf die Sommerferien zugeht, wird es etwas ruhiger, aber nach der Sommerpause stellen wieder alle fest, dass es an vielen Dingen mangelt. Doch Sie sind sicherlich nicht hierhergekommen, um mit mir über meinen langweiligen Beruf zu reden.«

»Das mit der Langeweile ist immer eine Ansichtssache, aber Sie haben recht. Ich komme wegen Leighas Tod. Als gute Freundin des Opfers sind Sie routinemäßig im Fokus der Polizei. Wir würden gerne wissen, wie ihr Verhältnis zu Leigha war und ob Sie wissen, wer ein Motiv gehabt haben könnte, diese Tat auszuüben.«

»Ja, ich glaube ich kann ohne Einschränkung sagen, dass Leigha und ich beste Freundinnen waren. Seit wir uns vor etwa zehn Jahren kennengelernt haben, waren wir das perfekte Gespann. Wir haben uns optimal ergänzt.«

»Sie waren aber kein Paar?«, fragte Rebecca vorsichtig.

Dawn lachte. »Nein. Ich erfuhr sehr schnell von Leighas Bisexualität. Wir haben von Anfang an ganz offen geredet, über alles. Nein, sexuell haben wir uns nicht angezogen. Nur ganz am Anfang, als wir einen Urlaub im Spanien verbrachten und an den Abenden auf Männersuche waren, versuchten wir einmal eine Triole, doch das war nicht so meines, ganz nett. Aber ich stehe, im Gegensatz zu Leigha, nicht auf Frauen. Wobei ich wirklich betonen möchte, dass Leigha hauptsächlich an Männern interessiert war. Nur ganz selten kam diese bisexuelle Neigung zum Vorschein.«

Abrupt beendete Dawn ihren Redefluss. Rebecca sah sie mit großen Augen an und hoffte, dass dies nicht zu aufdringlich war. »Was ist mit Ihnen, Dawn?«

»Ach«, sie atmete tief durch. »Ich weiß nicht, ob das richtig ist, wenn ich so über Leigha rede.«

»Das verstehe ich«, erwiderte die Polizistin ehrlich. »Aber Ihre Freundin ist tot, und wir wollen und müssen ihren Mörder finden. Daher ist es wichtig, so viel wie möglich über Leigha zu erfahren, auch wenn es als unwichtig erscheinen sollte und vielleicht sogar ist. Aber wenn Sie nichts sagen, hilft ihr das auch nicht.«

»Sie haben wohl recht«, befand Dawn. »Wissen Sie, Leigha war immer sehr diskret. Sie konnte Geheimisse für sich behalten und hat Dinge nicht ungefragt und unüberlegt ausposaunt. So eine Freundin kann man sich nur wünschen.«

»Warum hat sie sich von Angus McIllroy getrennt?«

»Sie wollte kein Privatleben in der Öffentlichkeit. Und mit Angus war dies auf lange Sicht nicht möglich. Er steht mit seiner Rinderzucht am Beginn einer Ära. Die Vermarktung dieser japanischen Büffel ist mit öffentlichen Auftritten verbunden, doch Leigha wollte ihr Privatleben in Ruhe, ohne Zeitungen, Zeitschriften und Fernsehen. Einmal war ein Fernsehsender da, der eine Homestory produzieren wollte. Für Angus wäre das wohl interessant gewesen, für Leigha die Höchststrafe, denn entgegen ihres Images war sie sehr öffentlichkeitsscheu. Die Lebensplanung der beiden passte letztlich nicht zusammen, obwohl sie ein ganz ordentliches Paar waren, da gibt es viele, die deutlich weniger zueinander passen.«

»Hatte Leigha Beziehungen zu Frauen während der Zeit mit Angus?«

»Ja, aber Sie dürfen sich das nicht so vorstellen wie ein Mann, der fremdgeht. Leigha war ein sehr einfühlsamer Mensch. Frauen gehen oft mit Freundinnen aus. Und bei Leigha konnte es passieren, dass sie im Bett einer dieser Frauen landete. Doch sie war dabei sehr wählerisch und auf Diskretion bedacht. Bei Leigha war dies eigenartig. Sie hätte nie einen Mann mit einem Mann betrogen. Eine Affäre mit einer Frau sah sie nicht als Betrug, sondern als Fortsetzung guter Gespräche – ich weiß nicht, wie ich es ausdrücken soll. Es war keineswegs so, dass sie eine langfristige Beziehung zu einer Frau anstrebte, sondern eher so, dass sie Lust auf Sex mit Frauen hatte, mit denen sie sich gut verstand.«

Rebecca nickte, obwohl sie nur wenig Verständnis für das Geschilderte aufbringen konnte. »Und wie war das mit Ihnen? Wollte sie da keinen Sex?«

Dawn lachte. »Ich erzählte Ihnen doch schon von unserem Abenteuer in Spanien. Das war für mich genug und Leigha akzeptierte das.«

»Hatte Leigha langfristige Beziehungen zu Frauen?«

»Nur zu Ruth Gordon, einer Jugendfreundin aus Vatersay. Die traf sie regelmäßig, wenn sie in ihre Heimat zurückkehrte.«

»Und Mr Gordon?«

»Ein netter, älterer Herr presbyterianischen Typs.«

»Was habe ich darunter zu verstehen?«

»Sex ist nur zur Fortpflanzung ein Thema und da dieses bei den Gordons abgeschlossen ist … – Sie verstehen?«

Rebecca nickte.

»Die beiden haben getrennte Schlafzimmer und vermutlich weiß Gordon gar nicht, dass es so etwas wie Homosexualität gibt.«

Rebecca nahm sich einen Scone, bestrich ihn mit Clotted Cream und Erdbeerkonfitüre und fragte dabei: »Gab es aktuelle Beziehungen zu Frauen bei Leigha?«

»Wie ich schon betonte, das war wirklich die Ausnahme. Leigha war nach der Trennung von Angus auf Männersuche. Dennoch gab es eine Frau, zu der sie eine Beziehung hatte. Dazu möchte ich aber nichts sagen.«

»Sie brauchen nicht zu antworten. Wir vermuten, dass Leigha in Verbindung mit Joanna Adamson stand.«

Dawn nickte fast unmerklich.

»Wir hatten dies vermutet, weil die Staatssekretärin beim Polizeichef vorstellig wurde. Seit wann waren die beiden…«, Rebecca machte eine Pause, als ob sie um Worte rang, »… bekannt?«

»Joanna und Leigha kannten sich schon viele Jahre und hatten beruflich hin und wieder miteinander zu tun. Sie verstanden sich gut und so kam es dazu. Leigha hat mir zwar viel erzählt, allerdings war ich auch keine Beichtschwester. Ich vermute, dass die beiden lediglich ein verlängertes Wochenende in Belgien zusammen verbrachten.«

»Und wie war das mit Männern? Hatte Leigha jemanden an der Angel?«

»Sie war anspruchsvoll und nach Angus war die Latte hoch gelegt. Nein, da war die Zeit noch zu kurz, als dass sie sich auf einen Mann hätte einlassen können.«

»Was sagt ihnen der Name Arran Prendergast?«

»Idiot. Der meinte zwar, dass er bei Leigha landen könnte, aber dazu ist er zu unflätig. Außerdem ist er als Frauenheld bekannt. Allerdings kommt er nur bei einer Klientel zum Zug, und hierzu zählt Leigha mit Sicherheit nicht.«

»Noch etwas«, Rebecca machte eine kurze Pause. »Wissen Sie von den Mails eines Euan Munro an Leigha?«

»Solche Spinner gab es immer wieder. Leigha hat die Mails sofort gelöscht und in ganz aufdringlichen Fällen den Sender gebeten, die Absender zu sperren. Ihre private E-Mail-Adresse kannte kaum jemand. Diese Art von Fan-Post kam immer über die geschäftliche Mailadresse.«

»Dann machte sie sich keine Sorgen wegen der Mails?«

»Nein. Sie fand es amüsant. Sie glauben ja nicht, wie oft sie solche Bilder gesendet bekam. Darunter waren einige Spinner, aber auch ganz nett aussehende Männer, die wie der perfekte Schwiegersohn rüberkamen. Manchmal hat sie mir die Mails gezeigt. War echt lustig. Als ob eine Frau sich von derlei Nebensächlichkeiten beeindrucken ließe.«

»Hatten sich Munros Mails nicht in eine gefährliche Richtung entwickelt?«

»Doch, aber der Sender hat Anzeige erstattet.«

Rebecca war erstaunt. Davon wusste man bei der Sonderkommission noch nichts, aber dem konnte ja nachgegangen werden. Blieb noch die Frage nach der beruflichen Zukunft von Leigha – wäre sie nicht einem Mordanschlag zum Opfer gefallen.

»Wir haben erfahren, dass Leigha ab dem kommenden Jahr eine neue Fernsehsendung moderieren sollte. Was wussten Sie über diese Pläne?«

Ein Lächeln huschte über Dawns Gesicht. Dieses gefror jedoch schnell zu einer unvorteilhaft wirkenden Maske. »Leigha hatte sich so sehr auf diese neue Herausforderung gefreut, sie hatte so große Pläne und Hoffnungen. Endlich hätte sie sich einer ernsthaften journalistischen Tätigkeit widmen können. Das ist sehr tragisch.«

»Hatte sie schon konkrete Pläne?«

»Das glaube ich nicht, sie erzählte aber von Ungereimtheiten bei der Erteilung von Baugenehmigungen in sensiblen Naturräumen oder über die Zustände in der Schweinezucht in den Lowlands. Sie plante Sendungen über den sexuellen Missbrauch Jugendlicher bei Sportvereinen und solche Dinge. Das waren jedoch alles nur grobe Vorstellungen, ungeordnete Gedanken zu einem angedachten Konzept. Leigha wollte nach der Sommerpause in die Vorbereitungen einsteigen. Vorgesehen war, dass sie ihre aktuellen Sendungen langsam bis zum Herbst auslaufen und, wenn ich das richtig verstanden habe, mit einem Special zu Weihnachten enden lassen sollte.«

Rebecca kniff die Augen zusammen und erinnerte sich daran, was Christina Kelley gesagt hatte. So ungefähr hatte sich das auch angehört.

»Hatte Leigha Streit mit Kollegen?«

»Leigha war beliebt und kam mit allen recht gut aus. Logisch, sie mochte nicht alle Kollegen und Mitarbeiter gleich gut leiden, aber jemanden, den sie überhaupt nicht ausstehen konnte, gab es nicht.

Soweit ich das beurteilen kann, denn ich war nicht an ihrem Arbeitsplatz, deshalb bin ich in diesem Fall auch nicht besonders kompetent, eine Aussage zu machen. Es war geplant, dass sie ihre engsten Mitarbeiter auch bei der neuen Sendung behalten hätte, entweder sollten sie in die Produktionsfirma wechseln oder beim Sender bleiben, doch das sind Details, in denen ich mich nicht auskenne.«

»Danke für Ihre Offenheit, Dawn. Wir haben noch ein großes, ungelöstes Rätsel. Können Sie uns sagen, wo Leigha wohnte? Wir wissen zwar von ihrer Wohnung im Cobden Crescent, aber sie muss noch mindestens eine weitere Wohnung gehabt haben. Wo hat sie beispielsweise übernachtet, wenn sie in Stornoway war?«

Dawn lachte. »Diskretion war die größte Stärke von Leigha. Sie hatte tatsächlich ein kleines Häuschen in Portvoller, einem Weiler ganz im Osten von Lewis, rund 20 Kilometer von Stornoway entfernt.«

»Und wieso weiß niemand davon?«

»Weil sie es niemandem gesagt hat.«

Kapitel 14

Bob Hamilton war gut gelaunt, als er beim Hauptquartier angekommen war und freute sich auf die Vernehmung von Euan Munro. Das Gespräch sollte zwar Ray Williams leiten, doch er hatte sich vorbehalten, dabei zu sein und gegebenenfalls nachzuhaken. Außerdem wollte er sich ein Bild verschaffen, wie Inspector Williams Verdächtige verhörte. Immerhin hatte er ihn, auf Rachels Empfehlung hin, zum Chefermittler der Mordermittlungskommission gemacht. Er vertraute zwar Rachels Urteilsvermögen, doch in diesem Falle könnte es auch von persönlichen Umständen getrübt sein.

Doch bevor es zur Vernehmung von Euan Munro kam, hatte Hamilton die unangenehme Begegnung mit Chief Superintendent Malcolm MacSweeney, dem Chef der internen Ermittlungen. MacSweeney, ein unauffälliger Mann mit Glatze und grauem Anzug, wartete im Vorzimmer und folgte Hamilton in dessen Büro, ohne hineingebeten zu werden.

»Kann ich Ihnen helfen?«, fragte Hamilton mit ironischem Unterton, als er sich gesetzt hatte und seinen Computer aus seiner Ruhephase aufweckte.

»Ich bin MacSweeney, der Leiter der internen …«

»Ja, ich weiß. Wo drückt der Schuh?«

MacSweeney suchte nach einer Sitzgelegenheit, zog den Besuchersessel mitten ins Büro und ließ sich hineinsinken. »Es gibt eine Beschwerde über Sie.«

»So? Und was habe ich verbrochen?«

»Uns wurde zugetragen, dass Sie sowohl im Büro rauchen, als auch Alkohol trinken, während der Dienstzeit.«

»Klar, wenn ich hier im Büro bin, dann bin ich wohl im Dienst.«

»Dass wir uns richtig verstehen, das ist eine ernste Angelegenheit.«

»Ja, ich bin immer ganz ernst«, sagte Hamilton, zog eine Pfeife hervor und begann sie demonstrativ zu stopfen.

»Sir, das geht so nicht. Sie müssen sich an die geltenden Regeln halten. Da kann nicht jeder kommen und machen, was er will. Es gibt Vorschriften und Gesetze, an die wir uns alle halten, und diese Vorschriften gelten auch für Sie, Sir.«

Hamilton nahm das Feuerzeug und zündete den Tabak umständlich unter Entwicklung von besonders viel Rauch an. »Ich mache nicht einfach nur was ich will, sondern versuche das Verbrechen einzudämmen.«

MacSweeneys Kopf nahm eine zunehmend gefährlich aussehende Rotfärbung an. Offenbar litt der Mann unter Bluthochdruck. »Jetzt reicht es aber«, fing er an zu schreien, dass Hamilton befürchten musste, gleich würde die halbe Abteilung im Büro stehen. »Sie impertinenter Flegel. Ich verbiete Ihnen das Rauchen. Wir haben Ermittlungen eingeleitet. Das wird zu disziplinarischen Maßnahmen führen«, brüllte er.

»Seit wann ist das denn die Aufgabe der internen Ermittlung? Hat der Chef dieser Truppe nichts anderes zu tun, als den Chef der Kriminalpolizei von wichtiger Arbeit abzuhalten? Ich sage Ihnen eines«, Bob Hamilton lehnte sich lässig in seinen Schreibtischsessel zurück, »solange ich das tue, was mein Job ist, nämlich das erfolgreiche Leiten der Kriminalpolizei, rauche ich in meinem Büro so viel, wie ich es für richtig erachte. Wenn es jemandem nicht passt, möge er bitte zu mir kommen, ich kann aber nicht nachvollziehen, was außer der politischen Korrektheit und Selbstkasteiung des 21. Jahrhunderts der Sinn dahinter sein soll. Wenn Sie mich ärgern wollen, kann ich Ihnen nur sagen, ich sitze am längeren Hebel und verfüge über Mittel und Wege, die Sie sich nicht träumen lassen. Vielen Dank und jetzt verlassen Sie bitte mein Büro, sonst muss ich handgreiflich werden.«

MacSweeneys Kopf stand nun kurz vor dem Bersten. Er brabbelte noch irgendwas und verließ dann schimpfend das Büro. Hamilton indessen holte ein Handy hervor und tippte eine Nachricht an eine Nummer. Der Inhalt der Nachricht bestand nur aus einem Wort: MacSweeney.

Hamilton wusste, dass er bisweilen den Bogen nahezu überspannte, doch er konnte nicht verstehen, warum ein Verhalten, das vor zwei Jahrzehnten noch üblich war und keinerlei Anlass gegeben hatte, auch nur Notiz davon zu nehmen, heute als äußerst verwerflich angesehen und bei manchem Zeitgenossen sogar schwerer als eine Straftat gewertet wurde. Er hatte gar keine Lust, sich solchen Spielchen zu beugen. Bob Hamilton hatte diese Spielregeln weder gemacht, noch war er mit ihnen einverstanden. Wo war die Liberalität und Lockerheit des 20. Jahrhunderts geblieben? Liberalisiert wurden lediglich der Arbeitsmarkt und das Geschäftsleben, doch die persönliche Freiheit ging den Bach runter. Alles und jedes musste vorgeschrieben und kontrolliert werden, als würde dies zur Sicherheit oder einem besseren Handlungsablauf führen. Es gab die Vorschrift, sich beim Treppenlaufen am Handlauf des Geländers festzuhalten. Irgendwann käme sicherlich jemand auf die Idee, dass Treppen per se zu gefährlich sind und zum Überwinden von Stockwerken ausschließlich Lifte oder Rolltreppen benutzt werden dürften. Am allerbesten wäre es, am Morgen im Bett liegen zu bleiben – auch eine reizvolle Vorstellung, dachte sich Hamilton – natürlich aber alleine, denn beim Küssen oder gar Sex wurden unzählbar viele Bakterien übertragen und Viren und der sichere Tod.

Natürlich war Rauchen nicht gesund und der übermäßige Konsum von Alkohol ebenfalls, doch zu was führten diese, wie Epidemien um sich greifenden Verbote und Regelungen? Mit missionarischem Eifer verbreiteten die Apostel der Gesundheit immer neue Wege zur

Glückseligkeit. Waren heute das Rauchen und der Alkohol geächtet, würden es morgen der Verzehr von Fleisch und übermorgen das Ausgehen nach Sonnenuntergang sein. Es gehe ja um die Gesundheit und ein langes Leben. Früher dachte Hamilton, dass die Krankenkassen dahinter steckten, um Geld zu sparen, doch die NHS war pleite, von dort war ohnehin nichts zu erwarten. Er war überzeugt, dass dieser ganze Gesundheitsfimmel eine um sich greifende Religion war, nur eben ohne Gott. Die westliche Gesellschaft hatte sich zu einem atheistischen Konsumentenvolk entwickelt und irgendwann ist dabei aufgefallen, dass etwas fehlt, und so flüchteten sich die Revolutionäre von 1968 und deren Nachfahren in Askese fordernde Ersatzreligionen. Doch hierbei machte Hamilton nicht mit.

Bestens gelaunt machte sich Bob Hamilton auf den Weg in den Verhörraum, in dem schon seit gut zwei Stunden Euan Munro saß. Das fensterlose Zimmer hatte kalkweiße Wände, eine graue Decke mit greller Leuchtröhre, die obligate Spiegelwand, einen Tisch in der Mitte des Raumes mit jeweils zwei Stühlen auf beiden Längsseiten sowie einem Stuhl in der Ecke des Raumes, der Eingangstür gegenüberliegend, auf der ein uniformierter Polizist saß. Über dem Tisch hing ein Mikrofon, denn seit einem Vorfall in den 1970er-Jahren, als Verdächtige auf Grund falsch protokollierter Aussagen zu Unrecht zu langjährigen Gefängnisstrafen verurteilt wurden, war die Aufzeichnung von Verhören Verdächtiger in Großbritannien zwingend vorgeschrieben.

Munro machten einen zerknirschten Eindruck, im hell ausgestrahlten Verhörzimmer wirkte er noch unsympathischer als am Vormittag bei seiner Festnahme.

»Ich will meinen Anwalt, machen Sie mir diese verdammten Handschellen weg«, brüllte er, als Ray Williams und Bob Hamilton das Zimmer betraten.

Williams nannte Datum und Uhrzeit und setzte sich dann, in Richtung des Spiegels zwinkernd, denn er wusste, auf der anderen Seite der Scheibe stand Rachel.

»Ich bin Detective Inspector Ray Williams vom CID in Tulliallan Castle, ich leite die Ermittlungen, mein Kollege hier ist ACC Bob Hamilton.«

Ray musterte Munro, der den Kopf auf den Tisch gelegt, unflätige Äußerungen von sich gab.

»Mr Munro, Sie wurden bereits über Ihr Aussageverweigerungsrecht belehrt. Sie brauchen sich demnach nicht zu äußern, doch in Ihrem Fall sind die Beweise derart stichhaltig, dass …«

»Ey Mann, ich habe diese Schlampe nicht umgebracht«, maulte Munro. »Ich will jetzt meinen Anwalt.«

»Wir haben Sie bereits nach dem Namen Ihres Anwalts gefragt, doch Sie konnten keinen nennen. Daher wird Ihnen ein Pflichtverteidiger zur Seite gestellt werden.«

»Ich will meinen Anwalt.« Munro richtete seinen Oberköper auf und sagte dann verächtlich: »Seit wann haben Neger bei der Polizei etwas zu sagen? Mit einem Neger rede ich nicht.«

Williams wirkte unbeeindruckt. Vermutlich gehörten derartigen Beleidigungen zu seinem Alltag. »Mr Munro«, fuhr er fort. »Ihnen wird zur Last gelegt, dass Sie Bilder Ihres erigierten Penis an Leigha Harrow geschickt haben, erstmals im Februar dieses Jahres und dann später in regelmäßigen Abständen. Zudem haben Sie Leigha Harrow bedroht.«

»Ey Mann, ich kenne diese Frau nicht.«

»Und weshalb schicken Sie dann solche Bilder an eine Frau, die Sie nicht kennen?«

»Ach leck mich.«

»Mr Munro, das Ganze ist ziemlich einfach. Wir haben genügend Beweismaterial, um Sie einzubuchten. Wenn Sie allerdings dazu beitragen, einen Mord aufzuklären, könnte dies für die Verhandlung positiv sein.«

»Ey Mann, ich hab nix gemacht. Die meisten Mädels haben Spaß an meinem Schwanz. Die Große, die mich festgenommen hat, will ihn auch sehen und spüren, das hab ich gemerkt.«

»Du hättest lieber Pornodarsteller werden sollen, als im Hafen zu arbeiten«, befand Hamilton plötzlich und konnte seine Gedanken nicht bei sich behalten.

»Hab ich mal versucht, scheiß Job.«

»Sag mal, warum schickt man denn solche Bilder an Frauen?«

»Ey Mann, biste blöd? Willste was zum Ficken, musste Bilder schicken. Hat meist funktioniert. Bei der Fernsehschlampe hab ich gedacht, warum nicht. Ticken doch alle gleich, die Weiber. Blöde Kuh, wahrscheinlich lesbisch.«

Hamilton wusste nicht, ob Munro tatsächlich so dumm war oder sich nur dumm stellte. »Munro, hast du versucht die Frau zu treffen?«

»Jo Mann, so Telefonsex ist doch voll beschissen. Natürlich wollte ich sie. Und die wollte auch, das habe ich gespürt.«

»Hast du Leigha Harrow getroffen?«

»Ich hab sie nicht umgebracht. Was nutzt mir eine tote Frau?«

Vermutlich nicht viel, dachte Hamilton, es sei denn er war nekrophil veranlagt. »Hast du sie getroffen?«

»Ey Mann, nein. Die hat gar nicht reagiert. Wahrscheinlich hat sie meine Mails gar nicht bekommen, falsche Adresse oder so.«

»Wo warst du am Montagmorgen?«

»Auf Arbeit, kam ein Schiff, musste entladen werden.«

Ray Williams verdrehte die Augen. »Das kann nicht sein. Wir haben mit Ihrem Chef gesprochen, Mr Munro, und der hat bestätigt, dass Sie zwar eingeteilt waren, aber nicht zur Arbeit erschienen sind.«

»Weiß nicht mehr. Schon lange her.«

»Drei Tage. Super Langzeitgedächtnis«, knurrte Hamilton. »Red keinen Blödsinn, Euan, du hast dich am Montag mit Leigha getroffen. Was ist dann passiert?«

»Ey Mann, was redest du da? Hatte halt wichtige Geschäfte oder so.«

»Welche wichtigen Geschäfte? Du kannst doch nicht mal auf drei zählen.«

»Aber Colin hält viel von mir. Da hab ich Verantwortung.«

»Wer ist Colin? Dein Chef?«
»Nein, Sir, Colin ist ’n Freund.«
»Und für den hast du am Montag etwas gearbeitet?«
»Nein. Musste was checken.«
»Nun lass dir mal nicht alles aus der Nase ziehen. Wo warst du am Montag und was hast du gemacht?«
»Ey Mann, ’nen Job und so. Läuft im Moment nicht sonderlich.«
»Finanziell?«
»Hab Schulden bei ’nem Buchmacher. Musste etwas Geld beschaffen.«
»Stehlen?«
»So täte ich nicht sagen. Mach ich nicht mehr. War bei Sally in der Nacht. Hab bei ihr Geld geborgt.«
»Und weiß Sally, dass du von ihr Geld geborgt hast?«
»Hab mir das Geld verdient. Hab’s ihr dreimal besorgt in der Nacht.«
Hamilton kämpfte gegen die Bilder, die gerade vor seinem inneren Auge abliefen. Musste da gerade ein solcher Held in fremden Betten oder wo auch immer vor ihm sitzen. Das Ganze war nahezu unerträglich.
»Du hast ihr das Geld gestohlen. Wie lange warst du bei dieser Sally?«
»Bis zum Morgen.«
»Welche Uhrzeit?«
»Ey Mann, weiß nicht, nach dem Frühstück.«
Dieser Typ war tatsächlich so blöd, wie er sich gab.
»Hat diese Sally auch eine Adresse?«, fragte Ray Williams.
Euan Munro nannte sie und wusste sogar ihren vollen Namen. Er war bis zum Frühstück geblieben und hätte anschließend Leigha umbringen können. Das ergab aber wenig Sinn. Für Hamilton war dieser Munro als Täter nicht plausibel. Er war ein Kleinkrimineller, der seinen Beischläferinnen vermutlich Geld klaute. Geld, das er bei blödsinnigen Wetten verlor. Colin Sullivan war ein zwielichtiger

Buchmacher, der gerade bei einem von Rebeccas Abteilung bearbeiteten Fall eine Rolle spielte. Ein Familienvater hatte seine Frau krankenhausreif geprügelt. Diese hatte versucht, die prekäre finanzielle Situation durch eine todsichere Wette in Sullivans Wettbüro zu entspannen. Natürlich schlug dieser Versuch fehl.

Wie hätte er denn Leigha umbringen sollen? Hatte er einen Zimmermannshammer in der Hosentasche? Zaubern konnte er vermutlich nicht und ein solches Werkzeug trug man auch nicht so einfach mit sich herum. Bob Hamilton war überzeugt, dass Leigha bewusst auf das Friedhofgelände gelockt und kaltblütig ermordet wurde. Zu einer solchen Tat war dieses traurige Beispiel der menschlichen Spezies wohl nicht fähig. Dennoch war es möglich, dass er Leigha begegnet war. Doch der Kripochef glaubte, dass die Spur Euan Munro eine Sackgasse war. Die Tatwaffe war immer noch nicht gefunden, was ebenfalls gegen ihn als Mörder sprach, denn erfahrungsgemäß hätte ein Typ wie Munro nach dem Mord den Hammer irgendwo ins Gebüsch oder einen der umstehenden Mülleimer geworfen und dann wäre er auch gefunden worden. Er glaubte vielmehr, dass der Täter den Hammer an anderer Stelle entsorgt hatte. In eine Tasche eingewickelt und in den Firth of Forth geworfen, in einen Mülleimer in Glasgow oder ganz einfach in die nächste Baugrube.

Hamilton versuchte herauszufinden, ob es sich bei Colin tatsächlich um diesen Buchmacher handelte. Vielleicht ergab sich noch das eine oder andere Interessante.

»Und nach dem Frühstück hast du das Geld zu Sullivan gebracht?«

Munro nickte. »Ey Mann, woher weißt du?«

»Ich benutze mein Gehirn zum Denken. Und was hast du anschließend gemacht, nachdem du bezahlt hast?«

»Colin nach ’nem Job gefragt.«

»Was gibt es denn für Jobs bei Colin?«

»Komische. Muss dann irgendwo hingehen, wo er mir sagt, dort auf Leute warten und so.«

»Und weiter?«

»Nix weiter. Nur klingeln und so und lachen.« Er lachte mit offenem Mund und Hamilton hatte Mühe, das Lachen zu unterdrücken – Euan Munro hatte ein Gebiss wie der legendäre Nobby Stiles. Kein Wunder, dachte Hamilton, dass der keine Portraits verschickt.

»Und hatte Colin an diesem Morgen einen Job für dich?«

»Ne, war nicht da. Bin dann nach Hause.«

»Und dort?«

»Nix, hab Filme gesehen.«

»Aha.« Hamilton knackste mit den Fingerknöcheln. »Und wie war das mit Leigha? Wann hast du sie getroffen?«

»Da war nix, Mann. An die bin ich gar nicht rangekommen. War aber ein Versuch wert.«

»Und warum bist du nicht zu ihr nach Hause und hast auf sie gewartet? Leigha hätte sich vielleicht gefreut, wenn du ihr Blumen mitgebracht hättest.«

Ein Grinsen glitt über Munros Gesicht. »Glaubst du wirklich? Muss ich mal mit Blumen probieren. So mit bunten Blüten, nicht so Topf. Aber Mann, ich bin doch nicht bescheuert und stehe vor ihr Haus. Bin einmal dort vorbeigefahren, habe mir von Sally Auto ausgeliehen. Ey, das glaubst du nicht. Überall Überwachungskameras, wenn du da stehst, rückt doch gleich die Polizei an und dann hängen sie dir alles an. Nein, bei Sally weiß ich was ich habe.«

»Und gibt es noch andere Frauen, mit denen du befreundet bist?«

»Fest ist nur Sally. Alison manchmal, die hat aber 'nen neuen Macker.«

Inzwischen war sich Hamilton nicht einmal mehr sicher, dass es außer Sally noch jemanden gab. Vielleicht wünschte sich der gute Munro nur, bei Männern ja nicht ganz außergewöhnlich, ein Schäferstündchen mit der einen oder anderen Dame und in seiner Not sendet er die besagten Bildchen – vermutlich ohne großen Erfolg. Vielleicht reichte ihm das aber schon aus. Dem sollten die Psychofritzen auf den Grund gehen.

»Und Leigha Harrow hast du nie getroffen?«

»Nein. Ich war nur einmal bei ihr in der Sendung, im Januar. Von der Firma aus gab es ein paar Plätze bei der Talkshow. Mann, was für ne Frau, hab ich gedacht. Die wär doch was, hab ich gedacht. Einfach mal fragen, hab ich gedacht und das Bildchen geschickt. Ist doch nicht schlimm.«

»Wie man's nimmt. Aber wieso hast du denn weitere Mails geschickt und dann noch gedroht?«

»Manche mögen halt, wenn man etwas grob ist. Sally mag wenn ich sie beleidigen tue. Dann muss sie sagen, wie toll ich bin und so.«

»Mr Munro«, fragte Ray Williams nun ganz frei heraus, »haben Sie Leigha Harrow ermordet?«

»Ey Mann, das war ich nicht, ich tue keiner Frau nichts. Und so umbringen gar nicht.«

»Schlagen aber schon?«, hakte Williams nach.

»Manche mögen es und manche brauchen es auch. Alles halb so wild, aber die vom Fernsehen habe ich nicht angerührt.«

»War es nicht so, dass Sie Leigha an diesem Morgen, nachdem sie Sally verlassen hatten, in der Stadt getroffen haben, vielleicht zufällig, sie dann auf den Friedhof geschleppt und …, na ja. Sie wollte nicht und dann haben Sie, aus Angst, sie würde sie anzeigen, erschlagen. War das so, Mr Munro?«

»Nein, ey, sag mal dem da, dass er so nicht reden darf. Ich bringe keine Frauen nicht um. Und die Schöne mit den tollen Haaren schon gar nicht. So schade um die. Ich war bei Colin und dann zu Hause.«

Hamilton stand auf. Er hatte genug gehört. Williams würde ihn jetzt durch die Mangel drehen, wohl ahnend, dass Munro nicht der Täter gewesen war. Und wenn er es war, würden bald die gesicherten Spuren eine klare Antwort geben. Er wäre gerne zu dieser Sally gegangen, um sie nach Munros Alibi zu befragen, aber er hatte nun Wichtigeres zu tun, schließlich war er Chef der Kriminalpolizei mit all den Besprechungen und administrativen Dingen, um die er sich kümmern musste. Und dann war da noch Malcolm MacSweeney von der internen Ermittlung mit dieser lästigen Sache. Auch wenn Hamilton formal im Unrecht war, dies konnte und wollte er nicht auf sich sitzen lassen. Da war er ein Prinzipienreiter. Zu seiner großen Überraschung fand er, als er in sein Büro zurückgekommen war, eine Nachricht auf dem Handy in der kleinen Schreibtischschublade.

Kapitel 15

Schon früh am Morgen war Rachel aufgestanden, hatte kurz geduscht, sich eine Tasse Kaffee zum Wachwerden gegönnt, um dann ratlos vor ihrem Kleiderschrank zu stehen. Sie entschied sich schließlich für eine Jeans, eine blaue Bluse und ihren beigen Trenchcoat, dazu die weißen Schuhe. Sollte sie noch einen Schal nehmen – Rachel konnte sich nicht entscheiden, blickte auf die Uhr, schnappte sich ihre Aktentasche und den Autoschlüssel und fuhr in Richtung Flughafen. Glücklicherweise war nur wenig Verkehr. Sie hatte ein kleines Reihenhaus in einem schicken Viertel von Dunfermline, auf der Halbinsel Fife, rund fünf Kilometer nördlich des Firth of Forth, gefunden und dieses zusammen mit Ray Williams bezogen. Eine Mittelstadt wie Dunfermline war für Rachel gerade richtig, sie mochte weder in einer Großstadt noch ganz auf dem Land leben und die alte Hauptstadt des historischen Kingdom of Fife bot genügend Infrastruktur, um ein angenehmes Leben zu ermöglichen, und war doch verschont geblieben von der Hektik der großen Städte. Das gemeinsame Leben mit Ray gestaltete sich ganz ordentlich, auch wenn es für Rachel ein großer Schritt war. Sie hatte zwar bereits vor Jahren mit einem Freund zusammengelebt, doch dies hatte in einem Fiasko geendet, das hauptsächlich in ihrem Job und den damit verbundenen Arbeitszeiten begründet war. Ray brachte hierbei logischerweise mehr Verständnis auf als ihr Ex. Doch es gab ganz andere Hindernisse, die zu überwinden waren. Einerseits war Ray zwar in Schottland geboren, fühlte sich als Schotte und war im Reden und Handeln kaum von einem Landsmann, dessen Vorfahren bereits seit Jahrhunderten hier lebten, zu unterscheiden, aber Ray war dunkelhäutig und seine Eltern stammten aus der Karibik. Trotz der vermeintlich modernen Zeiten musste das Paar feststellen, dass es auch im 21. Jahrhundert noch genügend Vorurteile gegen Schwarze gab. Es gab Stimmen aus ihrem Freundeskreis, die Bedenken äußerten und fragten, ob es unbedingt ein Farbiger sein musste. Derlei betrübte sie zwar und brachte ihren Glauben an das Gute im Menschen weiter ins Wanken, doch konnte sie solche Ansichten leicht zur Seite schieben. Sollten die Leute doch denken, was sie wollten. Viel größere Sorgen machte sie sich darüber, dass ihre Beziehung Schaden nehmen könnte, weil sie die Vorgesetzte ihres Freundes war und Befürchtungen hatte, dass private Probleme mit ins Arbeitsleben genommen werden könnten. Es war Bob Hamilton, der diese Sorgen zerstreute. Er war der Ansicht, dass ein Paar, das gut harmoniert, diese Stärke in die tägliche Arbeit mitnehmen sollte. Außerdem würden manche Missverständnisse erst gar nicht entstehen, weil sie direkt und ohne Verzögerung ausgeräumt werden konnten. So reifte der Entschluss, nicht nur das lukrative Angebot der schottischen Polizei anzunehmen, sondern auch mit Ray Williams zusammenzuziehen. Und während dieser sich auf den Weg ins Hauptquartier machte, stieg Rachel Ward in eine Propellermaschine der Logan-Air, einer schottischen Fluggesellschaft mit Sitz in Glasgow, die schwerpunktmäßig innerschottische Flüge anbot. Bei Logan-Air gab es auch den kürzesten regulären Linienflug zu buchen – zwischen den beiden Orkney Inseln Westray und Papa Westray; für die knapp 3 Kilometer lange Strecke braucht der Flieger im Durchschnitt 2 Minuten (bei Orkan auch schon mal eine viertel Stunde), dabei wird der Preis von 14 Pfund direkt beim Piloten bezahlt.

Doch Rachel war nicht nach Orkney unterwegs, sondern startete um 7:20 Uhr planmäßig von Edinburgh nach Stornoway auf Lewis und Harris. Rachel hatte geglaubt, dabei würde es sich um zwei Inseln handeln, doch Ray hatte sie aufgeklärt: Es war lediglich eine Insel, die Lewis und Harris hieß. Der Norden nannte sich Lewis, der kleinere Südteil wurde Harris genannt. Mit einer Bevölkerungsdichte von nur 9 Einwohnern pro Quadratkilometer konnte man die Insel ohne Übertreibung als dünn besiedelt bezeichnen, die rund 21.000 Einwohner verteilten sich auf eine Fläche von rund 2200 km^2. Fast die Hälfte davon wohnten in der Hauptstadt, was bedeutete, dass man außerhalb Stornoways ziemlich einsam lebte. Doch dies galt eigentlich für das gesamte Hochland und die Inseln.

Pünktlich um 8:30 Uhr landete die SAAB 340, die mit 34 Passagieren zur Überraschung von Rachel ausgebucht war. Wer wollte denn auf die Äußeren Hebriden? In einem Infoheftchen hatte sie während des Fluges gelesen, dass es auf Stornoway pro Jahr knapp 11.000 Flugbewegungen gebe, das sind immerhin 30 Flüge am Tag, ganz schön viel Betrieb für so eine kleine Stadt. Hinzu kamen zahlreiche Fähren, die täglich im Naturhafen anlegten.

Diesen Weg, überlegte Rachel, hatte Leigha regelmäßig genommen, mindestens einmal in der Woche. Oder war sie längere Zeiträume auf der Insel und ist gar nicht immer nach Edinburgh zurückgekehrt? Sie war gespannt auf Leighas Haus, das würde sie sich zuerst ansehen und dann nochmals beim Sender vorbeischauen. Die Fakten, die Jessica Barlow zusammengetragen hatte, waren mehr als dürftig, fand sie. Hätte sie nicht stutzig werden müssen? Oder hatte sich nur keiner darüber Gedanken gemacht? Der letzte Flug nach Edinburgh ging um 20 Minuten vor acht Uhr am Abend. Das wäre immerhin möglich gewesen, zumindest bei den Formaten, die nicht live gesendet wurden und das war überwiegend der Fall. Leigha hätte bis um halb sieben im Studio arbeiten können und dann noch genügend Zeit gehabt, die Rückreise nach Edinburgh anzutreten. Doch sie war sehr oft länger im Studio, also musste sie auf Lewis und Harris übernachten.

»Vermutlich hat Leigha die Nächte im Hotel verbracht, allerdings konnte keiner der Arbeitskollegen sagen, in welchem Hotel«, hatte Jessica Barlow protokolliert. Das Mädchen muss mehr Biss entwickeln, dachte Rachel, doch sie wusste, Jessica war noch sehr jung, sehr ehrgeizig und vermutlich auch sehr lernfähig. Und schließlich war Leigha ihren Mitarbeitern keine Rechenschaft schuldig, wo sie über-

nachtete. Ob im Fünf-Sterne-Hotel oder unter einer Brücke konnte ihnen egal sein.

Schottland glich einer geheimnisvollen Welt, so wie ihre Heimat im Südwesten und je weiter man nordwestlich gelangte, desto mehr verdichtete sich der Eindruck einer phantastischen Märchenlandschaft, die es so eigentlich gar nicht geben konnte. Schon beim Anflug auf Stornoway war Rachel völlig hingerissen von dem Anblick, der sich ihr bot. Eine karibisch anmutende Insellandschaft mit türkisblauen Buchten, kargen Hügeln und unendlichen baumlosen Weiden. Von hier oben glich die Landschaft einem Paradies, doch sie wusste um das raue Klima, den peitschenden Wind und die kalte Luft, die hier allgegenwärtig waren. Dass hier der legendäre Harris Tweed quasi erfunden wurde, war naheliegend und die Qualität des Textilgewebes war in der Notwendigkeit früherer Jahrhunderte begründet, als der Schutz gegen Wind und Wetter ein noch wichtigerer Überlebensgrundsatz war als heute. Doch auch heute noch erfreute sich der Harris Tweed großer Beliebtheit. Bob Hamilton beispielsweise trug, von der Uniform einmal abgesehen, fast ausschließlich Tweedjacken und eine entsprechende Kopfbedeckung. Das passte auch perfekt zu ihm, dachte Rachel immer, denn eigentlich war Bob Hamilton, der aus einer bekannten Rinderzüchterfamilie stammte, immer ein Farmer geblieben. Selbst in Devon hatte er eine kleine Gallowayherde und er trug sich mit dem Gedanken, auch hier in Schottland ein paar Rinder zum Zeitvertreib anzuschaffen. Er wollte es mit Hochlandrindern versuchen. Allerdings hatte er noch keine passende Weidefläche gefunden. Ihm schwebte vor, die Tiere das ganze Jahr über im Freiland zu halten. Rachel war gespannt, welche Lösung ihr Chef finden würde. Er könnte ja ein Haus auf Lewis und Harris kaufen – Platz für ein paar Hochlandrinder gäbe es ja genügend – und am Morgen mit dem ersten Flug nach Edinburgh und am Abend mit dem letzten zurückfliegen, überlegte sich Rachel scherzhaft.

Doch sie hatte nun tatsächlich anderes vor, als sich über Hamiltons

Rinderproblematik Gedanken zu machen. Rachel wollte einen Mord lösen. Und hierzu war es nötig, ein zwingendes Tatmotiv zu finden und ein solches war bislang noch nicht in Sicht. Noch nicht gefunden wurde auch Arran Prendergast, obwohl die Polizei nun doch so langsam die Fühler auszustrecken begann. Rachel war sich unsicher, ob die Affäre Prendergast etwas mit dem Tod von Leigha Harrow zu tun hatte. Irgendwer hatte zumindest versucht, die Ermittlungen in diese Richtung zu lenken. Doch die Polizei, allen voran Bob Hamilton, zweifelte daran und war der Überzeugung, dass diese Spur entweder von einem Trittbrettfahrer gelegt wurde oder von jemandem, der Prendergast schaden wollte. Auch wenn Prendergast nichts mit dem Mord an Leigha zu tun hatte, seltsam war diese Koinzidenz in jedem Fall.

Der Flughafen lag im Osten der Stadt – direkt am Meer, genaugenommen auf einer Landenge zwischen zwei Meeresbuchten – und verbreitete den heimeligen, fast schon persönlichen Charme, den Rachel auch von den kleinen Flughäfen in Exeter und Newquay in Devon kannte. Nicht zu vergleichen mit den unendlichen Labyrinthen der verschiedenen Terminals der Luftdrehkreuze in Heathrow, Frankfurt oder Paris – über Europa war Rachel, mit Ausnahme einer Reise nach Israel, noch nicht hinausgekommen und daher fehlte ihr hierfür die Erfahrung. Der Flughafen Stornoway, im Zweiten Weltkrieg eine Basis der Royal Air Force, später bis in die 1990er-Jahre Nato-Basis, diente heute hauptsächlich dem zivilen Verkehr. Zudem wurde die Post für die Insel über den Flughafen zugestellt und die Küstenwache hatte einen Rettungshubschrauber stationiert. Die Empfangs- und Abflughalle war eher nüchtern als spektakulär und das Personal zurückhaltend freundlich. Rachel kam es vor, als sei sie schon vielfach hier gewesen und fand sich sofort zurecht. Dieses Gefühl wurde noch dadurch verstärkt, dass Constable Tim McFarlane, ein wettergegerbter, drahtiger Mann mit dünnem Haar, kräftigem Händedruck und ausdrucksstarkem Lächeln sie empfing, als sei sie eine alte Bekannte.

»Guten Morgen, Ma'am. Herzlich willkommen in Stornoway, oder wie wir Einheimischen sagen: A 'cur fàilte gu Steòrnabhagh. Ich hoffe, Sie hatten einen guten Flug."

»Danke Constable. Es hat manchmal ein bisschen geschaukelt, aber der Flug war ganz in Ordnung. Da habe ich schon Schlimmeres erlebt.«

McFarlane lachte. »Bei Orkan ist es ziemlich abenteuerlich. Da weiß man nie, ob ein Flieger landen kann oder wieder umkehren muss. Aber die Jungs in den Cockpits sind gut, mein Bruder und mein Sohn fliegen auch solche Kisten. Bei Sturm ist Fliegen besser als die Fähre zu nehmen. Das rüttelt vielleicht ein bisschen und sieht beim Landen schlimmer aus als es ist, man wird dabei jedoch nicht seekrank.« Wieder lachte der Polizist und fragte dann: »Haben Sie schon gefrühstückt, Ma'am?«

Rachel schüttelte den Kopf.

»Hab ich mir gedacht. Was halten Sie von einem echten Hebridenfrühstück, mit geräuchertem Fisch, Black Pudding und herrlich knusprigem Speck?«

»Das hört sich sehr verlockend an. Wo gibt es solche Köstlichkeiten?«

»In Mary's Tea Room. Mary ist meine Frau und sie betreibt mit unserer Tochter ein nettes Lokal. Ist nur zwei Meilen in Richtung Stadt.«

»Dann mal los, mein Magen knurrt schon, denn außer einer Tasse Kaffee habe ich heute noch nichts zu mir genommen.«

Fünfzehn Minuten später saßen die beiden an einem Tisch in einem urgemütlichen Raum eines kleinen Häuschens direkt zwischen Straße und Meer und studierten die Karte. Rachel war überrascht, dass die gut zehn Tische allesamt besetzt waren und ein beredtes Murmeln den Raum erfüllte. Offensichtlich war Mary's Tea Room mehr als ein Geheimtipp.

Rachel wählte tatsächlich das Full Breakfast mit dem Fisch, Pilzen, Speck, Tomaten, Bohnen und einer Kanne herrlichen Tees, während ihr Gegenüber, das offenbar bereits gefrühstückt hatte, lediglich Toast mit Marmelade aß.

»Was können Sie über Leigha Harrow sagen?«, fragte sie urplötzlich inmitten einer Fachsimpelei über Krabbenfang.

»Ich kannte sie aus dem Fernsehen. Begegnet bin ich ihr nie. Seltsam, denn die Insel ist sehr klein. Hier kennt jeder jeden. Wer allerdings unbehelligt von Gott und der Welt leben möchte, kann dies hier mit Leichtigkeit tun.«

»Offenbar hat Leigha Harrow diesen Weg gewählt«, antwortete Rachel. »Und was können Sie zu Arran Prendergast sagen?«

»Der Herr Abgeordnete. Ich kann mir nicht vorstellen, dass der nochmals gewählt wird. Hier auf den Inseln fühlt man sich von Haus aus nicht unbedingt den Engländern verbunden und den Schotten in den Lowlands übrigens auch nicht. Daher wird hier nun mal der Abgeordnete der SNP mehrheitlich gewählt.«

»Auch wenn es ein Mann wie Arran Prendergast ist?«

McFarlane nickte. »Die Partei kann auch einen Sandsack aufstellen, Hauptsache keiner der Tories oder dieser verdammten Verräter von Labour.«

»Aber nun gibt es Vorbehalte gegen Prendergast?«

»Ja. Die Liberalen sind auf den Inseln sehr stark. Orkney und Shetland ist eine Hochburg und hier sind sie auch nicht untätig. Prendergast war bei seiner ersten Wahl ein unbeschriebenes Blatt. Seine Äußerungen waren von Anfang an zwar grenzwertig, aber er hat es verstanden, die Hebriden als gälisches Herz zu präsentieren. Heute fällt er leider nur noch durch hohle Phrasen und vor allem durch seine Frauengeschichten auf. Und das ist etwas, was auf den Inseln nicht gerne gesehen wird. Die Gesellschaft ist immer noch sehr stark religiös geprägt. Besonders die Free Church of Scotland, die strenge Sonntagsruhe einhält und einfordert, hat einen sehr großen Einfluss auf das tägliche Leben und das Verhalten der Menschen. Da können Sie sich vorstellen, was die Leute auf den Inseln von Promiskuität halten.«

»Sie werden vermutlich einen Menschen, der es mit seinen Sexualpartnern nicht so genau nimmt, nicht unbedingt ins Parlament wählen.«

»Genau. Deshalb baut die Partei auch einen neuen Kandidaten zur nächsten Wahl auf. Dieser soll sich im Vorfeld schon gegen Prendergast durchsetzen und wird dies vermutlich auch mit Leichtigkeit tun.«

»Und Prendergast lässt sich das gefallen?«

»Muss er wohl. Er versucht zwar mit seinen hypernationalistischen Tönen zu punkten, doch sollte er wissen, dass wir zwar einen großen Nationalstolz haben, aber sicherlich keine Nationalisten sind. Der Schuss geht nach hinten los. Doch was soll's?«

»Und was halten die Menschen auf den Inseln von Homosexualität?«

»Du sollst nicht bei einem Manne liegen, wie bei einer Frau. So steht es im 3. Buch Mose.«

»Im Alten Testament steht aber auch, dass man keine Krustentiere und kein Schweinefleisch essen soll.«

McFarlane wirkte erstaunt. »Ja, aber also. Wie auch immer. So etwas ist hier nicht gerne gesehen.«

»Könnte das bedeuten, dass jemand von hier Leigha deshalb umgebracht hat, weil sie Beziehungen zu Frauen unterhielt?«

McFarlane ließ vor Schreck fast seine Teetasse fallen. »Sie meinen, die Harrow war …?«

»Genau das meine ich.«

Er betrachtete das Toaststück auf seinem Teller, nahm es in die Hand, biss hinein, kaute, schluckte den Bissen hinunter und meinte dann: »Umbringen kann ich mir ehrlich gesagt nicht vorstellen. Denn das wäre eine noch größere Sünde. Allenfalls wäre es möglich, dass jemand versucht hätte, sie zurück auf die richtige Spur zu führen, sie quasi zu heilen.«

»Wie einen Kranken, meinen Sie?«

»So in etwa. Aber es wusste hier sicherlich niemand, dass sie so veranlagt war und außerdem war doch gar nicht bekannt, dass sie hier am Ende der Welt wohnte. Welcher Inselbewohner sollte sie umbringen?«

»Da mögen Sie recht haben. Ich glaube auch nicht, dass der Täter oder die Täterin von der Insel stammt. Aber wer weiß?«

»Die Kriminalitätsrate hier auf den Inseln ist kaum messbar, möchte ich zur Verteidigung der Insulaner anbringen. Viel mehr als ein Parkvergehen oder jugendlicher Überschwang sind hier kaum zu notieren. 2011 gab es den letzten Mord auf den Hebriden, den ersten seit 40 Jahren.«

»Dann hoffen wir mal, dass es bis zum nächsten Mord erneut 40 Jahre dauert.«

Das Haus von Leigha Harrow lag im äußersten Osten der Insel, am Ende einer einsamen Straße, südlich des kleinen Örtchens Portvoller, direkt oberhalb der Klippen, rund 500 Meter vom nächsten Anwesen entfernt. Sea View war der passende, dennoch einfallslose Name, wie Rachel fand, und es wirkte auf den ersten Blick wie eines der vielen Ferienhäuschen: Nett, aber etwas charakterlos. Das sollte vermutlich so sein. Einen Briefkasten fanden die beiden Polizisten nicht, ebenso gab es keine Klingel und ein Türschild gar, war vergeblich zu suchen. Allerdings gab es eine angebaute Garage, was wiederum etwas seltsam, weil ungewöhnlich für ein solches Haus war. Sie gingen zunächst um das Häuschen herum, konnten jedoch keine Erkenntnis gewinnen, außer der, dass irgendwer kürzlich den Rasen gemäht haben musste.

Constable McFarlane öffnete die Haustür und ein Geruch von Tausendundeiner Nacht schlug ihnen entgegen. Rachel erblickte einen Weihrauchbrenner auf einem Sideboard im Windfang und einen weiteren im großen Wohnzimmer. Offenbar machte Leigha großzügigen Gebrauch von dem orientalischen Baumharz und lüftete nur unzureichend. Vielleicht war es aber auch so wie in einem Raucherhaushalt, dass der Duft so stark in Mobiliar und Einrichtung hing, dass es kaum mehr möglich war, ihn zu verleugnen. Auf den ersten Blick wirkte die Einrichtung geschmackvoll, liebevoll restaurierte Möbel aus dem frühen 20. Jahrhundert, ein großer Schreibtisch mit ungetrübtem Blick aufs Meer und ein paar Bilder mit Hochlandszenen an den Wänden, spätes 19. Jahrhundert schätzte Rachel. Ein schweres, braunes Ledersofa in der Ecke, Leselampe, Couchtisch und ein großes Bücherregal. Rachel warf einen kurzen Blick über die Bücher, die das Regal bis zum Bersten füllten und fand von Trivial- bis klassischer Literatur alles, was ein halbwegs gebildeter Mensch lesen sollte. Doch das größte Interesse weckte der schicke Computer auf dem Schreibtisch. Leighas Privatrechner! Rachel hoffte diesem Gerät die Geheimnisse zu entlocken, die Licht ins Dunkel der Ermittlung brachten.

Leighas Haus war praktisch und gemütlich und wahrscheinlich tatsächlich als Ferienhaus konzipiert. Das Erdgeschoss bestand aus dem großen Wohnzimmer mit unglaublichem Meerblick, außerdem gab es eine kleine Küche und eine Toilette, die vom Windfang aus zugänglich waren. Das Obergeschoss bestand aus zwei Zimmern, einem Schlafzimmer und dem Badezimmer. Irgendwie erinnerte die Größe und Aufteilung an Hamiltons altes Cottage in Devon, wo er gewohnt hatte, bevor er eine Familie gründete und mehr Platz benötigte.

Leigha war eine sehr ordentliche Frau gewesen, dies hatte Rachel bereits in Edinburgh vermutet und dieser Eindruck bestätigte sich jetzt auf der Insel. Kein überflüssiges, kitschiges Frauen- oder großes Mädchenchichi, sondern eine nüchterne, geschmackvolle und überaus geradlinige Einrichtung.

»Was denken Sie?«, fragte McFarlane, der etwas verloren inmitten des Wohnzimmers stand und nicht so recht wusste, was er tun sollte. Er war noch nie in der Wohnung eines Mordopfers gewesen, ebenso wenig war er jemals in eine Mordermittlung involviert, denn beim jüngsten Mord vor sechs Jahren hatte ihn eine Rückenverletzung außer Gefecht gesetzt und beim Mord im Jahre 1971 ging er noch zur Schule und seine Berufswahl stand noch nicht zur Diskussion. Sein bisher heikelster Fall war eine Einbruchserie, bei der entlegene Häuser quer über die Insel betroffen waren. Damals war ein alter Mann lebensgefährlich verletzt worden. Nach rund einem Jahr konnten die

Täter, drei Jugendliche aus Glasgow und ein 15-jähriges Mädchen aus Harris, festgenommen werden. McFarlane wusste, dass jeder Mensch überall und ständig Spuren hinterließ und daher wollte er offensichtlich nichts falsch machen. Daher verließ er das Haus und machte sich auf den Weg in die Garage, während Rachel vorsichtig den Schreibtisch genauer in Augenschein nahm.

Kurz nachdem er hinausgegangen war, kam er zurück, kalkweiß im Gesicht.

»Ma'am«, sagte er fast tonlos, »kommen Sie bitte mit in die Garage.«

Kapitel 16

Sally Stuart war eine kleine, zierliche Frau mit blonden Haaren und schiefen Zähnen, die sicherlich ganz hübsch gewesen wäre, hätte sie das Privileg gehabt, in eine Mittelschichtfamilie geboren zu sein. Leider brachten es ihre Vorfahren nicht über eine Anstellung im Hafen oder bestenfalls beim Militär hinaus. Ihr Vater war seit der Zeit, als Maggie Thatcher das Königreich auf den Kopf gestellt hatte, arbeitslos und die Mutter versuchte durch Aushilfsjobs die Familie mit den sieben Kindern über Wasser zu halten. Sally hatte es geschafft, Kindheit und Jugend ohne größere körperliche Schäden zu überstehen und arbeitete seit fünf Jahren bei Burger King in einem Einkaufszentrum in der Whitehill Road im Osten der Stadt, direkt an der A1. Ray Williams hatte sich erkundigt, ob Sally, Euan Munros Aussage entsprechend, bei der Arbeit war. Sie hatte bereits um acht begonnen und ihre Schicht ging bis um vier am Nachmittag. Ursprünglich wollte er Jessica Barlow dorthin schicken, entschied sich jedoch, selbst zu gehen. Viel würde er sicherlich nicht erfahren, doch immerhin konnte Sally ihrem Freund ein Alibi geben. Dessen Wert war zwar zweifelhaft, aber nach all dem, was er am Vortag von Euan Munro erfahren hatte, war es nahezu ausgeschlossen, dass er der Mörder von Leigha Harrow war. Eine Gefängnisstrafe war ihm dennoch sicher.

Da Williams sein Kommen angekündigt hatte, konnte er das Gespräch mit Sally umstandslos im Personalraum führen, der Geschäftsführer, Paul McGhee, war offensichtlich jemand, dessen Verstand über den Grillrost hinausreichte. Er empfing Williams und führte ihn in den

Personalraum. Dieser war eng, bestand aus einer Spindwand, einem kleinen Tisch mit sechs Stühlen und einer Kaffeemaschine auf einem wackeligen Regalbrett.

»Setzen Sie sich doch«, sagte McGhee. »Darf ich Ihnen etwas anbieten? Einen Kaffee?«

»Gerne«, antwortete Williams und der junge Mann goss von der braunen Brühe aus der Kanne der Kaffeemaschine in eine weiße Tasse.

»Milch, Zucker?«

»Danke, ich trinke den Kaffee am liebsten schwarz. Mr McGhee«, sagte er, bevor der Geschäftsführer sich auf den Weg machte, Sally zu holen, »kennen Sie Euan Munro?«

»Wer soll das sein?«

»Sallys Freund.«

McFarlane schaute etwas irritiert. »Sie hat einen Freund? Davon weiß ich nichts. Ich weiß sowieso nicht viel über Sally. Sie ist zuverlässig, fleißig und wortkarg. Mehr kann ich nicht über sie sagen.«

Sally kam alleine in den Personalraum und wirkte sehr unsicher. Eine Unsicherheit, die sie hinter einer dicken Portion aufgesetzter Burschikosität versteckte.

»Paul sagte, ich soll hierher. Polizei? Wieso?«

»Guten Morgen, Miss Stuart«, sagte Ray. »Ich bin DI Williams vom CID und ich ermittle im Mordfall Leigha Harrow. Nehmen Sie doch bitte Platz.«

Sie zupfte nervös an ihrer Schürze und in ihren Augen flackerte die pure Angst.

»Hat Euan die Frau getötet?«

Williams ignorierte ihre Frage und fragte seinerseits: »Wissen Sie, wo Euan Munro in der Nacht von Sonntag auf Montag war?«

»Er war bei mir, bis um zehn Uhr. Dann wollte er zu Colin gehen. Ich musste ab 12 Uhr arbeiten.«

»Wie lange schon kennen Sie Euan?«

»So vier oder fünf Jahre.«

»Und wie würden Sie Ihr Verhältnis beschreiben?«

Sally sah ihn verständnislos an. »Wie meinen Sie das?«

»Nun, ist es eine feste Beziehung oder mehr ein On-Off-Verhältnis?«

»Wir haben gar keine Beziehung.« Nun wurde der ohnehin schon traurige Gesichtsausdruck noch jämmerlicher.

»Wie soll ich das verstehen?«

»Das ist doch ganz einfach. Wir haben nur Sex. Ich bin ganz gut in solchen Dingen und Euan ist ein echter Hengst. Das ist alles. Ich habe weder Zeit noch Lust für einen Freund oder eine Familie. Wenn ich alleine bin, habe ich wenigstens meine Ruhe. Und mit Euan ist es ganz unverbindlich. Er ist lediglich ein Fuck-Buddy für gelegentlichen Sex. Keine Verpflichtung, kein Stress, keine Eifersucht – nur Sex. Verstehen Sie? Deshalb kann ich Ihnen auch nicht viel über Euan sagen.«

Sally sprach leise aber dennoch fest und klar und war sich dessen bewusst, was sie sagte.

»Sie wussten nichts darüber, dass Euan auch andere Frauen kontaktierte?«

»Ist mir egal. Ich denke aber schon, dass er auch andere Frauen vögelte. Na und? Ich habe ihm keine Rechenschaft für mein Leben zu geben und er mir keine für seines. So einfach ist das.«

»Haben Sie andere Männer?«

»Ich glaube nicht, dass Sie das etwas angeht.«

»Das stimmt natürlich. Lassen Sie mich auf Leigha Harrow kommen. Vorhin fragten Sie, ob Euan sie ermordet hat. Wie kommen Sie darauf?«

»Na ja, er hat mal gesagt, dass er sie gerne mal so richtig hernehmen würde. Jetzt ist sie tot und Euan wurde von der Polizei festgenommen. Ich bin doch nicht ganz blöd.«

»Hatte Euan mehrfach das Interesse an bekannten Frauen bekundet?«

»Euan denkt nur an eines. Aber ich kann mir nicht denken, dass ihn eine dieser Barbies ranlässt.«

»Können Sie sich vorstellen, dass Euan Munro Leigha Harrow umgebracht hat?«

»Er will Frauen ficken, nicht umbringen. Ich kann mir nicht vorstellen, dass er das getan hat. Außerdem war er Montagmorgen bei mir.«

Williams kratzte sich am Hinterkopf. Er war sich sicher, dass Munro nicht der Täter war, das Alibi von Sally Stuart war hierfür ein weiterer Beweis. Und dann spürte er einmal mehr seine Hilflosigkeit, als nun der jungen Frau gegenübersaß. Er hätte sich gewünscht, dass sie einen netten jungen Mann fände und ein glückliches Leben führen würde, wie er es jedem Menschen wünschte, doch er wusste aus langer Erfahrung, dass ihr trauriges Leben einer traurigen, gewalttätigen Zukunft entgegenging. Zu Beginn seiner Karriere als Polizist hatte er teilweise versucht, solch gefallene Mädchen und auch Männer wieder auf die rechte Bahn zu bringen, doch er hatte einsehen müssen, dass ein Polizist kein Sozialarbeiter ist und dass ein Mensch, dessen ganzes bisheriges Leben durch Armut und Gewalt geprägt ist, sich kaum ändern kann. Und während Euan Munro im Knast saß, würde sich Sally einen anderen Fuck-Buddy suchen und weiterhin die Hamburger und Pommes hungrigen, übergewichtigen Menschen servieren.

»Vielen Dank, Sally«, sagte Ray, »Sie haben uns mit Ihrer Aussage geholfen. Ich wünsche Ihnen alles Gute für die Zukunft.«

Sally sah verwundert aus den Augen. »Ist schon gut. Kommen Sie mal wieder vorbei.«

Ray wusste nicht, wie er das zu verstehen hatte. War es nur eine Floskel, meinte sie es ernst oder war dies ihre Form einer Anmache?

Euan Munro hatte sich als Sackgasse erwiesen. Leigha Harrow war tot und weder ein Motiv noch eine brauchbare Spur in Sichtweite. Ray hoffte nur, dass Rachel auf der Insel etwas fände, denn so langsam wurde es Zeit, Licht ins Dunkel des Falles zu bringen. Die schottische

Presse wurde allmählich ungeduldig und die Gazetten aus dem Süden hatten angefangen, Blut zu lecken.

Williams saß in seinem Auto auf dem Parkplatz und überlegte sich, ob sie einen Fehler gemacht, eine falsche Fährte verfolgt oder etwas übersehen hatten. Steckte nicht vielleicht doch die Politik hinter dem Mord? War es eventuell sogar die Staatssekretärin gewesen? Er wusste, dass Rebecca Hamilton heute Vormittag ein Gespräch mit ihr hatte und er hoffte, dass dieses Gespräch zu einem Ergebnis führte.

Er schloss die Augen, öffnete sie und sein Blick fiel auf einen großen Lavendelbusch im Grünstreifen, der als Parkplatzabgrenzung diente. Der Lavendel blühte in voller Pracht und unzählige Bienen und Hummeln hangelten sich an den Blüten entlang, sammelten Nektar und flogen wieder davon. Ray öffnete das Autofenster, hörte das friedliche, geschäftige Summen der Insekten und wurde eingehüllt von einer Wolke aus Lavendelduft.

Kapitel 17

Arran Prendergast saß tot in seinem Wagen, der in Leighas Garage abgestellt worden war. Sein Kopf war gegen die Fahrertür gelehnt, in der linken Schläfe erkannte Rachel das kleine Eintrittsloch eines Geschosses. Die linke Hand lag in der Mittelkonsole, daneben eine Walther TP. Prendergast hatte, so wie es den Eindruck erweckte, Selbstmord begangen. Rachel war wie vom Donner gerührt, während McFarlane weiß wie eine Wand neben ihr stand. Damit hatte sie nicht gerechnet. Sollte der Mordfall Leigha Harrow gelöst sein? War der Abgeordnete ihr Mörder und hatte sich danach selbst gerichtet? Das erschien ihr zwar sehr einfach, aber auch einleuchtend. Außerdem war Prendergast Linkshänder und die Körpergröße passte auch.

»McFarlane, sorgen Sie dafür, dass die Spurensicherung so schnell wie möglich hier erscheint. Die sollen sich in den Hubschrauber setzen, sonst dauert das zu lange«, sagte sie in ihrer bestimmten, doch höflichen Art, öffnete dann vorsichtig die Beifahrertür und sah sich den Toten aus der Nähe an. Sie konnte sich kein Urteil bilden, wie lange er tot war. Sehr seltsam, dachte Rachel. Sollte das alles so einfach sein? Sie erkannte noch immer kein Motiv im Mord an Leigha. Von welchen Enthüllungen redete Prendergast? Oder war er einfach durchgeknallt, hatte einsehen müssen, dass er zukünftig politisch keine Rolle mehr spielte? Waren ihm die Sicherungen durchgebrannt?

Rachel wusste, dass manche Morde vollkommen sinnlos waren. Sie hatte schon in Fällen ermittelt, als Menschen sterben mussten, weil andere dachten, sie stünden ihrem Glück im Weg, ohne dass sich Täter und Opfer kannten. Hatte Prendergast sein politisches Versagen an der Person Leigha Harrow festgemacht? Oder hatte sie lediglich seine Annäherungsversuche abgeblockt?

Schwer zu sagen. Die Spurensicherung würde jetzt jede Menge Arbeit haben und wenn sie Glück hatten, war der Fall tatsächlich gelöst. Vielleicht fand sich irgendwo ein Abschiedsbrief und auch das Mordmotiv.

Der mutmaßliche Selbstmord von Prendergast und sein Mord an Leigha Harrow würden im politischen Edinburgh einschlagen wie eine Bombe. Die möglichen Folgen waren nicht abzusehen, möglicherweise verlor die SNP weiter an Einfluss, was hinsichtlich der Brexit-Verhandlungen nicht unbedingt zum Vorteil Schottlands war.

Rachel beschlich einmal mehr das Gefühl, dass hier etwas nicht zusammenpasste. Sollten die Spurensicherung, der technische Dienst und die Gerichtsmedizin ihre Untersuchungen durchführen. Solange die Ergebnisse nicht einwandfrei waren, wollte sich Rachel vorbehalten, einfach weiter zu ermitteln. Noch immer hatte sie kein komplettes Bild von Leigha Harrow und sie wollte auf jeden Fall noch mit der Jugendfreundin, dieser Ruth, sprechen, der ebenfalls ein Verhältnis zu Leigha nachgesagt wurde.

»Wie komme ich am schnellsten von hier nach Vatersay?«, fragte Rachel den zurückgekehrten McFarlane.

»Schnell geht hier auf den Inseln gar nicht. Sie könnten mit dem Flieger zurück nach Glasgow und dann versuchen, einen Flug nach Barra zu bekommen. Oder Sie nehmen das Auto. Dann müssen Sie aber auf die Fähren warten, da ist es Abend, bis Sie in Vatersay sind. Am schnellsten geht es«, jetzt huschte ein Lächeln über sein Gesicht, »wenn Sie einen Flug von hier nach Barra chartern. Mein Bruder besitzt eine alte Islander.« Er lächelte. »Keine Sorge. Die Kiste fliegt einwandfrei, ist noch nie abgestürzt. Normalerweise bringt er Geschäftsleute von Norwegen bis Frankreich auf die Hebriden.

Das müsste noch reichen, bevor die Flut kommt. Sie müssen nämlich wissen, dass die Landebahn von Barra gleichzeitig der Strand ist. Und bei Flut kann nicht gelandet werden.«

»Das hört sich ja spannend an. Rufen Sie mal Ihren Bruder an. Ich muss nach Vatersay.«

»Gerne«, McFarlane sah Rachel etwas verwundert an. »Und das hier?«

»Das haben Sie im Griff. Warten Sie bis die Kavallerie kommt. Ich nehme den Wagen. Wie finde ich Ihren Bruder?«

McFarlane grinste. »Mein Zwillingsbruder sieht genauso aus wie ich. Nur dass ich schöner bin. Er wartet am Eingang der Flughalle.«

»Vielen Dank, Constable.«

Über die Kosten des Flugs mochte sich Rachel gar keine Gedanken machen, aber irgendwie musste sie schließlich an ihr Ziel kommen. Auto und Fähre wäre zwar wesentlich günstiger gewesen, als ein Flugzeug zu chartern, aber die Diskussionen mit der Finanzabteilung sollte Hamilton führen, das war schließlich sein Job.

Der Flug nach Barra war ein echtes Abenteuer. Der Wind hatte schon am Vormittag an Stärke zugenommen und war zu einem passablen Sturm angewachsen. Das kleine Flugzeug wurde durch die Luft geschüttelt, doch der Pilot blieb seelenruhig auf seinem Kurs gen Süden.

»Beim Fliegen kann uns gar nichts passieren«, sagte er lachend. »Wir fliegen noch, wenn der Fährverkehr schon längst eingestellt ist. Nur beim Landen muss man etwas aufpassen. Doch in Barra ist das gar kein Problem, denn wir landen auf Sand. Das kann nur etwas spritzen, wenn wir beim Ausrollen durchs Wasser fahren.«

»Sie scherzen?«

»Nein, ist mein Ernst. Aber keine Bange, die Islander ist das klassische Buschflugzeug. Hiermit können Sie überall landen. Und Seitenwinde oder Windböen beeinträchtigen die Flugstabilität kaum. Das Flugzeug ist speziell auf das Seeklima ausgelegt und für den Verkehr zwischen Inseln gebaut, deshalb der Name: Britten-Norman BN-2

Islander. Sie können unbesorgt sein, die 150 Kilometer nach Barra haben wir bald geschafft. Ich schätze mal, in einer halben Stunde können wir landen. Sie haben übrigens Glück gehabt, mein für heute geplanter Flug nach Färöer und zurück ist ausgefallen und muss auf die kommende Woche verschoben werden.«

Rachel war beeindruckt von der Inselwelt der Äußeren Hebriden. Nachdem sie Lewis und Harris hinter sich gelassen hatten, tauchten die vielen kleinen Inseln und die zerklüfteten North und South Uist unter ihnen auf. Hätte sie es nicht besser gewusst, hätte sie sich in der Karibik gewähnt. Fast menschenleere Inseln mit endlosen Wiesen und Mooren, einer Vielzahl an Schafen und zunehmend Rindern, weißen Sandstränden, felsigen Klippen und das unendliche Meer. Was hatte die Menschen vor Jahrhunderten, gar schon vor Jahrtausenden auf die Inseln geführt? Was gab es hier, was es auf der Hauptinsel nicht gab? Sicherheit? Nahrung? Rachel hatte sich noch keine Gedanken darüber gemacht, doch jetzt, hoch über den gut 500 Inseln, die etwa 50 Kilometer vor der schottischen Küste lagen, fragte sie sich, wie es vor all diesen Jahren möglich war, sie zu besiedeln. Das Christentum hatte eine große Rolle gespielt. Von Irland ausgehend kamen die Mönche über die Hebrideninsel Iona, einem kleinen Eiland vor der Insel Mull, nach Großbritannien. Iona war immer noch ein christliches Zentrum, Rachel hatte die Insel vor vielen Jahren einmal besucht, als eine Freundin dort ein Volontariat absolvierte. Iona lag allerdings viel weiter südlich als Vatersay, ihrem Ziel, und gehörte zu den Inneren Hebriden. Über die Insel Barra hatte sie schon etwas gehört, von der Existenz Vatersays war ihr, bis zum Mord an Leigha, nichts bekannt gewesen. Sie fragte sich, welche Menschen heute auf solch abgelegenen Eilanden wohnten. Möglich, dass es dort bereits halbwegs vernünftige Internetverbindungen und somit einen Anker zur Außenwelt gab, doch die schnelle Versorgung mit allerlei Nötigem und Unnötigem, wie man es sich angewöhnt hatte, war dort wohl kaum möglich. Ein Paketdienst, der die vorgestern bestellten und gestern gelieferten Schuhe heute bereits wieder zum Umtausch mitnahm, um morgen bereits das passende Paar zuzustellen, erschien unmöglich. Wer hier lebte, musste vorausplanen. Schnell mal ein Pfund Butter kaufen, weil man etwas backen wollte? Unvorstellbar. Genauso wenig war es möglich, eine abgelegene Insel kurzfristig zu verlassen. Bei manchen Inseln musste man froh sein, wenn das Postschiff ein Mal in der Woche anlegte. Doch vermutlich waren die Menschen auf den Inseln, so dachte sich Rachel, zufriedener als anderswo. Die Natur, die Gezeiten, die Jahreszeiten gaben den Takt vor und die Menschen passten sich den Umständen an. Was es nicht gab, gab es nicht, wer konnte, improvisierte. Sie war gespannt auf Ruth Gordon, die, soweit sie aus den Akten erfahren hatte, Vatersay noch nie verlassen hatte, jedenfalls nicht für längere Zeit.

Die Landung auf der Sandpiste verlief unspektakulärer als sich Rachel das vorgestellt hatte. Der Islander setzte weich auf der Piste auf und rollte, parallel zu den auslaufenden Wellen, bis kurz vor das Flughafengebäude, das nicht größer war als das Feuerwehrgerätehaus einer ländlichen Gemeinde. Nur dass der Bau anstatt eines Uhrenturms einen kleinen Kontrollturm besaß.

Nachdem Rachel ausgestiegen und ein paar Meter über den hellen Sand gestapft war, erblickte sie einen Land Rover der Polizei auf dem Flughafenparkplatz. Immerhin gab es auf Barra ein Polizeirevier, auf dem zwei Beamte ihren Dienst verrichteten. Einer der beiden, Constable Simon Tannahill, ein dynamisch wirkender Mittvierziger, wartete auf Rachel und brachte sie über die A888 vom Flughafen im Norden quer über die Insel bis in den Süden zu der Bucht mit dem Hauptort Castlebay und dem komplett vom tiefblauen Meer umschlungenen Kiessimul Castle. Kurz vor der idyllisch liegenden Inselmetropole zweigte ein schmaler Weg von der Landstraße ab, führte weiter nach Süden und über einen Damm nach Vatersay. Hier ging es, immer an der Ostküste entlang, in südliche Richtung bis zu einer kleinen Häuseransiedlung mit immerhin ein paar Wegkreuzungen.

»Es gibt hier zwar keinen Pub, aber immerhin ein Postamt und eine Zweigstelle der Royal Bank of Scotland«, sagte Tannahill. »Dort hinten«, er wies mit dem Arm geradeaus, »jenseits der Ackerflächen, ist das Haus der Gordons.«

Sie fuhren noch weiter in südliche Richtung bis zum Ende eines Wegs, der die Bezeichnung kaum verdiente. Rund 100 Meter nördlich eines wunderbaren Sandstrandes, einsam und mit traumhafter Aussicht versehen, lag das Ziel, das Anwesen von Ruth und Jeff Gordon.

Vor dem Haus stand ein hellgrüner Range Rover, sicherlich kein unauffälliges Auto auf den kargen, unbewaldeten Inseln.

»Das ist das Auto von Ruth«, stellte Tannahill fest. »Jeff hat einen Defender.«

Damit wäre das geklärt, dachte sich Rachel und war irgendwie froh, dass sie Ruth wohl alleine antreffen würde.

»Kannten Sie eigentlich Leigha Harrow?«, fragte Rachel den Polizisten, noch im Wagen sitzend.

»Nein, Ma'am, ich bin erst seit zehn Jahren hier auf Barra. Ursprünglich stamme ich von den Orkneys.«

»Man muss wohl ein Insulaner sein, um hier leben zu können.«

»Wohl wahr, Ma'am.« Er lächelte. »Als ich hierherkam, nachdem der alte Willie Watson pensioniert worden war, hatte Leigha Vatersay schon längst verlassen. Sie kehrte anscheinend nur selten hierher zurück. Es lebt zwar noch ihr Bruder mit Familie oben im Dorf – wir sind vorhin daran vorbeigefahren. Gesehen habe ich sie jedoch nur ein paar Mal. Einmal kam sie in den Pub in Castlebay, da habe ich ein paar Worte mit ihr gewechselt. Von Kennen kann also keine Rede sein. Sie war nett, so habe ich es empfunden. Fernsehsendungen mit ihr habe ich nicht gesehen, was daran liegt, dass ich kein Gälisch spreche.«

»Und was wurde über sie geredet? Immerhin war sie ja eine Art Berühmtheit.«

»Hm. Hat mich eigentlich nicht so interessiert. Da gab es solche und solche Stimmen. Wie immer eben. Die Einen meinten, dass

Leigha ein schlechtes Licht auf die Inseln wirft. Sie verkörperte ja nicht unbedingt das presbyterianische Ideal. Die Anderen sahen sie als Leuchtturm in finsterer Dunkelheit, wenn Sie verstehen, was ich meine.«

»Ich kann es mir vorstellen.«

Rachel, selbst Mitglied der Anglikanischen Kirche, hatte ausreichend Einblick in die vielfältige Welt der christlichen Konfessionen im Vereinigten Königreich und sie wusste, dass die Schotten besonders konservative Ansichten vertraten. Und dies galt insbesondere im Hochland und auf den Inseln.

»Ich denke, wir sollten langsam mal aussteigen«, befand Rachel und lächelte, »sonst könnte noch jemand denken, wir beide hätten ein Geheimnis.«

»Gute Idee. Ich hoffe, Sie haben sich bei Ruth Gordon angemeldet.«

»Natürlich, glauben Sie ich verpulvere auf gut Glück einen Haufen Steuergelder, um hierherzukommen?«

Das Gordon'sche Haus sah, ähnlich wie die meisten Häuser der Region, eher unspektakulär aus. Es war ein langgestreckter Bau mit weiß verputzten Außenwänden, blauen Fensterrahmen um die kleinen Fenster, schwarzen Schieferziegeln und zwei Kaminen an den jeweiligen Giebelwänden, der am Ende der Zufahrt inmitten der grünen Wiese stand. Rachel war überrascht, als sie einen Klingelknopf neben der ebenfalls blauen Haustür entdeckte. Üblich waren elektrische Klingeln im ländlichen Großbritannien eigentlich nicht. Gespannt drückte sie auf den kleinen, runden Knopf und nur wenige Augenblicke später stand Ruth Gordon in der Tür – offenbar hatte sie die Ankunft der beiden bereits bemerkt.

»Guten Tag, ich bin Superintendent Rachel Ward vom CID, mein Kollege Simon Tannahill dürfte Ihnen wohl bekannt sein.«

»Kommen Sie doch bitte ins Haus. Ich nehme an, wir beide haben vorhin telefoniert.«

Rachel nickte.

»Gehen Sie doch gerade durch ins Wohnzimmer und nehmen Sie Platz. Ich hole schnell eine Kanne Tee. Sie trinken doch Tee?«

»Gerne«, antwortete Rachel.

Sie und Constable Tannahill nahmen an einem langgestreckten Eichenholztisch Platz, Teetassen und Kuchenteller standen bereits dort, ebenso eine Etagere mit Muffins und Hafergebäck.

»So, hier ist der Tee. Eine neue Sorte, ein Darjeeling, First Flush, also nicht unbedingt mit Milch trinken, sonst verderben Sie den feinen Geschmack.«

Rachel nickte verständig. »Und Zucker, nur wenn es unbedingt sein muss.« Sie wusste, dass die erste Ernte vom Februar bis April die geschmackvollste war und die feinsten Geschmacksnuancen ausbildete, während die späteren Ernten kräftiger waren und mit Milch getrunken wurden.

Ruth goss ihren Gästen Tee ein, dann sich selbst und nahm schließlich gegenüber den beiden Platz. Sie entsprach in keiner Weise der Vorstellung, die Rachel von ihr gehabt hatte. Ruth war eine kleine, rundliche Frau mit kurzen dunklen Haaren, die bereits mit reichlich grauen Strähnen durchsetzt waren und sie älter erscheinen ließen, als sie tatsächlich war. Ihre Kleidung konnte ohne Übertreibung als konservativ beschrieben werden, ein grauer Rock, über den sie eine weiße Schürze gebunden hatte, eine blaue Baumwollbluse – es fehlte nur noch die weiße Haube und das Heimchen am Herd wäre perfekt gewesen. Rachel fragte sich, ob hier auf den Inseln alle Frauen derart gekleidet waren. Aus dieser Warte betrachtet, erschien es nur logisch, dass Leigha nicht auf breiteste Zustimmung in ihrer Heimat stieß.

Und diese Frau sollte ein langjähriges sexuelles Verhältnis zu Leigha Harrow unterhalten haben. Für Rachel erschien dies plötzlich außerhalb ihrer Vorstellungskraft. Doch zu ihrer großen Überraschung kam Ruth ohne Umschweife auf den Punkt.

»Ich weiß, warum Sie hier sind und ich will Ihnen gleich reinen Wein einschenken. Leigha und ich waren seit unserer Schulzeit befreundet und seit wir 15 Jahre alt sind, also fast zwanzig Jahre, so etwas wie ein Paar. Auch wenn man es uns nicht ansah, wir waren in sehr vielen Dingen der gleichen Ansicht und Leigha hat sich bis zum Schluss mit mir in fast allen Dingen beraten. Leigha war ein sehr harmoniebedürftiger Mensch, auch wenn man dies nicht vermuten würde.« Ruth legte den Kopf in den Nacken. »Ich denke, das ist bei sehr vielen Menschen, die in der Öffentlichkeit stehen, der Fall und gar nicht so außergewöhnlich.«

»Hm, ich kann das Privatleben von Leigha ehrlich gesagt nicht ganz nachvollziehen«, sagte Rachel nachdenklich. »Normalerweise ginge mich das auch überhaupt nichts an, aber wir müssen leider einen Mord aufklären. Und da gelten andere Gesetze. Sie sagen, dass Sie eine Beziehung mit Leigha hatten, doch sie hatte, wie sie uns selbst bestätigt hat, ein aktuelles Verhältnis mit Joanna Adamson. Und da war die langjährige Beziehung mit diesem Rinderzüchter. Wie ist noch sein Name?«

»Angus McIllroy.«

»Danke, Ruth. Und dann gibt es noch Dawn Roberts. Wie muss ich mir das vorstellen? Gab es denn keine Eifersucht?« Die immer ein hervorragendes Mordmotiv abgibt, wie Rachel aus langjähriger Erfahrung wusste.

Ruth lachte. »Sie denken da vielleicht nicht in den richtigen Kategorien. Leigha war ein ganz besonderer Mensch. Wenn ich sage, wir waren ein Paar, dann lag der Schwerpunkt dabei auf einer geistigen Verbindung. Das Körperliche, gar der sexuelle Aspekt, stand dabei im Hintergrund. Im Grunde suchte Leigha jemanden, der sie in die Arme schließen konnte. Dabei spielte das Geschlecht weniger eine Rolle. Es hätte auch gut mit Angus funktionieren können, aber Leigha war keine Rinderzüchterin. Es war nicht ihre Welt, so gerne sie Angus mochte, sogar liebte. Aber das reichte nicht aus. Leighas Ziel war es, die Welt zu verbessern und nicht Rinder zu füttern, um sie anschließend zu schlachten.« Ruth nahm einen Schluck Tee. »Schmeckt doch gut?«, fragte sie um Zustimmung bittend.

»Ganz gut«, stellte Tannahill fest.

»Ja«, befand Rachel, »doch ihre Muffins sind absolut herausragend«, lobte sie.

»Danke, altes Familienrezept.« Ein zufriedenes Lächeln huschte über ihr Gesicht. »Ich denke, Leigha darf man keine Nymphomanie unterstellen. Im Gegenteil. Sie suchte Geborgenheit. Sie hatte es nicht leicht in ihrer Familie. Die hat eine lange Tradition als Fischer oder beim Militär und es ging immer wenig herzlich zu. Es wurde wenig geredet, dafür mehr geschlagen. Deshalb ist sie auch schon als Kind bei mir gelandet. Wann immer sie konnte, war sie bei mir und da sie, aus der Sicht ihrer Brüder und vor allem ihrer Eltern, zu nichts taugte, war sie nichts wert. Nun gut, körperliche Arbeit war nicht das Metier von Leigha. Dafür hatte sie einen scharfen Verstand und einen unbändigen Gerechtigkeitssinn, beides freilich Eigenschaften, die im Hause Harrow nicht gefragt waren. Daher war es der Familie auch ziemlich gleichgültig, wo sich Leigha herumtrieb. Als sie erwachsen war, hat sie dann auch so schnell wie möglich die Insel verlassen. Das wurde ihr zwar als Verrat an der Heimat ausgelegt, war ihr aber gleichgültig.« Ruth schüttelte den Kopf. »Nein, das war ihr nicht gleichgültig. Sie hat immer darunter gelitten, in ihrer Heimat als Paria zu gelten. Doch sie hatte Freunde, die zu ihr standen, vor allem Dawn und natürlich ich selbst.«

»Und Ihnen macht es nichts aus, noch immer auf dieser Insel zu leben?«

Ruth lachte. »Wieso sollte es? Ich liebe die Insel. Es gibt hier Leute, mit denen ich gut auskomme und welche, die mir gleichgültig sind. Ich habe einen Mann, der als Tierarzt und Mensch hoch angesehen ist und der mich so nimmt, wie ich bin. Außerdem habe ich einen Job, den ich über alles liebe.«

Rachel merkte auf. »Was machen Sie beruflich?«

Wieder huschte dieses Lächeln über Ruths Gesicht. »Ich überwache im Auftrag der Regierung die Seevögel und wildlebenden Säugetiere auf den Äußeren Hebriden. Das ist ziemlich abwechslungsreich und spannend und führt mich auf die ganzen Inseln bis hinaus nach

St. Kilda. Können Sie sich vorstellen, dass auf diesen einsamen Inseln, die fast 70 Kilometer westlich von North Uist liegen, mehr als 2.000 Jahre lang Menschen gewohnt haben? Erst 1930 haben die letzten Bewohner die Hauptinsel, Hirta, verlassen. Ihre Schafe haben sie zurückgelassen. Das ist deshalb sehr spannend, weil diese Soayschafe eine ganz ursprüngliche Haustierrasse sind, wie sie die Menschen in der Neusteinzeit hatten.«

»Das hört sich sehr interessant an, doch zurück zu Leigha. Was wussten Sie von ihren Plänen mit der neuen Sendung im kommenden Jahr?«

»Ein solches Projekt war schon immer Leighas Traum gewesen. Sie hatte sich schon so gefreut.« Ruth nahm einen Haferkeks in die Hand. »Wissen Sie, die Talkshow, das war tatsächlich mehr Show als Journalismus. Leigha spielte die Rolle des gälisch-nationalistischen Stichwortgebers hauptsächlich, um selbstgefällige Politiker und andere Wichtigtuer aus der Reserve zu locken. Doch Leigha wollte die Welt verbessern, Ungerechtigkeiten aufdecken, Lichts ins Dunkel bringen.«

»Wissen Sie, ob Leigha bereits an konkreten Inhalten für die neue Sendung gearbeitet hat?«

»So wie ich Leigha kenne, hatte sie sicherlich schon ganz bestimmte Dinge im Auge. Ich kann Ihnen aber nicht sagen, ob es mehr als ein Konzept gab.«

Rachel sah auf die Uhr und fragte dann: »Was könnte eines ihrer Anliegen gewesen sein? Hatte sie Ihnen gegenüber einmal etwas erwähnt?«

»Da gab es viele Dinge, von verbotener Düngung der Moorwiesen im Hochland, Überfischung bestimmter Regionen in der Irischen See oder der immer mehr um sich greifenden Korruption.«

»Korruption? War Arran Prendergast korrupt?«

»Wie kommen Sie denn auf diesen Clown?«

»Arran Prendergast liegt tot in seinem Wagen in der Garage von Leighas Cottage.«

Ruth ließ vor Schreck fast die Teetasse aus den Händen fallen. »Prendergast ist tot? Aber was macht dieser Typ in Leighas Garage?«

»Das fragen wir uns auch. Was gab es zwischen Leigha und Prendergast? Überall erzählt man uns von einem besonderen Verhältnis der beiden, bis hin zu einer Affäre.«

Ruth bekam einen Lachanfall. »Leigha und Prendergast? Wenn es jemanden gab, den Leigha mit Nichtbeachtung belegte, dann war es Prendergast. Der Typ ist schon lange in der SNP und irgendwann war er Parlamentsabgeordneter. Dies ist ihm jedoch zu Kopf gestiegen. War er in früheren Jahren noch einigermaßen an politischen Entwicklungen interessiert, kümmerte er sich zuletzt nur noch darum, wie er die Annehmlichkeiten des Lebens genießen konnte. Und dazu gehörten jede Menge Frauen. Zuletzt war er hierbei nicht mehr sehr wählerisch. Die unterstellte Affäre mit Leigha wurde nach einer Fernsehsendung von einigen Zeitungen kolportiert. Er hatte ihr während der Sendung schöne Augen gemacht und sie hatte ihn gewähren lassen – ein Fehler, wie sie anschließend feststellte. Sie erteilte ihm am Tag darauf eine Abfuhr, als er ihr einen monströsen Rosenstrauß schickte. Dummerweise hat ein Zeitungsfotograf die Rosen fotografiert und das Gerücht untermauert. Aber da war nichts dran.«

»War Prendergast korrupt?«, bohrte Rachel nach.

»Möglich. Irgendwie musste er sein luxuriöses Leben ja finanziert haben. Als Abgeordneter des schottischen Parlamentes wird man nicht sonderlich reich. Ich habe aber keine Hinweise darauf, dass er korrupt gewesen wäre.«

»Und Leigha. Wusste die etwas?«

»Mir hat sie nichts gesagt. Aber es würde in keiner Weise Leigha entsprechen, wenn sie sich Prendergast als Ziel ausgesucht hätte. Wenn er tatsächlich korrupt war und sie davon wusste, hätte sie selbst nichts unternommen, sondern einem Kollegen oder einer Kollegin die diesbezüglichen Recherchen überlassen. Nein, Prendergast war nicht im Fokus von Leigha. Davon bin ich überzeugt.«

»Doch wie kommt er in ihre Garage?«

»Sie sind die Polizei«, antwortete Ruth. »Das ist mir ehrlich gesagt, schleierhaft.«

»Anderes Thema: Joanna Adamson. Was wissen Sie hierüber?«

Ruth schürzte die Lippen. »Wenig. Die beiden kannten sich von ein paar Sendungen. Offenbar waren sich die beiden sympathisch. Leigha hat nicht viel über Joanna erzählt. Es ist nur ab und zu durchgeklungen, dass sie auf einer Wellenlinie lagen.«

»Eifersüchtig?«

»Ist das ihr Ernst? Eifersucht ist keine Kategorie für mich.«

Rachel wusste nicht, ob sie das glauben sollte. »Aha.«

»Leigha war ein vielschichtiger Mensch. Sie hat vermutlich deshalb nicht viel über diese Adamson erzählt, die ich persönlich nicht kenne, um sie zu schützen. Diskrektion war eines der wichtigsten Anliegen von Leigha. Möglich ist auch, dass die Adamson etwas bieten wollte, das Leigha für ihre neue Sendung verwenden konnte. Aber das ist nur Spekulation. Da müssen Sie die Dame schon selbst fragen.«

Das würden Hamilton oder Rebecca bestimmt tun. Rachel spürte den Widerwillen, den Ruth gegen die Staatssekretärin hegte. War da doch so etwas wie Eifersucht? Oder konnte sie die Politikerin einfach nicht leiden?

Rachel war sich nicht sicher, ob der Selbstmord von Prendergast mit dem Mord an Leigha zusammenhing. Was wäre, wenn jemand nur falsche Spuren legen wollte. Und was, wenn der Selbstmord tatsächlich ein Mord war? Es gab ein Knäuel mit unendlich vielen Enden, doch wie diesen Gordischen Knoten zu durchschlagen, war ihr nicht klar. Doch vielleicht war gerade das die Lösung. Den Knoten zerschlagen. Einfach überall auf den Busch zu klopfen, notfalls das halbe Kabinett vorzuladen.

»Wo waren Sie am Montagvormittag?«

»Verdächtigen Sie mich, Ma'am?«

»Nein, das ist eine reine Routinefrage.«

»Ich war hier zu Hause. Später bin ich aufs Postamt gegangen, vielleicht erinnert sich ja die alte Miss Lucy an mich. Sie leitet das

Postamt schon seit über 60 Jahren und ich weiß nicht, ob es nach ihr weiter ein Postamt auf der Insel gibt.«

»Wir werden das überprüfen. Wann hatten Sie zum letzen Mal Kontakt mit Leigha?«

»An Ostern war Leigha letztmals hier. Seither habe ich sie nicht mehr gesehen. Wir haben regelmäßig telefoniert und Kurznachrichten geschrieben. Die letzte Nachricht erhielt ich Sonntagnacht.«

»Darf ich nach dem Inhalt fragen?«

Ruth nickte. »Gute Nacht.«

»Und was hat sie vorher geschrieben?«

»Nichts weiter. Dass sie einen anstrengenden Sonntag hatte und müde sei. Offenbar war sie bei der Adamson.«

Doch Eifersucht!

»Wie stand eigentlich Ihr Mann zu Leigha?«

»Er fand sie ganz nett, glaube ich.«

»Ganz nett? Und er wusste, dass sie ab und an das Bett mit Leigha geteilt haben?«

Ruth lachte wieder laut auf. »So etwas kann er sich gar nicht vorstellen. Wir sind hier gute Christen und in der Bibel steht, irgendwo bei Mose, dass man so etwas nicht darf.«

»Sie haben Ihren Mann betrogen.«

»Bei Mose steht auch, dass man keine Krustentiere oder kein Schwein essen soll.«

»Ruth, es geht nicht darum, ob Homosexualität aus christlicher Sicht verboten ist, sondern darum, ob Ihr Mann eifersüchtig gewesen sein kann.«

»Hätte ich einen anderen Mann, bestimmt. In diesem Fall kann ich es ausschließen. Das ist doch auch schon sehr lange vorbei.«

Rachel wusste nun überhaupt nicht mehr, was sie denken sollte. War es wirklich schon lange vorbei oder hatte es vielleicht nur in der Fantasie stattgefunden? Gab es lediglich eine pubertäre Romanze, der Ruth immer noch nachtrauerte? War Ruth eifersüchtig, oder hatte gar ihr Mann Leigha umgebracht?

Und was hatte dies alles mit Arran Prendergast zu tun?

Kapitel 18

Ursprünglich wollte Rebecca mit Joanna Adamson sprechen und hatte für den Nachmittag bereits einen Termin im Terrace Café der Royal Botanic Gardens vereinbart. Nachdem er erfahren hatte, dass Arran Prendergast tot war, entschied Bob Hamilton, seine Frau zu begleiten. Er meldete sich telefonisch bei der Staatssekretärin und versicherte sich, dass es bei dem Gespräch bleiben würde. Joanna Adamson klang sehr positiv, was Hamilton etwas verwunderte, denn sie hatte ihn angelogen. Sie stritt ab, Leigha persönlich gekannt zu haben. Er hatte vor zwei Tagen das kurze Zögern in ihrer Antwort bemerkt, es jedoch nicht deuten können. Jetzt schien die Politikerin richtiggehend froh zu sein, sich nochmals mit ihm zu treffen, und das Café im Botanischen Garten war wohl der beste Ort hierfür. Besser als ein erneuter Besuch im Büro oder gar ein Gespräch auf einem Polizeirevier. Der Tod von Prendergast hatte sich wie ein Lauffeuer im ganzen Land verbreitet und das politische Edinburgh befand sich in heller Aufregung. Joanna Adamson war zwar ein Politprofi, doch ein mysteriöser Todesfall eines Parteifreundes, der zudem noch irgendwie mit dem Mord an einer bekannten Fernsehjournalistin im Zusammenhang zu stehen schien, gehörte nicht zum Alltag einer Staatssekretärin.

Während sich Rebecca von einem zivilen Streifenwagen am Garten absetzen ließ, nahm ihr Mann seinen Privatwagen, einen nagelneuen Jeep Grand Cherokee. Diesen hatte er aufgrund des im Sommer anstehenden Modellwechsels günstig erwerben können. Der Kunde, der das Auto ursprünglich bestellt hatte, entschied sich für das neue

Modell und so stand der Wagen bei einem Händler in Inverness, ohne dass sich jemand dafür interessierte, bis Bob Hamilton zufällig – er hatte einen Freund in der nordschottischen Stadt besucht – vorbeikam. Ihm gefiel das dunkelgrüne Fahrzeug und der Preis von lediglich 35.000 £ war überzeugend. Was spielte es da für eine Rolle, dass die Karre fast 300 PS, sechs Zylinder und 3600 cm^3 Hubraum hatte und 10 Liter Benzin – in Wahrheit und bei Bobs Fahrweise waren es eher 13 – 14 Liter – verbrauchte?

Hamilton kam über die Forth-Road-Bridge und gelangte, vorbei am Flughafen über die Queensferry Road vom Westen in die Stadt. Nach einem Kreisverkehr mündete die Einfallstraße in die Ferry Road und dann musste er irgendwann nach rechts abbiegen. Er fuhr am Haupteingang des Gartens vorbei bis zur nächsten Kreuzung und bog abermals rechts ab. Pünktlich, etwa zehn Minuten vor drei Uhr, parkte er seinen Geländewagen auf einem der zahlreichen Parkplätze entlang der Inverleith Terrace im Schatten einer alten Ulme, deren ausladenden Äste weit in die Straße hereinreichten. Seine Frau traf er wenig später am Westeingang des Gartens und gemeinsam gingen sie die kurze Strecke bis zum Café, wo Joanna Adamson bereits an einem Tisch unter einem Sonnenschirm saß.

»Schön Sie zu sehen, Joanna. Das ist meine Frau, Sie haben ja bereits telefoniert.«

»Guten Tag, Bob. DCI Hamilton.« Sie reichte beiden die Hand.

»Sagen Sie Becks zu mir, das ist mir lieber als DCI Hamilton.«

»Gut, Becks, ich heiße Joanna. Setzen Sie sich doch bitte. Ich bin total konfus. Was tun wir jetzt?«

»Zunächst hoffen wir, dass das nette Mädchen mit dem Tablett zu uns kommt, damit wir Tee und etwas Gebäck bestellen können.«

Joanna sah nervös aus und sie hatte offensichtlich Mühe, die von ihr gewohnte Lockerheit und Eleganz auszustrahlen. Im Gegenteil, sie war keineswegs locker und elegant wirkte nur ihr schwarzes Businesskostüm.

»Nun mal der Reihe nach«, sagte Hamilton. »Warum haben Sie

mich angelogen? Sie kannten Leigha und zwar nicht nur vom Sehen und gelegentlichen Smalltalk.«

Joanna Adamson wurde knallrot, was angesichts ihrer blonden Haare noch offensichtlicher wurde. »Es tut mir leid. Ich wollte nicht in die ganze Sache hineingezogen werden.«

»Sie sind mitten drin«, stellte Hamilton lapidar fest. »Und um sie wieder aus dem Schlamassel herauszuholen, ist es wichtig, dass ich alles weiß, was zwischen Ihnen und Leigha war.«

»Sie hören sich an wie mein Anwalt.«

»Haben Sie mit dem auch schon gesprochen?«

»Nein, aber er würde sich so anhören.«

»Gut. Ich denke, wir kochen das Ganze nun mal auf kleiner Flamme. Sie waren mit Leigha bekannt und selbst wenn sie befreundet, in welcher Form auch immer, waren, spielt das zunächst einmal keine Rolle. Das macht sie nicht verdächtig. Die Wahrheit ist nie ein Problem, aber die Lüge.«

»Ja, es tut mir leid. Ich dachte, wenn niemand von uns erfährt, dann bekomme ich keine Probleme.«

»Eine gleichgeschlechtliche Beziehung ist doch nicht verboten.«

»Das nicht, aber wir sind in Schottland und die SNP ist eine Partei, die besonders in konservativen, kleinbürgerlichen Kreisen beliebt ist. Was denken Sie, wie die Wähler reagieren, wenn sie hören, dass ihre parlamentarische Staatssekretärin die Frauen den Männern vorzieht? Das mit Leigha war gar nicht richtig …«

Hamilton verzog das Gesicht zu einer Grimasse. »Keine Lügen.«

»Wir verstanden uns gut, Leigha und ich. Wir sind uns bei einem Gespräch nach einem Fernsehinterview in einem Pub nähergekommen. Dabei stellte ich fest, dass sie ganz anders war, als es im Fernsehen wirkte. Wir hatten viele gemeinsame Ansichten und Vorstellungen. Und an einem schönen Tag landeten wir im Bett. Wobei es so ist, dass ich auf Frauen stehe, während Leigha weniger festgelegt war. Sie brauchte nur jemanden, der sie in die Arme nahm. Sie brauchte einen starken Arm und Geborgenheit. Ich kann mir nicht vorstellen, dass das mit uns ewig angehalten hätte. Es hat im Moment halt gepasst.«

Bob und Becks hörten aufmerksam zu. Bob stopfte sich dabei seine Pfeife und entzündete den süßlichen Tabak.

»Leigha hatte große Pläne mit ihrer neuen Fernsehsendung und schon aus diesem Grund wollte sie unabhängig von der Politik sein. Sie hat sich so auf diese Herausforderung gefreut.«

»Hat sie dabei über ein konkretes Thema gesprochen? Gab es bereits Ideen für die Sendung?«

»Sie war an was dran. Nur hat sie mit mir darüber nicht reden wollen. Ich weiß lediglich, es ging irgendwie um Grundstücke und Subventionen. Doch wie schon gesagt, Leigha war schweigsam wie ein Grab …« Sie errötete erneut. »Verzeihung.«

»Und Prendergast?«

»Der war ein …«, sie blies die Backen wenig ladylike auf, »… ein Idiot. Ich kann mir nicht vorstellen, dass Prendergast dazu in der Lage war, ein illegales Ding zu drehen. Der konnte nur seine schwachsinnigen Ansichten in der Welt verbreiten und auf Frauenjagd gehen. Mehr war da beim besten Willen nicht möglich.«

»Nun ist er aber tot. Hatte er Feinde in der Partei?«

»Freunde hatte er jedenfalls keine mehr. Aber umbringen? Ich sagte bereits bei unserem letzten Gespräch, dass die nächste Wahl dieses Problem gelöst hätte.«

»Und er hatte keinen Grund, Leigha umzubringen?«

»Ich wüsste nicht welchen. Leigha war eine Frau, die Zärtlichkeit brauchte, die nur langsam Vertrauen aufbauen konnte, die sich kaum auf einen Fremden eingelassen hat. Sie entsprach in keiner Weise seinem Beuteschema. Prendergast mochte nicht mit Frauen reden und diskutieren, sondern nur… – ach lassen wir das. Die Geschichte aus der Presse ist doch schon uralt und da war nichts dran. Aber es bleibt halt immer etwas hängen, deshalb dachten wohl noch einige Menschen, dass die beiden ein Paar wären. Zumal sich ein solcher Blödsinn in den sozialen Netzwerken ewig hält. Da muss nur jemand eine alte Nachricht teilen und schon ist sie wieder in aller Munde.«

»Wie war Ihr Verhältnis zu Prendergast?«

Joanna lehnte sich zurück. »Er war ein Hinterbänkler aus dem hinterwäldlerischsten Wahlkreis. Arran spielte keine Rolle. Er war ein Einzelgänger, der jedoch brav mit der Fraktion stimmte. Mehr gibt es nicht zu sagen.«

Hamilton stopfte seine Pfeife nach und zündete sie erneut an. »Wie sind Sie mit ihm ausgekommen? Bitte keine Ausreden!«

»Ich habe ihn ignoriert. Wenn es nötig war, wechselten wir ein paar Worte. Mehr auch nicht. Ob er mich ausstehen konnte, weiß ich nicht. Ist mir auch gleichgültig. Prendergast war ein Auslaufmodell.«

»Und wie hat er das gesehen?«

»Vermutlich ähnlich. Ganz verblödet war er nämlich nicht. Allerdings konnte er nicht aus seiner Haut. Arran Prendergast hat versucht, die Annehmlichkeiten des Parlamentarierdaseins voll auszuschöpfen. Politisch war er eine lahme Ente.«

»Das sagten Sie bereits, aber wie ist er damit umgegangen?«

»Er musste es akzeptieren. Auf der anderen Seite war er lange genug im Geschäft, dass er mit Sicherheit irgendwo einen Job gefunden hätte, und wenn es nur zum Interessenvertreter des Schafzüchterverbands der nördlichen Hebriden gereicht hätte.«

»Hatte er Freunde?«

»Das kann ich Ihnen beim besten Willen nicht sagen. Es gab ein paar Abgeordnete, die in seiner Anwesenheit nicht gleich die Flucht ergriffen haben. Ich denke, das sagt einiges aus.«

Hamilton drückte den Tabak im Pfeifenkopf etwas fester. »Und Feinde? Hatte Arran Prendergast Feinde?«

»Möglicherweise die gehörnten Ehemänner.«

»Auch wenn er politisch eher untätig war, Prendergast muss doch in irgendwelchen Ausschüssen vertreten gewesen sein.«

Joanna nickte. »Im Fischereiausschuss. Den Protokollen von dort ist jedoch nicht zu entnehmen, dass er sich dabei besonders hervorgetan hätte.«

»Gab es einen Verdacht, dass er in irgendwelche zweifelhaften Geschäfte involviert war?«

»Nein, da ist mir nichts bekannt.«

Eine Ente kam über den Rasen angeflogen und landete auf dem Boden vor ihrem Tisch.

»Bitte füttere das Vieh nicht«, ermahnte Rebecca ihren Mann.

»Wieso sollte ich, wir haben die Kinder nicht dabei.«

»Mein Mann füttert alles Federvieh, als wüsste er nicht, dass man die Tiere dadurch nur anlockt und sie noch frecher werden«, ergänzte Becks erklärend.

Joanna grinste.

»Wie verhält sich die Partei jetzt nach Prendergasts Tod?«

»Ich habe kurz mit der Ersten Ministerin gesprochen. Wir kommentieren nichts, bis nicht die Polizei eine Pressekonferenz mit ersten Ergebnissen durchgeführt hat. Wir bedauern, und so weiter. Sie verstehen?«

»So ungefähr. Würde es Ihnen etwas nützen, wenn die Pressekonferenz etwas hinausgezögert wird?«

»Bob, die Presse wird uns auffressen. Die Meute will Futter.«

»Die Presse kann mich mal, Becks. Soll ich selbst vor die Mikrofone treten?«

»Besser nicht, sonst haben wir gleich wieder ein paar Klagen am Hals.«

»Ist Ihr Mann so schlimm?«, fragte Joanna amüsiert.

»Schlimmer.«

»Ist mir so was von wurscht. Sollen die Schmierfinken doch unsere Anwälte beschäftigen. Dann kommen sie wenigstens auf keine dummen Gedanken, die sie dann an die Politik weitergeben.«

Joanna schmunzelte. »Ja, es könnte nichts schaden, etwas auf Zeit zu spielen, bis wir alle Abgeordneten gebrieft haben«, antwortete sie dann. »Denken Sie wirklich, es war Selbstmord?«

»Ich kenne nur den ersten Eindruck und der wies auf Selbstmord hin.«

»Aber warum sollte sich Prendergast in Leighas Garage umbringen? Das ergibt doch keinen Sinn. Nicht einmal dann, wenn er sie tatsächlich umgebracht hätte. Wäre das der Fall und er hätte keinen Ausweg mehr gesehen, hätte er sich die Klippen hinuntergestürzt. Doch so wie ich ihn kannte, war er für einen Mord viel zu feige, und noch weniger als zum Mord, wäre er zu einem Selbstmord fähig gewesen. Prendergast war ein Maulheld, mehr nicht.«

Hamilton musste der Einschätzung der Staatssekretärin zustimmen. Doch wenn dem so war, war Prendergast ermordet worden. Stellte sich die Frage von wem und vor allem, was das Ganze mit Leigha Harrow zu tun hatte.

Irgendwie hatte die Pfeife nicht den richtigen Zug. Bob stocherte mit seinem Pfeifenbesteck im Kopf seines Rauchgerätes herum, drückte den unverbrannten Tabak leicht fest und steckte diesen erneut in Brand. Er saugte schmatzend am Mundstück und sah zufrieden aus. Es schien wieder zu funktionieren. Dass seine Tischpartnerinnen dabei in einem dichten Nebel verschwanden, störte ihn dabei offenbar nicht.

»Was wissen Sie über Leighas Freundeskreis? Kennen Sie jemanden oder hat Leigha über jemanden geredet?«

Die Politikerin spitzte die Lippen, überlegte kurz und sagte dann: »Leigha war sehr diskret und hat nur wenig Persönliches preisgegeben. Das ist auch ganz in Ordnung. Ich weiß, dass sie sich vor ein paar Monaten von ihrem langjährigen Freund, einem Rinderzüchter aus Dundee, getrennt hat. Dann hat sie einmal kurz eine alte Freundin aus ihrer Heimat erwähnt. Ruth, glaube ich. Und dann ist da Dawn Roberts aus der Beschaffungsstelle des Parlaments. Ich kenne Dawn persönlich und weiß, dass sie die beste Freundin im klassischen Sinne einer besten Freundin war. Wenn jemand Leighas verborgene und dunkle Geheimnisse kennt, dann ist es Dawn. Sie mag vielleicht etwas sonderbar erscheinen, aber ich glaube hinter der etwas schrägen Fassade steckt ein sehr kluger Mensch mit vielen Fähigkeiten und einer gewissen Durchsetzungskraft. Dawn wäre eine gute Politikerin, wenn man sie etwas schulen würde. Sie müsste sich natürlich einen anderen Schneider suchen«, ergänzte Joanna lächelnd.

»Hatte sie Freunde oder Bekannte in ihrer Nachbarschaft?«

»In dieser noblen Gegend wohnen einige Persönlichkeiten aus Politik und Gesellschaft, doch befreundet war sie sicherlich mit niemandem dort. Dazu war sie zu sehr Profi, denn die gesamte Nachbarschaft waren potenzielle Kunden in ihren Sendungen.«

Hamilton runzelte die Stirn. »Wie habe ich das zu verstehen?« Er verstand natürlich genau, was sie damit meinte, doch er wollte mehr wissen. Vielleicht hatte Leigha schon jemanden im Visier gehabt.

»Dort wohnen Politiker, Anwälte, Filmschauspieler, Banker und auch Manager großer Konzerne. Das ist exakt die Klientel, die bereits bislang in ihren Talkshows in die Mangel genommen wurde und für die neue Sendung gibt es dort auch ein großes Potenzial, nehme ich an.«

Hamilton überlegte sich, ob es schon einen Nachfolger für Leigha gab. Irgendwer musste den Sendeplatz doch füllen und auch die neue Sendung würde mit Sicherheit ab dem kommenden Jahr über den Bildschirm flimmern.

»Hat Leigha jemanden erwähnt?«

»Nein.« Joanna schüttelte kaum wahrnehmbar den Kopf.

»Können Sie sich jemanden vorstellen, der einen geeigneten Kandidaten abgeben könnte?«

»Ich weiß es nicht. Doch bei einer solch illustren Nachbarschaft gibt es mit Sicherheit jemanden, der es mit den Buchstaben des Gesetzes nicht so genau nimmt. Ob sich Leigha jedoch mit ihren Nachbarn anlegen wollte, ist schwer zu sagen. Allenfalls wenn es ein ganz heißes Eisen gäbe. Bei der Talkshow wäre das schon eher möglich gewesen, denn das waren lediglich harte verbale Schlagabtausche, die sich die Diskussionsteilnehmer dort geliefert haben. Hinterher war das doch alles vergessen.«

»Versuchen Sie sich doch zu erinnern. Hat Leigha etwas über jemanden aus der Nachbarschaft erwähnt, vielleicht auch nur beiläufig?«

Hamilton kramte in seinem Gedächtnis, ob er etwas fände, was Dawn Roberts über die Nachbarn gesagt hatte, allerdings ohne Erfolg.

»Sie war kein Fan der reichen und versnobbten Bewohner von Cobden Crescent. Das hatte ich spüren können, denn sie galt allenfalls als das Mädchen von den Inseln.«

Hamilton bemühte sein Gedächtnis weiter. Wie hieß die Frau, die Rachel befragt hatte? Diese hatte zumindest einen kleinen Einblick in Leighas Leben. Sie wusste von Angus McIllroy und hatte etwas von einer beruflichen Veränderung mitbekommen. Zwar war sie davon ausgegangen, dass der Sender sie entlassen hätte, doch irgendetwas musste Leigha gesagt haben. Hamilton saugte nochmals inbrünstig an seiner Pfeife und merkte, dass sich das Rauchvergnügen dem Ende zu neigte, dabei fiel ihm der Name der Frau wieder ein: Lori Spencer!

»Sagt Ihnen der Name Lori Spencer etwas?«

Joannas Gesichtszüge verfinsterten sich. »Gattin von Norman Spencer, Vorstandsvorsitzender einer Wohnungsbaugesellschaft, also er. Sie ist lediglich Ehefrau und Begleitung bei öffentlichen Anlässen. Die Frage ist nur, wie lange noch? Lori hängt an der Flasche und wird älter und der gute Norman umgibt sich gerne mit hübschen und jungen Frauen.« Joanna verzog den Mund zu einem schiefen Lächeln. »Doch das ist eher eine Geschichte für die Yellow Press und nicht für Leighas neue Sendung.«

»Doch warum vertraut Leigha ihr Dinge an, die sie vor anderen geheim hielt?«, fragte Hamilton und richtete die Frage eher an sich selbst.

»Das kann ich Ihnen wahrlich nicht erklären. Leigha war ein sehr empathischer Mensch. Vielleicht tat ihr Lori nur leid. Sitzt den ganzen Tag zu Hause und wartet, ob der Herr Gemahl heimkommt. Aber es ist seltsam, denn Lori ist wirklich niemand, dem man sich gerne anvertraut. Sie säuft und verachtet andere Menschen, egal ob besoffen oder halbwegs nüchtern. Es wäre mir wirklich schleierhaft, wenn sich Leigha ihr gegenüber offenbart hätte. Ich glaube eher, dass Leigha lediglich das Offensichtliche bestätigte. Lori ist besonders gesprächig und verwickelt jeden in einen Dialog. Diese Erfahrung musste ich einmal machen, irgendwo bei einer Spendengala. Ich weiß nicht einmal mehr, um was es genau dabei ging. Norman Spencer war anwesend und ich lief seiner Frau in die Arme. Es war nervtötend, aber sie hat es verstanden, mich dermaßen zu umgarnen, dass es schwierig war, mich loszueisen ohne unhöflich zu sein.«

»Und welchen Eindruck haben Sie von Lori Spencer gewonnen?«

Joanna zeigte ihre weißen, makellosen Zähne und meinte dann: »Dass ich nicht mit der Frau in Verbindung gebracht werden will. Sie ist manipulativ und ich weiß nicht, irgendwie unangenehm. Lori Spencer ist nicht der Mensch, mit dem man gerne seine Zeit verbringt.« Sie griff zu ihrer Teetasse und stellte sie enttäuscht zurück, als sie bemerkte, dass sie leer war. »Geschminkt und in guter Kleidung sieht sie jedoch ganz passabel aus. Und vielleicht hat sie für ihren Mann sonstige Qualitäten. Eine Politikerin mit Ambitionen sollte indessen nicht mit einer solchen Frau in Verbindung gebracht werden.«

»Das sind ja klare Worte.« Hamilton klopfte den Rest der Tabakasche in den Aschenbecher, der auf dem Tisch stand. »Hat diese Lori Spencer irgendwelche offiziellen Funktionen? Also beispielsweise als Pate für ein Waisenhaus in Ouagadougou oder als Mitglied der Freunde der Papageientaucher in Schottland?«

Die beiden Frauen mussten lachen. »Soweit mir bekannt ist, ist Lori lediglich Frau ihres Mannes«, antwortete Joanna.

Trauriges Dasein, befand Hamilton. Doch wird sie bestimmt nicht aus Langeweile Leigha umgebracht haben. Er hoffte inständig, dass die Spurensicherung in Leighas Haus brauchbare Ergebnisse zu Tage förderte. Denn bislang gab es noch keine heiße Spur und die Geschichte mit Euan Munro war im Sande verlaufen – zumindest was die aktuelle Mordsache anbelangte. Irgendwas hatten sie übersehen. Oder war das Ganze doch nur ein Eifersuchtsdrama?

»Könnte es sein, dass jemand auf Leigha eifersüchtig war? Eine ehemalige Partnerin oder ein betrogener Ehemann oder umgekehrt?«

Joanna zuckte mit den Schultern. »Es ist mir nicht bekannt, dass jemand eifersüchtig gewesen sein sollte. Angus McIllroy hatte sich einvernehmlich von ihr getrennt, außerdem hat er anscheinend ein neues Eisen im Feuer. Mein Ex-Mann lebt inzwischen in Australien und hat ebenfalls keinen Grund, eifersüchtig auf Leigha zu sein. Diese Ruth Gordon hätte viel eher auf McIllroy eifersüchtig sein können. Da wäre ich eher in Gefahr, aus Eifersucht ermordet zu werden. Ich kann mir ein solches Motiv nicht vorstellen, aber ich muss auch keinen Mord aufklären, das ist Ihre Aufgabe.«

»Da haben Sie recht, das ist unsere Aufgabe.«

Inzwischen hatten Wolken am Himmel Stellung bezogen und die Sonne sowie fast sämtliches Blau verdeckt. Bestimmt würde es bald anfangen zu regnen, dachte sich Hamilton.

»Ich glaube, wir sind so weit fertig. Vielen Dank, dass Sie sich die Zeit genommen haben, Joanna«, sagte er und packte seine Pfeife in das dafür vorgesehene Ledertäschchen. Rebecca packte ihren Notizblock in die lilafarbene Handtasche, sie verabschiedeten sich von der Staatssekretärin und gingen zu seinem Wagen. Bob würde seine Frau mit nach Tulliallan Castle nehmen. Dort war für den Abend eine Sitzung zum aktuellen Stand der Ermittlungen anberaumt und nach Prendergast Tod gab es dabei sicherlich etliches zu berichten und zu erfahren.

Kurz bevor sie losfuhren, zog Hamilton das kleine Handy aus einer Ablage des Jeeps und lächelte zufrieden, als er die neue Nachricht gelesen hatte.

Kapitel 19

South Uist ist die zweitgrößte Insel der Äußeren Hebriden. Mit weniger als 2.000 Einwohnern war sie, für Großstadtverhältnisse, geradezu unbewohnt. Der Hauptort, Lochboisdale, wirkte auf Rachel geradezu urban. Sie hatte die Nacht in einem Hotel in Castlebay auf Barra verbracht, da es keine Möglichkeit mehr gab, am Abend die Insel zu verlassen; einen abermaligen Charterflug hätte Bob Hamilton ihr sicherlich nicht durchgehen lassen. So stieg sie in einem kleinen Hotel mit Blick auf die malerische Bucht ab und ging, nach einem reichhaltigen Dinner – Seezunge, Kartoffeln und Queller, auch als Meeresspargel oder Salicorn bekannt – und einem cornischen Weißwein, der irgendwie nach Heimat schmeckte, früh ins Bett. Rachel wusste, dass Schlaf das beste Rezept war, Rätsel zu lösen, man konnte entspannen, neue Kräfte sammeln und im Schlaf sortierte das niemals ruhende Gehirn die vielen Eindrücke des Tages.

Für den kommenden Tag hatte sie sich vorgenommen, das Abgeordnetenbüro von Arran Prendergast unter die Lupe zu nehmen und danach nach Norden, zurück zu Leighas Cottage, zu fahren. Constable Tannahill hatte ihr einen Mietwagen organisiert, den sie beim Rückflug nach Edinburgh am Flughafen abgeben konnte. Nach einer geruhsamen Nacht wachte Rachel frisch und ausgeschlafen auf, fühlte sich nach einer Dusche noch frischer, auch wenn sie keine Kleider zum Wechseln dabeihatte, denn eine Übernachtung war ursprünglich nicht Bestandteil ihres Planes.

Das Frühstück war ganz ordentlich, wenn auch nicht so opulent wie am Vortag. Sie aß den Speck und die Pilze mit großem Genuss und der servierte Tee war ganz in Ordnung, nur die Toasts waren etwas zu lange der Hitze ausgesetzt. Rachel kratzte die schwarze Schicht ab, bestrich das Brot mit Butter und einer dicken Schicht Marmelade. Nachdem sie gezahlt und, nach längerer Diskussion, einen für die Reisekostenabrechnung brauchbaren Beleg erhalten hatte, verließ sie das Hotel, ging über die Straße, wo Tannahill den Mietwagen, einen uralten Rover 25, abgestellt hatte. Doch Rachel war mit dem Auto zufrieden, auch wenn es den traditionsreichen britischen Fahrzeughersteller schon seit 11 Jahren nicht mehr gab. In Devon hatte sie bis zum Ende ihrer Dienstzeit vor ein paar Wochen einen Rover 45 als Dienstwagen. Sie vermisste den zuverlässigen Sechszylinder und war fast der Versuchung erlegen, Hamilton zu bitten, die Kiste für die schottische Polizei loszueisen, um weiter damit fahren zu können. Doch das wäre vermutlich zu albern gewesen.

So setzte sie sich zufrieden in den blauen Kleinwagen und machte sich auf den Weg nach Ardmhor, von wo aus eine Fähre nach Ceann a'Gharaidh auf der Insel Eriskay ablegte. Vierzig Minuten später kam sie auf der kleinen Insel an, die von einer Handvoll Familien bewohnt wurde, die sich dem Hummer- und Garnelenfang widmeten. Ein paar Kilometer weiter nördlich verband seit einigen Jahren ein Damm mit einer Brücke Eriskay mit South Uist. Lochboisdale lag am gleichnamigen Meeresarm im Süden der Insel, das Büro der SNP im Erdgeschoss eines Hauses in der Main Street, direkt am Hafen. Rachel hatte sich via E-Mail mit einer Josephine Acton verabredet, die anscheinend die Parteizentrale auf der Insel leitete. Als Rachel den Raum betrat, war sie etwas verwirrt, denn eine kleine dunkelhäutige Frau mit karibischer Sprachfärbung begrüßte sie. Unangenehm berührt spürte sie, wie sich rote Flecken an ihrem Hals und Gesicht bildeten.

»Ich bin Josephine Acton, nennen Sie mich bitte Jo. Und wundern Sie sich nicht über mein wenig schottisches Aussehen. Ich stamme aus Croydon und bin durch meinen Mann, einen waschechten Schotten hierhergekommen. Jeder, der mich hier erstmals antrifft, ist etwas verwundert«, sagte die Frau freundlich.

Rachel ärgerte sich über sich selbst. Ihr eigener Freund war ein Schwarzer. Offenbar saßen die alten Vorurteile doch noch tiefer als sie erwartet hatte. Auf der anderen Seite, wer konnte jemanden, der von den West Indies stammte, auf der hinterletzten Insel im Parteibüro der schottischen Nationalpartei erwarten? Schottland war schließlich nicht London. Dort lebten und arbeiteten Menschen aus aller Welt, doch hier in Schottland hatte Rachel bislang fast ausschließlich mit Schotten kaukasischen Typs zu tun – von Ray einmal abgesehen. Und dem Inder an der Ecke in Dunfermline.

»Guten Morgen, ich bin Rachel vom CID und leite die Ermittlungen im Mordfall Leigha Harrow und im Todesfall Arran Prendergast. Ich würde mich gerne mit Ihnen über die Arbeit des Abgeordneten unterhalten.«

»Nehmen Sie doch bitte Platz«, sagte Josephine und wies Rachel einen hölzernen Besucherstuhl zu. »Das ist eine schlimme Sache mit Arran, aber das musste ja so enden.«

»Wieso meinen Sie?«

Die kleine Frau sah Rachel mit großen Augen an. »Nehmen Sie das, was Sie über Arran gehört haben und multiplizieren es mit zehn. Dann kommt es in etwa hin.« Sie hob wie zur Entschuldigung die Hände. »Ja, ich weiß, nichts Schlechtes über die Toten. Doch Sie sind bei der Polizei und da finde ich es nicht sinnvoll, Märchen zu erzählen.«

Dem konnte Rachel ohne Abstriche zustimmen. Doch sie wollte das Gespräch gliedern und dazu musste sie die Zügel in die eigenen Hände nehmen. »Jo, welche Funktion haben Sie genau?«

»Ich bin die Büroleiterin von Arran Prendergast. Allerdings bin ich nicht seine Mitarbeiterin.«

Rachel runzelte die Stirn. »Was heißt denn das?«

»Ich bin von der Partei angestellt und werde auch von der SNP bezahlt. An den Abgeordneten quasi nur ausgeliehen.«

»Das heißt, Sie werden auch die Mitarbeiterin des neuen Abgeordneten sein?«

»Wenn wir die Wahl gewinnen.« Sie nickte.

»Muss ein Abgeordneter nicht das Vertrauen seiner Mitarbeiter haben?«

»Das sollte er schon haben. Arran war jedoch ein Sonderfall.«

»Ja? Inwiefern?«

»Seit etwa fünf Jahren hat Arran keinerlei Interesse mehr am politischen Geschäft.«

»Und dennoch wurde er vor zwei Jahren wiedergewählt. Wieso denn das?«

»Gute Frage. Er war eben das Gesicht der Partei auf den Inseln. Und er hat in den Anfangszeiten seiner Politikerkarriere auch einiges bewirkt und sich richtig engagiert. In den letzten Jahren neigte er jedoch zum Polarisieren und entwickelte den Spleen vom gälischen Schottland. Am liebsten wäre ihm gewesen, einen eigenständigen Hebridenstaat, ein gälisches Inselreich, zu errichten. Doch ein solches Ziel ist weder ökonomisch noch politisch sinnvoll und durchsetzbar. Im Gegenteil, die Lust der Menschen hier, sich von England abzuspalten, ist in den letzten beiden Jahren massiv gesunken. Arran war ein einsamer Rufer in der Wüste, sozusagen. Kein vernünftiger Mensch hat ihm mehr zugehört. Und dann waren da die ständigen Frauengeschichten. Kein Rock war vor ihm sicher.«

»Da hat er sich wohl keine Freunde gemacht.«

»Vor allem nicht bei der Kirche. Die hiesige Konfession ist nicht für ihr progressives Denken bekannt. Erst seit wenigen Jahren darf bei Gottesdiensten gesungen und Musik gespielt werden.«

»Gab es Drohungen gegen Prendergast?«

»Erstaunlicherweise nicht. Hier im Büro sind zumindest keine eingegangen. Also einmal abgesehen vom täglichen Wust an normalen Hassmails. Da war nichts dabei, wo man hätte sagen können: Jetzt aber Vorsicht!«

»Welche politischen Projekte hat er konkret begleitet? Ein Abgeordneter muss doch Turnhallen einweihen, eine Rede beim Jubiläum des Musikvereins halten und dergleichen.«

»Das stimmt natürlich. Diesen Verpflichtungen ist Arran auch gerne nachgekommen. Er konnte reden und war ganz geschickt darin, sich in den Medien positiv zu positionieren. Außerdem gibt es bei solchen Veranstaltungen reichlich zu essen und zu trinken. Aber irgendwelche positiven Akzente hat er kaum gesetzt. Wenn es um die Sanierung einer Straße, bessere Bedingungen für Fischer oder Finanzmittel für Schulhäuser ging, dann war er nicht in der ersten Reihe. Darum müssen sich die Städte und Gemeinden schon selbst kümmern. Arran hatte neben den drei wichtigsten Dingen im Leben nur ein Interesse: Immobilien.«

»Er hat mit Immobilien gehandelt?«

»Nein, das nicht.« Jo öffnete eine Schublade, holte eine Brille mit dickem Rand, der Rachels Ansicht nach viel zu wuchtig war, heraus, setzte sie auf und zog einen Aktenordner aus einem Regal. »Sehen Sie, hier sind Prospekte von Hotelanlagen im Hochland, an der Westküste oder südlich von Edinburgh und hier ist noch eine Liste von Gewerbeflächen, die zum Verkauf stehen. Ich habe nie verstanden, was er damit wollte, aber wenn er einmal hier im Büro war, hat er diese Prospekte gewälzt. Mit seiner Arbeit hat das jedoch nur wenig zu tun.«

Rachel wurde hellhörig. Immobilien! Konnte es sein, dass er illegalen Geschäften nachgegangen ist, Leigha dahintergekommen war und deshalb sterben musste? Auf Prendergasts Computer im Büro in Edinburgh hatten die Kollegen eine Datei mit einem Geständnis gefunden. Hamilton hatte ihr noch am Abend die Datei gesendet:

Ich kann nicht länger mit dieser Tat leben und bevor ich ins Gefängnis gehe, entziehe ich mich der Gerichtsbarkeit.

Mein ganzes Leben habe ich in den Dienst unseres Landes gestellt, doch die Zeit ist noch nicht reif, die Unabhängigkeit, für die ich immer gekämpft habe, zu erlangen. Die unablässigen Kampagnen, die sämtliche Medien in jüngster Vergangenheit gegen mich initiiert haben, machten mir ein geregeltes Leben nicht länger möglich. Die massiven Anschuldigungen gegen meine Person, insbesondere durch Leigha Harrow, der tägliche Schmutz, der über mich ausgeschüttet wurde, ließ mich am Leben verzweifeln. Ich sehe mein Lebenswerk in Trümmern und keinen Weg, meinen Traum von einem selbstständigen gälischen Schottland zu verwirklichen.

Ein letzter Versuch, Leigha Harrow zum Einlenken und zum Stopp ihres gegen mich gerichteten Kreuzzuges zu bewegen, schlug leider fehl. Bevor sie ihre jüngsten Enthüllungen, die nicht der Wahrheit entsprachen, mich aber endgültig diskreditiert hätten, veröffentlichen konnte, habe ich sie unter einem Vorwand zum Greyfriars Graveyard gelockt und mit einem Zimmermannshammer erschlagen.

Leider hat diese Tat keines der Probleme gelöst, sondern viele neue geschaffen und mich zum Mörder gemacht. Ich habe versucht, die Spuren zu verwischen, doch vergeblich. Ich kann nicht mehr leben und setzte nun meinem Leben ein Ende.

Arran Prendergast

Vorausgesetzt dieses Geständnis war echt, wäre der Fall gelöst. Doch Rachel hatte daran ihre Zweifel, zumal es keinerlei Belege für die vermeintlichen Anschuldigungen durch Leigha gab. Doch wenn sie tatsächlich auf der Spur einer krummen Sache war?

»Könnte es sein, dass Prendergast Bestechungsgelder angenommen hat?«

Josephine zuckte mit den Schultern. »Eine Jahreskarte im Flat-Rate-Puff vielleicht. Möglich, aber mir ist nicht bekannt, dass er seinen Lebensstil änderte oder Luxusartikel gekauft hätte. Er lebte, wie immer, hauptsächlich auf Kosten der Parteimitglieder und der Steuerzahler. Es gab Reisen quer durch Europa und immer gutes Essen. Doch er trug die gleichen schäbigen Anzüge wie vor zehn Jahren und wohnte, sowohl in Edinburgh als auch hier auf der Insel, in eher bescheidenen Verhältnissen.«

Eventuell hatte er das Geld auf einer Bank gehortet und wäre nach Ablauf der Legislaturperiode nach Südamerika ausgewandert.

»Gibt es schon einen Kandidaten der Partei für die anstehende Nachwahl?«

»Auf was wollen Sie hinaus?«

»Beantworten Sie bitte nur meine Frage. Gibt es bereits einen Kandidaten?«

»So schnell sind wir nicht. Wir planten, falls Arran nicht von selbst auf eine erneute Kandidatur verzichtet hätte, ein parteiinternes Auswahlverfahren zu starten. Dazu war allerdings noch Zeit. Die planmäßige Wahl findet erst in vier Jahren statt.«

»Und wenn er kurzfristig zurückgetreten wäre, oder im Todesfall? Wer steht in den Startblöcken?«

Jo nahm ihre Brille ab und legte sie auf den Schreibtisch. »Die besten Karten hat Laureen Watt. Sie ist Meeresbiologin, lebt in Glasgow, stammt jedoch aus Lochmaddy auf North Uist.«

»Und wie sieht es mit den Bewerbern der anderen Parteien aus?«

»Keine Ahnung. Die Konservativen könnten Jeff Gordon, den Tierarzt, ins Rennen schicken, denn der Kandidat des Wahlkreises rückte über einen Listenplatz ins Parlament.«

Jeff Gordon! Lag das daran, dass hier kaum Menschen wohnten? Immer tauchten die gleichen Namen auf. Aber er bringt wohl kaum Leigha und Prendergast um, nur um eventuell die Chance zu haben, bei einer Wahl ein Mandat zu erringen. Doch vielleicht hatte Gordon andere Verbindungen zu Prendergast.

»Gab es irgendwelche Geschäftsbeziehungen zwischen Gordon und Prendergast? Immobilien?«

Josephine kratzte sich am Hals. »Da war tatsächlich einmal was. Vor zwei Jahren hat sich Prendergast bei Gordon nach einer kleinen Insel im Süden von Vatersay erkundigt. Da liegt noch eine Handvoll unbewohnter Inseln und manchmal tauchen Investoren auf, die dort eine Lagerhalle, einen Fischereihafen oder ein Feriendorf bauen wollen. Ich weiß nur, dass Gordon auf den naturschutzrechtlichen Status dieser Inseln hinwies und damit war die Sache erledigt.«

»Wissen Sie in wessen Auftrag Prendergast sich erkundigte?«

»Keine Ahnung. Vielleicht gab es in einer Fraktionssitzung die Idee, dort ein Projekt umzusetzen. Wahrscheinlich hat ein Investor seine Fühler ausgestreckt und dabei Arran vorgeschickt.«

Rachel richtete sich in ihrem Stuhl auf. Die Geschichte mit der Bestechlichkeit nahm in ihrem Kopf Formen an. Könnte es nicht sein, dass Prendergast bestechlich war oder sonstige Schweinereien trieb, Leigha dahintergekommen war und dafür mit dem Leben bezahlen musste? Sie kniff die Augen zusammen. Da gibt es einen Unbekannten im Hintergrund, war sie sich plötzlich sicher. Diesem wurde Leigha gefährlich, Prendergast war allenfalls ein Kollateralschaden.

»Vielen Dank, Jo«, sagte sie unvermittelt, stand auf und ging grußlos nach draußen auf die Straße und holte ihr Handy aus der Handtasche.

»Bob, ich glaube ich weiß, wer Leigha ermordet hat. Ich muss es nur noch beweisen.«

Kapitel 20

Der Polizeichef, Ian Fitzpatrick, hatte Hamilton schon um acht Uhr zu sich ins Büro zitiert. Dieser freute sich darauf, denn er wusste, um was es dabei ging, obwohl der Chief Constable nichts hatte anklingen lassen. Im Gegensatz zu seinem eigenen Arbeitsumfeld, das bereits nach wenigen Wochen mehr einem gemütlichen Herrenzimmer glich, war Fitzpatricks Büro der Inbegriff der Schlichtheit. In einem weiß gestrichenen Raum mit grauen Bodenfliesen stand ein großer Schreibtisch mit Edelstahlbeinen und einer Nussbaumplatte. Auf dieser standen ein Bildschirm, Maus und Tastatur sowic ein Telefon, dahinter ein Bürodrehstuhl aus schwarzem Leder mit Armlehnen, ebenfalls aus Edelstahl. Sonst gab es, mit Ausnahme des Portraits der Queen, keinerlei Mobiliar in dem Raum. Hamilton wäre in einer solchen Umgebung depressiv geworden.

Die Vorzimmerdame bat ihn zum Chef und Hamilton trat ein. Fitzpatrick arbeitete weiter am Bildschirm, als wäre niemand außer ihm selbst im Raum. Erst nach einer geraumen Zeit grüßte er kurz.

Hamilton erwiderte den Gruß und grinste. Er wurde also nicht zum Gespräch ins Nebenzimmer gebeten, sondern musste seinen Anschiss im Stehen entgegennehmen. Er war gespannt, was Fitzpatrick sagen würde.

»Du weißt warum du hier bist?«, bellte dieser unfreundlich.

»Ja. Ich muss dir mitteilen, dass der Leitende Ermittler der Internen, Chief Superintendent Malcolm MacSweeney um die sofortige Versetzung in den Ruhestand gebeten hat. Burnout oder so etwas, der Arme ist ganz fertig mit den Nerven.«

»Was?«, brüllte Fitzpatrick. »Ich hasse solche Scherze.«

»Das ist kein Scherz, mein Lieber. Offenbar ist er in finanzielle Schwierigkeiten geraten, ich weiß nicht so recht. Hast du schon eine Idee, wer die Nachfolge antreten kann?«

Fitzpatrick schlug mit der Faust auf den Tisch. »Verarschen kann ich mich selbst. Es liegen Beschwerden gegen dich vor, weil du dich nicht an die Vorschriften hältst und in den Diensträumen hemmungslos rauchst. Das ist seit etwa zehn Jahren ein Vergehen, das mit …«

»Jetzt halte mal die Luft an, Ian. Ich habe kein Verbrechen begangen, sondern gehe sehr gewissenhaft meiner Arbeit nach. Wenn wir keine anderen Probleme haben als Kollegen, die sich nicht entsprechend der aktuellen Ideologie verhalten, dann sehe ich alles im Lot. Mal ganz nebenbei, jetzt ist das Rauchen verboten, morgen aber vielleicht der Kaffee oder Tee, ganz bestimmt aber das Essen von Fleisch. Mein Gott seid ihr alle bescheuert. Soll doch jeder nach seiner Façon selig werden. Das interessiert mich alles gar nicht, so einen Schwachsinn kann ich nicht ernst nehmen. Im Übrigen gibt es keinen Vorgang, der sich mit meinen kleinen Sünden befasst.«

»Was redest du da?« Fitzpatrick schien ziemlich aus der Fassung geraten zu sein.

»Es ist wahr, es gab einen Kollegen, der sich über mein Verhalten beklagt hat, dieser braucht mich ja nicht in meinem Büro aufsuchen. In seinem würde ich nicht rauchen, so viel Rücksicht kann sogar ich üben.« Er lächelte provozierend. »Das Problem heute Morgen ist die Demission von MacSweeney. Ganz plötzlich, von einem Tag auf den anderen, ist dem die Lust an der Arbeit vergangen.«

»Was zum Teufel hast du getan?«

»Ich?«, fragte Hamilton und freute sich an seiner eigenen Scheinheiligkeit. »Ich habe dafür gesorgt, dass noch mehr Schaden von der schottischen Polizei abgewendet wurde. Der Kerl hatte nicht nur eine illegale Migrantin als Haushaltshilfe beschäftigt, das wäre ja noch fast zu entschuldigen, wenn ich mir da einige Politiker anschaue. Viel schlimmer: Er hat Schulden bei einem Buchmacher und um diese zu tilgen, sickerten ab und an einige Details zu geplanten Razzien durch und gelangten in die falschen Ohren. Mit einer sofortigen Pensionierung können wir den Ball flach halten. Stell dir vor, die Presse bekommt davon Wind.«

»Irgendwann kriegen Sie dich auch noch am Arsch«, fluchte Fitzpatrick. »Hast du hier etwa auch schon wieder eines deiner berüchtigten Spitzelnetze aufgebaut?«

»Informanten, Ian. Das sind Informanten. Ich kann dich beruhigen, ich habe nur ein paar alte Freunde.« Er rieb sich das Kinn und sagte dann: »Was ganz anderes. Die vermeintliche Polizeinachricht, dass Prendergast entführt sei, stammt aus dessen Büro in Edinburgh. Da er zu diesem Zeitpunkt jedoch schon tot war, muss sich jemand Zugang zum Büro verschafft haben, denn seine Tippse weilt derzeit in Australien. Ich glaube, wir sind auf einem guten Weg. Die Leute bei der Sonderkommission sind wirklich gut.«

Fitzpatrick stand auf und ging zum Fenster, schaute nach draußen zum Wald und sagte: »Bob, übertreib es bitte nicht. Du bist nicht mehr der jungdynamische Detective Inspector, dem man sein ungestümes Verhalten nachsehen kann. Du bist der Chef der schottischen Kriminalpolizei. Schnell hat man sich dabei in einem der vielen Fallstricke aus Politik, Kriminalität und Gesellschaft verheddert. Du kannst dich nicht mit allen anlegen.«

»Ich lege mich nur mit den Bösen an. Aber diejenigen, denen ich nichts getan habe, sollen wissen, dass mit mir nicht gut Kirschen essen ist, wenn man mir ins Handwerk pfuscht. Ich will lediglich in Ruhe meine Arbeit machen. Du weißt, dass ich absolut loyal bin – solange man mir nicht in den Rücken fällt.«

»Ich hätte das wissen müssen, als ich dich hierherholte.«

»Du hast es gewusst, denn wir kennen uns schon lange genug.«

Hamilton drehte sich um und ging hinaus. Unter der Tür blieb er stehen und fragte: »Bleibt es heute Abend bei sieben Uhr? Rachel kocht ihr berüchtigtes Devon-Stew.«

»Ja, sieben Uhr hatten wir vereinbart. Lesley freut sich, dich endlich mal wieder zu sehen.«

»Bis heute Abend«, sagte Hamilton und ging zurück in sein Büro.

Dort stopfte er als Erstes seine Pfeife und entzündete sie genüsslich unter Entwicklung einer grauen Rauchwolke. Duke, der Weimaraner, lag schlafend in seinem Korb und die Vögel pfiffen draußen im grünen Wald. Der Fall neigte sich dem Ende zu, das spürte er, auch wenn es auf den ersten Blick gar nicht danach aussah. Hamilton glaubte weder an ein Eifersuchtsdrama noch an einen politischen Hintergrund, auch wenn die Presse in großen Lettern und bunten Bildern meuchelnde Parlamentarier vermutete. Seiner Ansicht nach war es der schnöde Mammon, der die Ursache der beiden Morde war. Und dass Prendergast ermordet worden war, stand nun auch fest. Gerade erhielt er die Nachricht von der Gerichtsmedizin, dass der Politiker zwar die Waffe in Händen hielt, als sich der Schuss löste. Aber bei einem Blutalkoholgehalt von gut drei Promille war er mit Sicherheit nicht mehr dazu in der Lage gewesen, einen solch gezielten Schuss abzugeben. Die Menge an Alkohol hätte schon fast alleine ausgereicht, ihn ins Jenseits zu befördern. Vielleicht war das auch die Absicht des Mörders gewesen, doch er war bewusstlos geworden und hatte nicht mehr trinken können. Wie auch immer. Arran Prendergast war ermordet worden.

Kapitel 21

Es waren noch ein paar Puzzlestücke zusammenzutragen und je weniger die Verdächtigen wussten, dass sie verdächtig waren, desto besser, dachte sich Hamilton. Der gestrige Abend war sehr aufschlussreich gewesen. Nicht nur, dass der Beweis für den Mord an Prendergast erbracht wurde, es deutete auch einiges darauf hin, dass Leigha bereits Fakten gesammelt hatte, die jemanden belasteten. Davon musste der Betroffene Kenntnis erlangt haben. Das Problem war nur, dass die entsprechenden Unterlagen noch immer nicht gefunden waren. Auf Leighas privatem Computer waren zwar unzählige Dateien, doch die gesuchten waren nicht darunter. Wo hatte Leigha die Unterlagen versteckt? Wenn sie gelöscht worden wären, dann hätten die Spezialisten sie wieder hervorzaubern können. Oder gab es sie lediglich in Papierform? Laura Lynn hatte vermutet, dass dies der Fall sein könnte, denn lediglich Unterlagen in Papierform waren ohne Weiteres vor Gericht verwertbar. Alles was sich in einer Datei befand, könnte manipuliert sein. Dagegen sprach jedoch, dass Leigha nicht bei den Strafverfolgungsbehörden, sondern bei der BBC arbeitete. Miller von der E-Division hatte vermutet, dass die Dateien in einer Cloud gespeichert sein könnten. Irgendwann am Abend verlor sich die Diskussion immer mehr im Ungefähren und Hamilton zog sich zurück, schließlich war Ray Williams der Leiter der Sonderkommission. Er selbst und auch Rachel waren, formal gesehen, lediglich Senior Officers, die nur die Verantwortung trugen.

Zum Mittagessen ging Hamilton in die Kantine. Anscheinend hatte sich schon herumgesprochen, dass MacSweeney kaltgestellt worden war, denn alle Augen richteten sich – teilweise verstohlen, teilweise bewundernd und zum restlichen Teil fassungslos – auf ihn, als er den Saal betrat. Bob Hamilton hatte seine Duftmarke gesetzt, denn alle wussten oder ahnten, dass er dahintersteckte. Was genau vorgefallen war, blieb für die Meisten ein Geheimnis, doch dem Mythos Hamilton wurde eine neue Facette hinzugefügt. Man wusste, dass er Verbindungen in alle möglichen Kreise hatte, in seinem Büro in Exeter hing eine Fotografie, die ihn und den ehemaligen Premierminister David Cameron zeigte – diese hatte er wohlweislich nicht mit nach Tulliallan Castle gebracht, sie hing nun im Flur seines Privathauses – er kannte alle möglichen Figuren in Politik, Industrie, Gesellschaft und verfügte über genügend finanzielle Mittel, sich von der renommiertesten Anwaltskanzlei in London vertreten zu lassen. Dass diese von seinem ehemaligen Schwiegervater gegründet und inzwischen von seiner Exfrau und ihrem Bruder geführt wurde, war weniger bekannt. Wenn diese unglückliche Ehe ein Gutes hatte, dann die glückliche Fügung, dass er als Mitglied der gehobenen Mittelschicht Eintritt in die Welt der Snobs und Superreichen erhielt. Und dies wiederum erlaubte ihm Kontakte zu aktivieren, die anderen Polizisten in seiner Position verwehrt blieben. Er wusste genau, dass er, hätte er das Amt eines Chief Constables übernommen, mit dem Order of the British Empire ausgezeichnet worden wäre. Bisweilen fiel es ihm schwer, sich zu seinen Wurzeln als Sohn eines Rinderzüchters und einer entwurzelten Großstadtpflanze aus Glasgow zu bekennen. Zu verlockend waren die süßen Früchte im Dunstkreis der oberen Zehntausend. Doch groß waren auch die Gefahren, sich dort zu verlieren und im Sumpf des Klüngels zu versinken. Immer wenn hierfür erste Anzeichen drohten, besann sich Bob Hamilton auf seine ländliche Herkunft und stürzte sich in die Vergnügen der einfachen Bevölkerung; er trank Bier im Pub, er ging zu den Rangers – die gottlob wieder in der ersten Liga kickten – und er durchstreifte die Weiten der einsamen britischen Moorlandschaften.

Dorthin, in eine der Moorlandschaften, fuhr er am Nachmittag. Er wählte abermals seinen Jeep und Zivilkleidung und steuerte die

Pentland Hills an. Er war sehr gespannt auf Dawn Roberts, von der er viel im Verlauf der Ermittlungen gehört hatte und die er als einen Schlüssel zur Lösung des Falles ansah. Wenn das Gespräch so verlaufen würde, wie er sich das vorstellte, dann wollte er sich mit Rachel in Edinburgh treffen, denn ihrer beider Vermutungen gingen in die gleiche Richtung.

Der Jeep rollte über die Straßen Richtung Einsamkeit und die Scheibenwischer hatten Mühe mit den beachtlichen Wassermassen, die aus den Wolken auf die schottische Erde prasselten. Die Schafe auf den Weiden entlang der Straße suchten Schutz unter den großkronigen Bäumen, die vereinzelt über die Fläche verteilt waren. Eine Gruppe Schulkinder war aus einem Bus gestiegen und bewegte sich langsam in Richtung einer Häusergruppe. Lustvoll sprangen einige in eine tiefe Pfütze, was den Umstehenden weniger gefiel. Diese wiederum revanchierten sich, indem sie anfingen, mit Torfklumpen auf die anderen zu werfen. Britische Schuluniformen müssen schon etwas aushalten, dachte sich Hamilton und verlor die Gruppe allmählich aus den Augen. Er erinnerte sich noch gut an seine eigene Schulzeit – ihm war, als sei es gestern gewesen, doch waren inzwischen mehr als 30 Jahre vergangen, seit er die Schulbank drückte – seine Mutter hätte ihm die Ohren lang gezogen, wenn er so wenig sorgsam mit seinen Klamotten umgegangen wäre wie die Buben und Mädels gerade. Nach ein paar weiteren Kilometern, einem waghalsigen Überholmanöver und einem kurzen Telefonat mit seiner Sekretärin war er fast am Ziel angekommen. Er bog in die Zufahrtsstraße zu Dawns kleinem Hof und stellte den Jeep direkt vor der Haustür ab. Er hoffte, dass er nicht allzu nass werden würde, bis er diese erreicht hatte, denn der Regen strömte nach wie vor aus scheinbar unerschöpflichen Quellen herunter.

Bis er bei der Tür war, hatte Dawn sie schon geöffnet. Nach Rebeccas Beschreibung von ihr war er besonders gespannt, was ihn erwarteten würde. Und auch an diesem Tag sah Dawn aus, als wäre sie aus einem

Feenbuch seiner Zwillingsmädchen entsprungen. Sie trug ein bunt geblümtes Kleid, das so lang war, dass sie fast darüber stolperte, und die blonde Löwenmähne verlieh ihr etwas Wildes, Geheimnisvolles.

»Kommen Sie doch bitte ins Haus, das Wetter ist ja fürchterlich heute. Ich habe heute Morgen zu Hamish, meinem Mann, also meinem zukünftigen Mann, gesagt, er soll nicht das Auto, sondern das Schiff nehmen. Ist ja eine richtige Sintflut da draußen. Ich bin ja so froh, dass wir genügend Feuerholz haben. So ein Holzfeuer ist warm und macht die Welt gleich freundlicher.«

Hamilton kam kaum zu Wort und wenig später saß er, bei Tee und Apple Crumble am Tisch in Dawns Wohnzimmer, genau dort, wo seine Frau zwei Tage zuvor gesessen hatte.

»Sie haben meiner Frau schon einiges erzählt, als sie bei Ihnen war, aber ich muss Sie leider noch einmal belästigen.«

»Das ist doch kein Problem. Ich war so froh, dass Ihre Frau bei mir war. Sie konnte so gut zuhören, das war sehr wichtig für mich. Sie können sich glücklich schätzen, eine so nette Frau zu haben.«

Das freute ihn zu hören. Aus dem Munde der überschwänglichen Dawn Roberts klang es aber etwas zu dick aufgetragen.

»Dawn, seit meine Frau bei Ihnen war, ist einiges passiert. Wie Sie sicherlich mitbekommen haben, wurde Arran Prendergast tot in Leighas Garage aufgefunden. Wir sind inzwischen ziemlich sicher, dass der Tod der beiden mit Leighas Arbeit zu tun hat. Wissen Sie etwas über ein Projekt, an dem Leigha arbeitete? Wir vermuten, dass sich eine ihrer ersten Sendungen, vielleicht sogar der Auftakt, mit irgendeiner Betrugssache im Bereich Immobilien befassen sollte. Leigha muss dabei an Unterlagen gelangt sein, die letztlich für ihren Tod verantwortlich waren.«

Mit großen Augen sah Dawn den Polizisten an und dieser verstand plötzlich, wieso Dawn den Spitznamen Loony Lovegood hatte. Er hoffte nur, dass sie jetzt nicht plötzlich anfing, etwas über Nargel zu erzählen.

»Leigha war sehr gewissenhaft. Sie hatte sich sehr gefreut, dass sie nach den Jahren als Wetterfee, Nachrichtensprecherin und Gastgeberin dieser grässlichen Talkshow endlich für eine seriöse Sendung verantwortlich sein sollte. Ich weiß, dass sie schon zahlreiche Ideen hatte, allerdings hat sie die mit mir nicht im Detail besprochen. Es ist ja auch erst Juni und die Sendung war für das kommende Jahr vorgesehen. So wie ich das verstanden habe, sollte diese, es gibt noch nicht einmal einen Namen, einmal pro Monat über den Bildschirm laufen.« Dawn nippte an ihrem Tee und strich sich die unbändigen Haare erfolglos hinter die Ohren. »Ein ganz großes Thema waren für sie immer die schlimmen Zustände in Schweinezuchtbetrieben und Farmen, die ihre Tiere ausschließlich im Stall halten. Ganz schlimm sind da auch diese Geflügelmastbetriebe. Wissen Sie, man kann nur dann Tiere erfolgreich halten, wenn man eine Beziehung zu den Geschöpfen hat. Diese Massentierhaltung ist etwas ganz Schlimmes. Auf der anderen Seite: Wie sollen die Menschen satt werden? Das ist wirklich ein Problem. Schließlich ist der Mensch kein Pflanzenfresser, sonst hätte er ein ganz anderes Gebiss, aber das ist eine andere Geschichte. Sie fragten nach einem Immobilienbetrug?«

»Ja, oder so etwas in der Richtung.« Die Frau war in ihrem Redeschwall kaum zu bremsen. Ob Leigha einer solchen Plaudertasche wohl ihre Geheimnisse anvertraut hatte?

»Sie denken bestimmt, die Alte tickt nicht richtig?«, sagte Dawn, als könne sie Gedanken lesen. »Da haben Sie wohl recht. Aber wer auf Gottes Erdboden ist schon so, wie man sich gemeinhin den idealen Menschen vorstellt? Wollen wir das überhaupt?« Sie blickte auf Hamiltons leeren Teller. »Mehr von dem Apple Crumble? Ich habe noch jede Menge in der Küche. Ich darf es ja nicht laut sagen, aber die alten Äpfel vom vergangenen Jahr müssen langsam verarbeitet werden.«

»Vielen Dank, der ist zwar überaus köstlich, aber ich habe wirklich genug gehabt.«

»Ich kann Ihnen auch gerne ein Schüsselchen mitgeben, für Ihre Frau und die Kinder. Sagen Sie jetzt nicht nein, das ist wirklich kein

Problem und auch keine Bestechung. Die Schüssel können sie bei Gelegenheit im Büro in Edinburgh vorbeibringen.«

Gegen diese Frau war wirklich kein Kraut gewachsen. Hamilton fügte sich in sein Schicksal.

»Wissen Sie etwas über diese Immobiliengeschichte, Dawn?«

»Wie Sie wissen war Leigha immer sehr diskret und zurückhaltend. Sie legte die Fakten erst dann auf den Tisch, wenn sie die größte Wirkung erzielen konnte. Einmal machte sie die Erfahrung, das Pulver schon verschossen zu haben bevor es zum Gefecht kam. Das war ihr eine Lehre.« Sie biss sich auf die Oberlippe. »Immobilien. Ich weiß nichts Konkretes, aber ich kann Ihnen sagen, dass da einer Ihrer Nachbarn im Cobden Crescent nicht ganz koscher ist. Leigha hatte sich in den vergangenen Monaten mit seiner Frau, einer Lori, angefreundet, um mehr zu erfahren. Ihr Mann, Norman, wenn ich mich richtig erinnere, kauft Grundstücke auf und verkauft diese weiter an Investoren, die dann auf diesen Flächen irgendwas bauen. Das kann alles Mögliche sein, vom Einfamilienhaus über Reihenhäuser und Wohnblocks bis hin zu gewerblichen oder öffentlichen Anlagen. Oder er baut selbst. Anscheinend ist er Geschäftsführer einer Wohnungsbaugesellschaft. Dabei muss es einen Trick geben, wie dieser Norman Stroh zu Gold machen kann. Leigha hat mir erzählt, dass sie von einem Fall weiß, wo er wertloses Weideland aufkaufte und dann für einen Haufen Geld weiterverkauft hat.«

»Das ist doch nicht strafbar, oder?«, fragte Hamilton.

»Nein, aber Sie müssen wissen, das war eine typische Moorweide wie hier um unser Haus herum. Solche Flächen kann man billig kaufen und im Augenblick muss man froh sein, wenn man beim Verkauf keinen allzu hohen Verlust macht.«

»Ich verstehe nicht, auf was Sie hinauswollen?«

»Sir, eine Weide ist eine Weide. Da können Sie nicht einfach bauen, weil es keine Baugenehmigung gibt. Und normalerweise werden auch keine solchen Genehmigungen erteilt. Wenn aber, wie in dem von Leigha geschilderten Fall, eine solche Wiese verkehrstechnisch günstig an einer Überlandstraße gelegen auf wundersame Weise zum Bauland wird und eine große Lagerhalle eines weltweit agierenden Logistikunternehmens entsteht, ist das doch merkwürdig.«

»Sie meinen, Norman Spencer besticht die Baubehörden?«

»In diesem Fall vermutlich schon. Doch Leigha war an einer noch heißeren Sache dran. Es geht anscheinend um eine große Fischfabrik, die in einem Naturschutzgebiet entstehen soll. Offenbar gibt es Pläne, einen Fischereihafen und nebenan diese Fabrik zu bauen. So jedenfalls will es Leigha von Lori Spencer erfahren haben.«

Das hört sich alles sehr vielversprechend an, dachte Hamilton, alleine die Beweise fehlen noch immer. Und Arran Prendergast war Mitglied im Fischereiausschuss. Das ergibt einen Sinn.

»Können Sie sich vorstellen, wo Leigha die brisanten Akten, so sie welche besaß, versteckt hat?«

»Wenn Sie im Cottage nichts gefunden haben, dann weiß ich auch nicht.« Sie klimperte mit ihren langen Wimpern. »Man bin ich blöd«, sagte sie dann. »Leigha war in manchen Dingen sehr altmodisch. Wenn ihr etwas sehr wichtig war, brachte sie es in ein Schließfach. Manchmal zum Bahnhof, manchmal zu einer Bank und einmal hat sie wichtige Unterlagen ihrem Anwalt übergeben. Doch der ist vor drei Jahren gestorben, der kommt daher nicht infrage.«

»Wissen Sie welche Bank das war?«

»Keine Ahnung. Sie war Kundin bei der Royal Bank of Scotland. Doch da gibt es hunderte von Filialen. Doch ich glaube, wenn Leigha Akten versteckt hat, liegen die in einem der Schließfächer auf einem Bahnhof. Nicht die Kurzzeitschließfächer für Touristen, um den Koffer ein paar Stunden zu deponieren. In Glasgow Central und Glasgow Queen Street gibt es solche Langzeitschließfächer, zu denen man, im Gegensatz zu einem Bankschließfach, 24 Stunden am Tag einen Zugang hat. Ich glaube in Waverley Station gibt es auch solche Fächer.«

»Dann müssen wir nur das richtige Fach finden«, sagte Hamilton mehr zu sich selbst. Er wusste nicht, ob irgendwo in Leighas Wohnungen ein Schließfachschlüssel gefunden worden war. Das war gut möglich, doch bislang hatte ein Schließfach keinerlei Bedeutung. Eines war jetzt in jedem Fall klar: Dieser Norman Spencer musste genau unter die Lupe genommen werden, notfalls würde er ihn selbst in den Schwitzkasten nehmen. Und die Suche nach einem Schließfach hatte oberste Priorität. Wenn er wenigstens wüsste, ob die Akten in Edinburgh lagen. Notfalls hätte man dort im Bahnhof alle Schließfächer öffnen können, doch alle Schließfächer in Schottland und eventuell noch im Norden von England war nicht denkbar. Aber vielleicht fand sich ja der Schlüssel. Wenn es denn einen gab.

Hamilton bedankte sich bei Dawn, nahm brav den Apple Crumble mit ins Auto und fuhr nachdenklich in Richtung Edinburgh. Doch anstatt stadteinwärts zu fahren, lenkte er den Jeep auf die M8 und raste mit überhöhter Geschwindigkeit im schottischen Dauerregen nach Glasgow.

Kapitel 22

Rachel war gerade in Edinburgh gelandet und freute sich, wieder festen Boden unter den Füßen zu haben. Der Rückflug von Stornoway hatte sich angesichts des schlechten Wetters als wenig komfortabel erwiesen. Die Landung gelang erst im zweiten Anlauf, beim ersten Versuch musste der Pilot aufgrund der starken Sturmböen durchstarten. Dann kam eine Durchsage, dass man besser auf den Flughafen in Glasgow ausweichen wollte, diese Ankündigung wurde kurze Zeit später revidiert, dann kreiste die Maschine fast eine Stunde lang über der schottischen Ostküste bevor ein weiterer Landeanflug unternommen wurde. Das Flugzeug setzte mit einem harten Schlag auf der Piste auf und Rachel hatte das Gefühl, dass die Geschwindigkeit auf der Rollbahn sich nur allmählich reduzierte. Doch irgendwann bog der Flieger nach links ab und rollte auf seinen Stellplatz. Rachel musste an Bob Hamilton denken. Der litt unter furchtbarer Flugangst und wäre bei einem solchen Flug sicher tausend Tode gestorben.

Zu ihrer großen Überraschung wurde sie am Ausgang von Ray erwartet.

»Schön dich zu sehen«, sagte er und küsste sie zur Begrüßung.

Rachel strahlte mit ihrer zurückhaltenden Würde über das ganze Gesicht. »Habt ihr ihn schon verhaftet?«, fragte sie ohne zu zögern.

»Nein. Der Alte will, dass wir alles Mögliche an Indizien, Fakten und Meinungen zusammentragen, solange es noch ruhig ist und er keinen Verdacht schöpft. Wenn wir sofort mit einer Festnahme kommen, dann können wir darauf wetten, dass seine Anwälte und

Helfershelfer alle Spuren beseitigen. Und nach zwei Tagen müssen wir ihn laufen lassen, ohne dass er auch nur ein Wort gesagt hat.«

»Wir können aber Mrs Spencer nochmals als Zeugin vernehmen. Wenn wir es geschickt anstellen, dann merkt sie nichts und er auch nicht.«

»Damit sollen wir warten bis Hamilton aus Glasgow zurück ist.«

Rachel runzelte die Stirn. »Was will er denn dort? Zu einem Spiel der Rangers gehen oder das Grab seiner Großmutter besuchen?«, fragte sie leicht ärgerlich.

Ray zuckte mit den Schultern. »Keine Ahnung. Hast du übrigens schon mitbekommen, dass er den MacSweeney kaltgestellt hat?«

»Den schmierigen Chef der Internen?«

Ray nickte.

»Cool.«

»Das ist für mich eher erschreckend. Und für die Kollegen auch. Über welche Verbindungen verfügt Hamilton denn. Mafia?«

Rachel lachte. »Lieber Ray. Man kann Bob Hamilton einiges vorwerfen, er ist unkonventionell, ziemlich launisch, manchmal etwas selbstgefällig und mit einem etwas großen Selbstbewusstsein ausgestattet. Aber eines ist er mit Sicherheit nicht – unkorrekt oder bestechlich. Er ist allerdings derart gut vernetzt, dass er jemanden, der ihm auf die Füße zu treten versucht, in den Hintern treten kann, weil er binnen kürzester Zeit in der Lage ist, bei seinem Gegner eine Schwachstelle auszumachen.«

»Du hast gut reden, an dir hat er einen Narren gefressen.«

Rachel grinste. Sie war eine einfache Streifenbeamtin gewesen, als sie Bob Hamilton kennenlernte. Damals in Cornwall war es nur ihrer Hartnäckigkeit zu verdanken, dass ein Mehrfachmörder gefasst werden konnte. Hamilton erkannte die kriminalistischen Fähigkeiten, die in Rachel steckten. Und mit viel Ehrgeiz, Talent sowie Hamiltons Unterstützung wurde aus Police Constable Rachel Ward binnen weniger Jahre Detective Chief Inspector Rachel Ward. Dann hatte sie es sogar zum Superintendent geschafft und sicherlich würde in naher

Zukunft ihre Beförderung zum Chief Superintendent erfolgen, der Rang, der für ihre Position vorgesehen war.

»Du wirst es schon noch merken«, fuhr sie fort. »Hamilton ist ein absolut toller Chef. Aber er erwartet Leistung.«

»Hattest du mal was mit Ihm?«, fragte er unvermittelt.

Rachel warf den Kopf in den Nacken und zupfte sich am rechten Ohr. »Nein. Er ist überhaupt nicht mein Typ. Ich stehe nicht auf Weiße.«

Ray lachte. »Entschuldige. Aber ich …«

»Ist schon gut. Das ist dein gutes Recht, zu fragen. Würde mich an deiner Stelle auch interessieren. Aber Hamilton würde so etwas nicht ausnützen. Er ist manchmal ziemlich unorthodox, aber im Grunde hyperkorrekt. Ich bin mir ziemlich sicher, dass es nur eine Polizistin gibt, mit der er schläft.«

»Wie bitte?« Ray sah sie leicht verstört an.

»Becks, du Schnellmerker.«

»Du bist manchmal echt doof«, sagte er lachend.

»Wirklich?« Rachel hob die rechte Augenbraue. »Ich weiß, dass er schon scharf auf sie war, als sie noch seine direkte Untergebene war. Eigentlich war sie kurzfristig ins Mordermittlungsteam gerückt, weil die Personaldecke so dünn war. Doch Hamilton hat erst damit begonnen, sie anzubaggern, als sie wieder ihren Posten als Pressesprecherin übernommen hatte.«

Sie küsste ihn kurz und erklärte dann: »Das ist eines seiner Geheimnisse. Die scheinbar grenzüberschreitende Art mit der Raucherei im Büro und so weiter, kann er sich nur leisten, weil er sich keinerlei echte Übertritte erlaubt. Und er ist als Polizist wirklich sehr gut, fast so gut wie ich.«

Kapitel 23

Graue Häuserblocks und trostlose Straßen, heruntergekommene Sozialwohnungsblöcke, eingeschlagene Fensterscheiben, Industriebrachen, herumlungernde Jugendliche und arbeitslose Stahlarbeiter kommen einem in den Sinn, wenn man an Glasgow denkt. Natürlich ist das längst Vergangenheit und die raue, gefährliche Stadt aus Hamiltons Jugendzeit hatte sich inzwischen herausgeputzt mit all den stählernen Glasbauten, dem eintönig-modernen Design, das die Metropolen quer über den Globus so austauschbar und seelenlos machte. Doch es gab sie noch, die Ecken mit ihrem morbiden Charme, den dunklen Gassen mit den einfachen Pubs, in die sich kein Fremder hineinwagte und wo der Geist und auch mancher Dreck aus den wilden Siebzigern noch hing.

Bob Hamilton liebte sein altes Glasgow, die Heimat seiner Mutter, die Heimat seines Herzens, was zweifellos eine gewisse Ambivalenz offenbarte, denn einerseits war sein Auftreten und sein Denken das eines britischen Landlords, auch war er Mitglied bei der Scottish Conservative Party, doch im Grunde seines Herzens fühlte er sich dem kleinen Mann, dem Hafenarbeiter, dem Fischer, dem Kohlekumpel – was ihn umso mehr schmerzte, da die letzte Zeche vor eineinhalb Jahren schloss – verbunden, den Menschen, die am meisten unter dem industriellen Kahlschlag der Eisernen Lady zu kämpfen haben. Wo waren heute die Jobs für die Arbeiterklasse? Wo waren die Hoffnungen auf eine bessere Zukunft? Ein großer Teil der Bevölkerung wurde abgehängt, jenseits der schillernden Glaspaläste, der Großbanken, die wie Tempelanlagen des Gottes Mammon das neue Gesicht der Stadt bildeten.

»The Lismore« war ein Pub in der Dumbarton Road im Herzen der Stadt, welcher der Gentrifizierung widerstand und die Tradition pflegte, obgleich erst im Jahre 1996 gegründet. Bob Hamilton hatte sich hier mit Steve Cochrane, einem alten Freund aus Kindertagen, verabredet. Steve war Solicitor, also die Sorte Rechtsanwalt, deren Hauptaufgabe es war, Verträge und Testamente zu gestalten, Notarfunktion einzunehmen und Rechtsberatung zu leisten. In einem Gerichtsverfahren wird man im Vereinigten Königreich dagegen von einem Barrister, der sich in Schottland Advocate nennt, vertreten. Steve Cochranes Kanzlei war eine ganz wichtige Adresse in Sachen Grundstücksverkehr und daher hatte Hamilton ihn, nachdem er Dawn verlassen hatte, angerufen und von ihm wissen wollen, ob ihm der Name Norman Spencer etwas sagt. Als Cochrane antwortete, er dürfe über Mandanten keine Auskunft erteilen, verabredete er sich mit seinem alten Freund auf ein Bier im Lismore. Ein solches Angebot mochte dieser natürlich nicht ablehnen.

Nachdem die Höflichkeitsfloskeln abgearbeitet waren und das erste Pint getrunken war, kam Hamilton auf den Grund seines Abstechers nach Glasgow zu sprechen.

»Ich glaube, jetzt müssen wir zuerst einmal etwas zu essen bestellen, sonst dürfen wir das zweite Bier nicht trinken. In Schottland gilt nämlich, im Gegensatz zum Rest des Königreichs, eine 0,5-Promille-Grenze«, belehrte Cochrane den Polizisten.

»Was du nicht sagst.«

Beide wählten einen Hamburger und Hamilton war gespannt, was ihm der Anwalt zu sagen wusste.

»Norman Spencer«, sagte Cochrane gedehnt, »ist ein Mann, der mit allen Wassern gewaschen ist. Ich hatte früher mit ihm zu tun und muss sagen, dass ich froh bin, dass dies nun nicht mehr der Fall ist.«

»Wieso?«, fragte Bob und versuchte dabei, ein Stückchen Fleischfaser aus dem Zwischenraum seiner Zähne zu ziehen. Nachdem dies mit der Zunge nicht gelang, nahm er kurzerhand die Finger.

»Du weißt ja, dass im Grunde jeder Vertrag in der heutigen Zeit eine zweischneidige Sache ist. Niet- und nagelfest ist so etwas fast nie und wenn die Angelegenheit brisant wird, dann begibt man sich leicht in ein juristisches Spinnennetz. Und manche Dinge sind schlicht unlauter oder gar unzulässig, weil Bestechung oder Schlimmeres im Spiel ist. Dann wird es für den Anwalt ganz haarig.«

»Und das Geschäftsgebaren von Norman Spencer ist haarig?«

Steve Cochrane nickte. »Das kann man so sagen. Ich weiß, dass Spencer immer günstig zu Flächen gekommen ist, die er teuer weiterverkauft oder sogar selbst bebaut und dann veräußert hat. Ein geschäftstüchtiger, kluger und vorausschauender Mann könnte man jetzt behaupten. Aber ob es da immer mit rechten Dingen zugeht, ist für mich fraglich. Denn warum verkauft ein Landwirt eine große Wiese weit unter Wert?« Cochrane gestikulierte wild mit den Händen. »Es könnte sein, der Landwirt braucht unbedingt Geld. Doch wenn diese Fläche strategisch und verkehrsgünstig liegt, sollte auch der Landwirt wissen, dass sie ihren Preis hat. Und wenn ein Bieter zu wenig zahlt, gibt es bestimmt noch andere, die mehr zahlen.« Er starrte Hamilton an. »Es könnte jedoch sein, dass der Käufer den armen Farmer nötigt, zu einem niedrigen Preis zu verkaufen. Und dann, ich darf es ja nicht sagen – Mandantenschutz –, aber rein hypothetisch könnte man sich vorstellen, dass eine Baugesellschaft ein ziemlich wertloses Stückchen Land zu einem Spottpreis übernimmt. Zufällig plant aber die Regierung eine Umgehungsstraße, die just diesen Flecken Erde tangiert. Man könnte sich dann noch vorstellen, dass der Käufer von diesem Plan der Regierung, die Straße zu bauen, wusste. Wenn dem so wäre, wäre dies eine Straftat. Aber die Ideen, die man, bei etwas Fantasie allerdings, entwickeln kann, gehen darüber hinaus.« Cochrane schob seine letzten Pommes frites in den Mund. »Ein Bauinvestor könnte eine Erbschaft machen. Eine alleinstehende Witwe ohne Kinder und Verwandte wäre plötzlich von der Idee beseelt, einem netten jungen Mann, der zufälligerweise im Bauwesen tätig ist, ihren Acker, ihr Haus in Innenstadtlage oder ihre Wiese in Hafennähe zu vererben. Noch perfider ist die Vorstellung, dass das Testament gefälscht würde.«

»Hypothetisch?«

Cochrane nickte. »Meine Kanzlei macht seit ein paar Jahren einen großen Bogen um Spencer. Doch es gibt Kollegen, die nicht ganz so zimperlich sind. Wie gesagt, wir sind Rechtsberater und als solcher loten wir aus, was möglich, was unmöglich und was hypothetisch möglich ist.«

»Kannst du dir vorstellen, dass sich Spencer selbst die Finger dreckig macht?«

»Du meinst, ob er die Fernsehtante umgebracht hat?«

»Haben könnte«, verbesserte Hamilton.

»Im Normalfall hatte er seine Laufburschen für die Schmutzarbeit. Wenn ihm das Wasser bis zum Hals stünde …«, er wiegte den Kopf hin und her, so dass Bob schon befürchtete er bräche ab, »Na ja, wenn der eigene Hals in der Schlinge steckt, ist man vermutlich nicht mehr sehr zimperlich.«

»Aber hätte er den Mumm dazu? Jemanden, Auge in Auge, mit einem Hammer zu erschlagen, ist nicht ganz so einfach. Wenn man wütend ist, vielleicht. Aber der Täter hatte einen Hammer dabei, die Tat also geplant.«

»Es ist in jedem Fall sicherer, einen Menschen mit einem Hammerschlag zu töten, als ihn zu vergiften, zu erschießen oder einen Dritten mit der Tat zu beauftragen, mit der Gefahr, dass das Ganze misslingt. Wenn ein Mensch einen anderen aus dem Weg räumen will, ist der Hammer das Mittel der Wahl. Keine Schmauchspuren, keine Hülsen und ein Hammer ist auch schneller entsorgt als eine Schusswaffe. Das Ding in einen Mülleimer ein paar Straßen weiter geworfen, fertig. Den findet kein Mensch.«

»Dich möchte ich aber nicht zum Feind haben«, stellte Bob Hamilton fest.

»Deshalb sind wir ja auch befreundet.«

Hamilton ging zum Tresen und holte eine Cola für sich und ein drittes Pint für seinen Freund.

»Hast du eine Ahnung, was Spencer im Augenblick so treibt?«

»Häuser bauen und die Wohnungen verkaufen.«

»Das nächste Mal hole ich dir ein Wasser, aber dieses geschmacklose aus den Lowlands.«

Cochrane grinste. »Ich weiß es nicht genau. Aber irgendwie steckt er beim Bau der neuen Forth-Brücke mit drin. Und zwar ziemlich dick. Ist eigentlich nicht seine Art von Baustelle. Und dann ist da noch die Sache mit einem Krankenhaus in Dundee. Im Norden der Stadt wird das altehrwürdige St. James Krankenhaus saniert. Die Hütte soll entkernt werden, die gesundheitsgefährdenden alten Baustoffe sollen durch natürliche ersetzt werden. Was das auch immer heißt.«

»Und damit ist Geld zu verdienen?«

»Je mehr man betrügt, umso mehr Geld ist zu verdienen.«

»Was meinst du denn damit schon wieder?«

»Du bist der Polizist. Und ich bin lediglich ein alter Freund, der sich zum Bier mit dir traf.«

»Eine letzte Frage, dann bin ich auch schon wieder weg. Weißt du etwas von einer Fischfabrik?«

Er schüttelte den Kopf. »Das sagt mir ehrlich gesagt nichts. Ich kann schließlich nicht alles wissen.«

Hamilton sah auf die Uhr, es war inzwischen schon kurz nach sieben und damit fast zu spät, um Spencer noch aufzusuchen. Andererseits war es noch nicht zu spät, um bei ihm zu Hause vorbeizuschauen und notfalls seine Gattin auszufragen. Vorausgesetzt sie war nüchtern.

Als er zusammen mit Steve Cochrane das Lismore verließ, regnete es noch immer in Strömen.

»Soll ich dich irgendwo absetzen?«

»Danke. Ich habe es nicht so weit und liebe es, durch den schottischen Regen zu laufen. Besser als im Büro vor stumpfsinnigen Paragrafen zu sitzen. So merke ich wenigstens, dass ich noch lebe. Bis bald und grüße deine Frau.«

Hamilton wusste nicht, ob Steve noch mit Paula zusammen war. Zuletzt hatten sie sich massiv gestritten und er hatte von Trennung gesprochen. Da er den ganzen Nachmittag kein Sterbenswörtchen über Paula verloren hatte, war er unsicher, ob er etwas sagen sollte und bracht nur ein kurzes »Bis zum nächsten Mal« heraus.

Hamilton wollte gerade in sein Auto steigen, als sein Handy klingelte: Rebecca.

So ein Mist, er hatte das Abendessen mit Fitzpatrick und seiner Frau ganz vergessen. In Höchstgeschwindigkeit flog er über die Autobahn, wurde dabei einige Male geblitzt, was ihm allerdings egal war – sollte sich seine Sekretärin um die Formalien kümmern – und kam mit einer halben Stunde Verspätung zu Hause an.

Kapitel 24

Der Abend hatte sich bis lange nach Mitternacht hingezogen und Hamilton war todmüde ins Bett gefallen. Zu ihrer aller Überraschung war es gelungen, den Beruf außen vor zu lassen und stattdessen über die aktuelle Politik im Allgemeinen und den Brexit im Besonderen zu diskutieren, den schottischen Fußball zu streifen, um schließlich bei der Rinderzucht zu landen – Fitzpatrick stammte wie Hamilton aus einem großen Landwirtschaftsbetrieb, allerdings im nordwestlichen Hochland, während Hamilton aus Aberdeenshire stammte. Die beiden Frauen verstanden sich auf Anhieb sehr gut. Lesley Fitzpatrick hatte ursprünglich Kirchenmusik studiert und war die äußerst engagierte und zweifellos weit überqualifizierte Organistin der Tulliallan and Kincardine Parish Church, einer reformierten Gemeinde der Church of Scotland. Rebecca Hamilton, die Pfarrerstochter, spielte ebenfalls mit großer Begeisterung Orgel und hatte in der Vergangenheit regelmäßig Konzerte gegeben. Bei einem dieser Konzerte war Hamilton auf sie aufmerksam geworden und sein Hochzeitsgeschenk für seine Frau war eine Hammond B3, die an diesem Abend von den beiden Damen gespielt wurde, wobei Lesley Fitzpatrick feststellte, dass ihr eine echte Kirchenorgel lieber sei.

Der nächste Morgen war sehr hart für Bob Hamilton. Nicht weil er etwa zu viel Alkohol getrunken hätte, im Gegenteil, er trank lediglich Wasser und Tee, sondern weil er einfach zu kurz geschlafen hatte. Um fünf Uhr klingelte bereits der Wecker und eine Stunde später saß er in seinem Büro im Hauptquartier. Er wollte sich, während er notwendigerweiße routinemäßig sein Büro durchlaufende Papiere zu unterschreiben hatte, auf den aktuellen Stand der Ermittlungen im Fall Harrow und Prendergast bringen. Immerhin waren hunderte von Polizisten dabei, Zeugen zu befragen, Akten auszuwerten, Spuren zu verfolgen und die CCTV-Aufnahmen vom Wochenanfang auszuwerten. Überall im Land verteilt hingen Kameras und sicherlich war von einer dieser Kameras der Täter kurz vor oder nach der Tat aufgenommen worden. Die Frage war lediglich: Von welcher Kamera? Auf dem Greyfriars Kirkyard befand sich keine Überwachungskamera und auf den Zugangsstraßen fand sich für den Tag des Mordes keinerlei Hinweis auf Leigha Harrow oder Arran Prendergast. Doch irgendwie musste sie auf den Friedhof gekommen sein. Es bestand jedoch die Möglichkeit, dass Leigha den Friedhof über den westlichen Zugang betreten hatte. Für Ortskundige war es recht einfach, ungesehen unter den Bäumen des angrenzenden Parks in den Friedhof zu gelangen. Vermutlich war es genau so gewesen, womit die Frage aber noch nicht beantwortet war, was Leigha auf dem Friedhof überhaupt wollte.

Plötzlich schoss es Hamilton durch den Kopf: Hatte Leigha diesen Norman Spencer erpresst? Vielleicht hatte nicht der Täter sie, sondern sie den Täter auf den Friedhof gelotst. Hatte, wenn es sich um Erpressung gehandelt hat, der Erpresste einen Geldbetrag auf dem Friedhof, im Grab des John Bayne of Pitcairlie hinterlegen sollen? Leigha wollte das Geld abholen und dabei wurde die Erpressung final beendet. Möglich. Stellte sich nur die Frage, ob Leigha so unvorsichtig gewesen wäre. Doch Hamilton wusste, dass bei Geld der Verstand in den allermeisten Fällen komplett aussetzte. Erpressung passte auch überhaupt nicht in das Bild, das sie bislang von Leigha gewonnen hatten: Die Ehrliche, die Gerechte, die Harmoniebedürftige.

Gegen halb acht betrat Rachel, wie aus dem Ei gepellt, Hamiltons Büro.

»Welcher vernünftige Mensch verabredet sich auf dem Friedhof?«, fragte dieser ohne ihren morgendlichen Gruß zu erwidern.

Rachel ging zum Fenster und blickte zum Wald. »Jemand, der Ruhe und Abgeschiedenheit mag.«

»Bedeutet konkret?«

Sie drehte sich ihm zu und sagte: »Wo trifft man sich, wenn man unbeobachtet bleiben will?«

»Fängst du schon wieder an, meine Fragen mit einer Gegenfrage zu beantworten? Das ist mein Part.«

»Und du bist mein großes Vorbild.« Sie grinste ihn an.

»Danke für die Blumen.« Er kramte seine Lieblingspfeife hervor und begann, sie zu stopfen. »Ich bin bekannt aus dem Fernsehen und will nicht, dass man mich sieht, also kommt der Pub um die Ecke nicht infrage. Bleiben der Wald, ein Park oder der Friedhof.«

»Warum nicht?«, bemerkte Rachel. »Und was wäre, wenn beide aus dem Fernsehen bekannt sind?«

»Norman Spencer ist keine Berühmtheit, sondern ein ganz gewöhnlicher Geschäftsmann. Auf der Straße erkennt den kein Mensch. Auf was willst du hinaus?«

Rachel zog einen Hundekuchen aus ihrer Handtasche und gab diesen Duke, nachdem er ihr ordentlich die Pfote gegeben hatte. »Stell dir vor, Leigha hatte sich nicht mit Spencer verabredet. Wieso sollte sie auch? Ihr Plan war es, den Herrn mittels einer Fernsehsendung an den Pranger zu stellen. Es könnte jedoch sein, dass sie sich mit einem Informanten treffen wollte. Ein Informant, der beispielsweise an Spencers Machenschaften beteiligt war oder davon wusste. Und ein Informant, der einen gewissen Gefallen an Leigha gefunden hatte.«

»Du meinst, sie wollte sich mit Prendergast treffen?«

Rachel nickte. »Das ist doch durchaus eine Möglichkeit.«

»Und du glaubst, dass Spencer ihn bereits vorher aus dem Weg geräumt und sich an seiner statt auf dem Friedhof eingefunden hat?«

»Durchaus denkbar. Spencer plante, Leigha aus dem Weg zu räumen, sonst hätte er keinen Hammer dabeigehabt.«

»Mir fehlt immer noch das Motiv. Könnte es nicht sein, dass Leigha Spencer erpresst hat?«

»Das wäre möglich, aber wenig plausibel. Und wie passt Prendergast dazu?«

Hamilton suchte nach einem Feuerzeug, in den Schubladen, in seiner Jackentasche und der braunen Aktentasche, fand aber keines und legte die Pfeife zunächst auf den Schreibtisch. »Keine Ahnung. Hat die Suche nach dem Schließfach schon etwas ergeben?«, fragte er knurrend.

»Die Kollegen haben schon viereckige Augen. Ray saß, als hätte er nichts anderes zu tun, die halbe Nacht vor dem Bildschirm. Er hat die Gepäckstation von Waverley Station überprüft. Aber das ist wie eine Nadel im Heuhaufen zu suchen.«

Hamilton schlug mit der Faust auf den Tisch und der Hund schreckte von seinem Liegeplatz auf. »So kommen wir nicht weiter, das bindet Kapazitäten und wir haben viel zu wenig Personal.«

»Bob, die schottische Polizei ist nach Scotland Yard die größte Polizeibehörde. Wir haben mehr als 23.000 Officers, 3.800 Fahrzeuge und zwei Hubschrauber.«

»Ich weiß. Und exakt 214 Polizeireviere über das ganze Land verteilt. Aber wir können doch nicht jedes Staubkorn unter die Lupe nehmen. Wie du weißt, bin ich Chef der gesamten Kriminalpolizei und du kannst mir glauben, es passieren in Schottland viel mehr Verbrechen als der Mord an Leigha Harrow.« Hamilton zog eine dünne Mappe von einem hohen Aktenstapel herunter und drückte ihn Rachel in die Hand.

»Mein Gott, was ist denn das?«

»Doppelmord in Dunblane. Nette Bilder für den nächsten Albtraum, nicht? Zwei Studentinnen von der Universität in Sterling.« Er blickte sie mit ziemlich desillusioniertem Ausdruck an. »Willst du noch mehr? Wir haben eine Serie von Kindesmissbrauch in Paisley, einen verschwundenen Teenager aus Aberdeen und, ganz frisch auf dem Tisch, einen schweren Einbruch mit Todesfolge in Dumfries. Außerdem das ganz alltägliche Verbrechen, angefangen vom Ladendiebstahl, Betrug, häuslicher Gewalt, Erpressung, Nötigung,

Beleidigung, die Vergewaltigungen nicht zu vergessen, bis hin zu den Verkehrsdelikten. Da sind die 23.000 Polizisten bald ausgebucht.« Hamilton zog eine, bislang nicht geöffnete, Schublade seines Schreibtischs auf, wühlte etwas herum und fischte ein Feuerzeug heraus. »Da hat es sich versteckt.« Er nahm die Pfeife in die Hand, steckte sie zwischen die Zähne und tauchte mit Genuss das ganze Büro in einen grauen Nebel. Rachel riss demonstrativ die Fenster auf. Hamilton grinste. Debbie Steer, die Leiterin des CID in Exeter, hätte jetzt an Rachels Stelle ihre dünnen Frauenzigaretten aus einer zerknitterten Packung in ihrer Jacken- oder Hosentasche gezogen und mitgeraucht.

»Und was machen wir jetzt? Resignieren? Den Fall Harrow im Sande verlaufen lassen? Prendergast als Täter hinstellen? Fall gelöst?«

»Nein. Intuitiv vorgehen. Wie früher.«

»Auch wenn du glaubst, dass Norman Spencer der Täter ist, so haben wir noch keinen Beweis für die Tat.«

»Dann klopfen wir halt mal auf den Busch. Wir konfrontieren ihn damit.«

»Um dann ganze Heerscharen von Anwälten im Nacken sitzen zu haben? Nein, Bob, das funktioniert vielleicht bei einem Zuhälter oder Lastwagenfahrer, nicht aber bei Typen vom Kaliber eines Norman Spencer. Wobei mir Lastwagenfahrer in jedem Fall lieber sind als dieser Typ, und bei Zuhältern bin ich mir nicht so sicher.«

»Was schlägt die oberste Chefermittlerin vor?«

»Frühstück. Und dann besuchen wir, wie geplant, Lori Spencer.«

Hamilton saugte schmatzend an seiner Pfeife und stimmte zu.

»Vorher fahren wir noch am Haymarket vorbei.«

»Haymarket?« Rachel konnte offensichtlich seinen Plan nicht nachvollziehen. »Fahrkarten kann man auch im Internet kaufen«, sagte sie mit ironischem Unterton.

»Schließfächer. Wenn Leigha ihre Unterlagen nicht in Waverley Station deponiert hat, dann vielleicht im Haymarket. Glasgow würde ich mal ausschließen, andere Bahnhöfe im Land ebenfalls und auf den Hebriden gibt es keine Bahnhöfe, ergo auch keine Bahnhofsschließfächer.«

»Wie kommst du denn jetzt auf den Haymarket?«

Er stellte die Pfeife in den Ständer, wo sie leicht rauchend noch eine Weile vor sich hin glomm. »Es ist ein überschaubarer Bahnhof, aber immer noch groß genug für ein paar Schließfächer, der Schnellzug aus London hält hier und bei manchen Reisenden ist er beliebter als der touristisch überfrachtete Hauptbahnhof. Und wer es beschaulich mag, ist hier besser aufgehoben.«

»Ich weiß zwar nicht, was du dort willst, aber du bist der Boss.«

Hamilton grinste und zog einen Schließfachschlüssel aus der Hosentasche.

»Wo zum Teufel hast du den denn her?«

»Das Ganze kann auch ein Irrtum sein. Ist eine lange Geschichte. Die gibt es beim Frühstück. Ich hoffe, die haben heute wieder Kipper.«

Kapitel 25

Ray Williams hatte sich schon früh an diesem Morgen, zusammen mit Jess Barlow, auf den Weg nach Stranraer gemacht. Die kleine Stadt befindet sich im Südwesten Schottlands in der Region Dumfries and Galloway, idyllisch gelegen in der Bucht des Loch Ryan, im Norden der Landenge, die einen Zugang zur Halbinsel Rhins of Galloway bildet. Sie nahmen die M80 nach Glasgow und dann die A77 nach Süden, zunächst im Landesinnern und dann immer der Küste entlang. Nach drei Stunden Fahrt und gut 200 Kilometern hatten sie ihr Ziel erreicht. Die Schnellstraße endete an einem Kreisel, im Herzen der Stadt, direkt am Hafen. Ein paar Meter östlich dieses Kreisverkehrs stand ein schlichtes, langgestrecktes Gebäude, dessen trister Charme schnell auf den öffentlichen Charakter schließen ließ. Das blauweiße Schild über der Eingangstür lieferte die Bestätigung: Das Polizeirevier von Stranraer!

Ray parkte den Wagen auf dem Besucherparkplatz, fluchte über den schottischen Regen und flüchtete schnellen Schrittes, Jess im Schlepptau, unter das kleine Vordach des Haupteingangs. Er klingelte und es dauerte eine ganze Weile, bis eine scheppernde Stimme durch die Sprechanlage zu hören war.

»Guten Morgen, ich bin DI Williams und habe einen Termin mit Sergeant Andy How.«

»Können Sie sich ausweisen, Sir?«, fragte die Stimme.

Ray zog seinen Dienstausweis aus der Jackentasche und hielt ihn vor die Kamera.

»Ist in Ordnung. Warten Sie bitte auf den Besucherstühlen hinter dem Eingang. PS How kommt zu Ihnen.«

Der Türöffner surrte, Ray drückte gegen die Aluminiumtür und blickte in einen grell beleuchteten Flur mit einem abgewetzten PVC-Fußboden und lindgrünen Wänden. Offenbar gab es für sämtliche Polizeigebäude im ganzen Land den gleichen einfallslosen Architekten. Oder, mutmaßte er, es gab vor vierzig Jahren eine große Ausschreibung für Wandfarbe und Bodenbeläge, deren Bestände für Jahrzehnte vorhielten – vielleicht noch immer vorrätig waren. Links, hinter einem Tresen, saß ein älterer Kollege, der ihnen zunickte, offenbar die Stimme aus der Sprechanlage. Dem Tresen gegenüber, unter einem Werbeplakat, das die Effizienz der schottischen Polizei beschwor, waren fünf Stühle mit jeweils verschiedenfarbigen Sitzschalen aufgereiht. Ray setzte sich auf den grünen, während Jessica Barlow den orangefarbenen wählte. Sie hatten kaum Platz genommen, als ein groß gewachsener, glatzköpfiger Polizeibeamter aus einer Tür trat und sich auf sie zu bewegte.

»DI Williams nehme ich an«, sagte er zu Ray. »Kommen Sie doch bitte in mein Büro. Darf ich einen Tee anbieten? Oder lieber Kaffee?«

»Tee«, antworteten Ray und Jess unisono.

»Tim, bring uns doch bitte eine Kanne Tee und drei Tassen auf mein Büro«, bat How die Sprechanlage.

Dieser nickte.

Das Büro von How verströmte den gleichen bedrückenden Liebreiz wie der Rest des Gebäudes. Glücklicherweise waren die verblassten Wände weitgehend durch Aktenschränke, Urkunden und Medaillen verdeckt. Die Möbel sahen aus, als stammten sie aus dem vorletzten Jahrhundert oder aus dem Fundus des lokalen Laientheaters.

Ray war nach Stranraer gefahren, weil ihm Sergeant How ein interessantes Dokument hatte zukommen lassen. Anscheinend war Arran Prendergast vor einigen Wochen hier aufgetaucht und hatte Gespräche mit verschiedenen Landwirten und Vertretern der Fischereigenossenschaft »Rhins Fish« geführt. Dies wäre an sich keiner Erwähnung wert, schließlich war Prendergast Mitglied im Fischereiausschuss, doch offenbar war es zu Handgreiflichkeiten gekommen in Folge derer die Polizei eingreifen musste. Marc McCoy, ein Schafzüchter aus dem Süden der Halbinsel, lieferte sich eine Auseinandersetzung mit Bruce Glenn, dem Vorsitzenden der Genossenschaft, und brach ihm die Nase. Der Anlass hierzu war ziemlich belanglos, Prendergast war nicht in die Schlägerei involviert, wurde aber als Zeuge befragt. Im Zusammenhang mit den Ermittlungen zu seinem Tod warf der Computer auch dieses Detail aus dem südlichsten Zipfel Schottlands aus.

»Wissen Sie, was genau Prendergast hier auf der Halbinsel wollte?«, fragte Ray.

»Na ja, Politiker führen immer Gespräche und setzen sich für die unterschiedlichsten Projekte ein, Sir. Vor allem kurz vor einer Wahl. Aber Galloway ist nicht der Wahlkreis von Prendergast, daher war es schon etwas seltsam. Im Normalfall wäre mir das auch einerlei gewesen. Der Tod des Abgeordneten änderte dies jedoch.«

Jess erlitt einen Niesanfall, der die Ausführungen von How jäh unterbrach. »Muss gegen irgendwas allergisch sein«, sagte sie und schnäuzte sich. Williams sah die Ursache in dem muffigen Gebäude. Als sich die Polizistin wieder beruhigt hatte, fuhr Andy How fort. »Ich habe mich gestern nochmals mit Bruce Glenn unterhalten, habe vorgeschoben, dass mir noch einige Details für die Akten fehlen würden und so. Und dabei erkundigte ich mich vorsichtig nach dem Grund von Prendergasts Reise zur Rhins of Galloway.« Er machte eine kunstvolle Pause, als wolle er die Spannung steigern und vielleicht war das auch seine Absicht. »Es geht um eine neue Fischfabrik, die ganz im Süden bei Drummore entstehen soll. Dazu ist geplant, den Hafen auszubauen, um auch größeren Trawlern den Zugang zu ermöglichen.«

»Das hört sich ja nach Fischfang im ganz großen Stil an.«

How nickte. Und auf den Feldern südlich der Fabrik, also ganz an der Südspitze der Halbinsel, ist geplant, Wohnhäuser für die Familien der Schiffsbesatzungen und der Fabrikarbeiter zu bauen. Das Ganze muss sehr schnell gehen, weil es hierfür EU-Zuschüsse gibt.«

Ray runzelte die Stirn. »Im Klartext heißt das, dass bis Ende 2018 alles stehen muss.«

»Genau, Sir. Wenn ich das richtig verstanden habe, soll schon nach den Sommerferien mit dem Bau begonnen werden, ein Containerdorf für die Bauarbeiter steht schon am Rand von Drummore.«

»Und was ist mit der Baugenehmigung? Die ganze Gegend ist doch Landschaftsschutzgebiet.«

»Keine Ahnung. Die muss erteilt worden sein. Hier geht es um eine Förderung wirtschaftlich benachteiligter Gebiete. Und um Arbeitsplätze zu schaffen, ist vieles möglich.«

»Das stinkt doch zum Himmel«, befand Ray. »Hier wohnt doch niemand, ergo braucht man keine Arbeitsplätze.«

»Nicht ganz. Aber im Prinzip ist das richtig. Die Halbinsel wird landwirtschaftlich genutzt. Lediglich Stranraer ist so etwas wie ein urbanes Zentrum mit allen möglichen Dienstleistungsangeboten.«

»Also zumindest der Neubau von Wohneinheiten ist unsinnig. Woher sollten die Arbeitskräfte stammen? Wenn so eine Fabrik notwendig sein sollte, dann sind die Leute aus Stranraer und Umgebung sicherlich in der Lage, die paar Meilen nach Süden zu fahren.«

»Sehe ich auch so.« How nickte zustimmend.

»Und was hat Ihnen dieser Genossenschaftler erzählt? Kann eine solche Fabrik im Interesse der kleinen Fischer sein?«

How richtete sich hinter seinem Schreibtisch auf, legte den Kopf schräg und klopfte mit den Fingerknöcheln auf die Tischplatte. »Die Fischer gehen davon aus, dass der Hafen von Drummore ausgebaut wird, was in der Tat kein Fehler ist. Die Fischfabrik sehen sie mit Gelassenheit, denn sie wird von einem Investor gebaut. Wenn alles gut läuft, will die Genossenschaft einsteigen, wenn nicht, stehen sie dem Konkurs der Fabrik ziemlich gleichmütig gegenüber. Ist schließlich nicht ihr Geld.«

Ray Williams rollte mit den Augen und raufte sich die Haare. »Das ist doch vollendeter Blödsinn.«

»Wieso?«, warf How ein. »Es wird in die Region investiert, es fließt

Geld hierher und im schlimmsten Fall bleibt eine Industrieruine. Aus so einer Fabrik kann man auch einen Indoorspielplatz, eine Paintballanlage oder eine Galerie machen. Bringt dann immerhin noch Touristen hierher.«

»Das ist doch Betrug«, stellte Jessica Barlow fest. »Da kassiert jemand Gelder aus Brüssel und hinterlässt im Zweifel eine unvollendete Baustelle.«

»Dieser Gedanke ist mir gestern auch gekommen und deshalb bin ich froh, dass Sie hier sind. Bei der ganzen Sache geht etwas nicht mit rechten Dingen zu.«

Ray kratzte sich mit beiden Händen am Hinterkopf und brachte dann seine Mutmaßungen zum Ausdruck: »Arran Prendergast war Mitglied des Fischereiausschusses. Als solcher wusste er, wo welche Projekte geplant wurden, wie die Fangquoten aussahen und welche Maßnahmen zuschussfähig sind. Stellen wir uns vor, er arbeitete mit einem Investor zusammen oder informierte diesen zumindest über aktuelle politische Entwicklungen. Das Ganze könnte von langer Hand geplant sein. Der Investor sucht billiges Land, um es zu bebauen und teuer weiterverkaufen zu können. Zuschüsse, besonders jene aus Brüssel, sind hierbei ausgesprochen begehrt.«

»Und wenn man dabei nachweist, dass man ein ganz wertvolles Vorhaben plant, das der Natur und den Menschen in besonderem Maße dient, gibt es Unmengen an Geld von der EU«, wusste Jess zu berichten. »Mein älterer Bruder arbeitet zufällig im Bereich des Förderwesens.«

»Ist eine Fischfabrik wertvoll?«, fragte Ray, mehr sich selbst als die anderen.

»Es werden Arbeitsplätze geschaffen. Allein das zählt«, antwortete Jess.

»Die sehe ich aber noch nicht.« How zog eine Grimasse.

»Wie auch immer«, fuhr Ray fort. »Arran Prendergast bereitete das Feld, überzeugte die politischen Entscheidungsträger vor Ort, versprach den Landwirten einen guten Preis für ihr minderwertiges

Feld, der Investor kauft das Land, Baugenehmigungen werden erteilt und dann geht es los.«

»Ist das verboten?«, fragte Jess.

»Nein. Aber ganz sauber ist das auch nicht.«

»Die Gelder fließen aber erst dann, wenn alles fertig ist«, gab Jessica Barlow zu bedenken.

Ray grinste. »Der Brexit könnte hierbei ein ungeplantes Problem darstellen.«

»Ja, Baugenehmigungen werden nicht so auf die Schnelle erteilt. Meinen Sie, dass Bestechung im Spiel war?«

»Das ist durchaus möglich, Jess. Denn egal wie blödsinnig es ist, hier eine Fischfabrik zu bauen, illegal ist dieser Plan nicht. Er muss nur genehmigt werden. Gemeinhin dauert es aber eine ganze Weile, bis es so weit ist.« Ray biss sich auf die Oberlippe. »Und irgendwo muss ja das Motiv für den Mord an Leigha Harrow sein. Angenommen sie hatte etwas in der Hand gegen diesen Norman Spencer. Dann muss es mehr sein als ein Kaufvertrag zu Ungunsten der Landwirte. In einem freien Land darf man sein Eigentum auch zum Spottpreis veräußern. Wenn jedoch die Stadtverwaltung, der Bürgermeister oder der Leiter der Umweltbehörde, zum Beispiel, bestochen wurde, dann ist das wirklich eine sehr brisante Angelegenheit.«

»Dann würden aber auch der Bürgermeister oder der Leiter des Umweltamtes mit drinstecken«, stellte How fest.

Und Jessica ergänzte: »Dann wäre es auch möglich, dass diese die Mörder der Harrow und von Prendergast waren.«

Ray nickte. »Wir müssen uns das Ganze mal in aller Ruhe anschauen. Am besten, wir fahren mal selbst an den Südzipfel der Halbinsel, dort war ich noch nie.«

Kapitel 26

Es gab, sehr zur Freude von Bob Hamilton, Kippers – geräucherten und dann gebratenen Hering – zum Frühstück in der Kantine. Dazu aß er gebratene Pilze und Tomaten während sich Rachel mit Marmeladentoast begnügte. Die Kantine im neuen Polizeihauptquartier befand sich im Untergeschoss und bot zwar keine Aussicht, aber sie vermittelte den gemütlichen Charme der Lounge eines vornehmen Hotels. Das fehlende Tageslicht wurde durch eine unaufdringliche LED-Beleuchtung ausgeglichen, der Saal bot reichlich Platz, wirkte jedoch, durch einen ganzen Wald an Baumfarnen, nach einem bestimmten innenarchitektonischen Prinzip quasi als Raumteiler aufgestellt, warm und schon fast anheimelnd. Hamilton liebte die Kantine, denn sie bot die Möglichkeit, nicht unbedingt gesehen zu werden und vor allem, diejenigen nicht zu sehen, die er nicht sehen wollte – schon gar nicht beim Essen.

Er schlürfte seinen Tee und fand, dass alleine schon das Trinken von Tee das Leben lebenswert macht. Und das obwohl er, entgegen der britischen Sitte, keine Milch in den Tee goss. So konnte er sich beim Streit zwischen den beiden großen Fraktionen der Tifs (Tea in first) und der Mifs (Milk in first) entspannt zurücklehnen. Er konnte ohnehin nicht verstehen, warum man einen guten, kräftigen Tee – seine Lieblingsmarke war der Yorkshire Red, einer Mischung von Herkünften aus Assam, Sri Lanka und Kenia – überhaupt mit Milch verunreinigen konnte. Allenfalls gab er etwas Zucker hinzu, je nachdem ob er sich übergewichtig fühlte oder nicht.

Rachel wischte sich einen Toastkrümel aus dem Mundwinkel und fragte dann nach dem Schließfachschlüssel. »Nun sag schon, wo hast du den denn her?«

»Aus Dawns Wohnung.«

Rachel riss die Augen weit auf und Hamilton befürchtete, es würden gleich Blitze aus deren tiefem Blau emporschießen. »Was ist denn da in dich gefahren? Du kannst doch nicht einfach Schlüssel klauen.«

»Ich habe sie nur geborgt.« Er steckte den letzten Rest des Fisches zwischen seine Zähne.

»Bob«, sagte sie gedehnt mit mahnender Stimme.

»Meine Liebe«, antwortete er lächelnd, »gestern war ich bei Dawn Roberts, der Freundin von Leigha Harrow. Becks war bereits dort gewesen, aber ich wollte mir diesen Loony-Lovegood-Klon selbst anschauen.«

Rachel wirkte noch mehr irritiert. »Ich verstehe kein Wort.«

»Abwarten und zuhören!«, befahl Hamilton. »Du kennst Harry Potter?«

Sie nickte.

»Also sagt dir der Name Luna Lovegood auch etwas?«

Sie nickte abermals. »Aber ich verstehe nicht, auf was du hinauswillst.«

»Ganz einfach. Dawn Roberts sieht nicht nur aus wie Luna, sie benimmt sich auch so.« Er zückte sein Handy und zeigte Rachel eine Fotografie von Dawn.

»Ich verstehe.«

»Ziemlich schräg, kann ich nur sagen und ich habe schon vieles erlebt. Doch sie ist eine ganz nette und vermutlich sehr großherzige Frau. Verrückt aber liebenswert.« Er steckte das Handy zurück in seine Hosentasche. »Dawn war nicht nur die beste Freundin, sie war auch die Vertraute von Leigha. Wenn die misstrauische Fernsehmoderatorin einen festen Anker im Leben hatte, dann war es die verrückte und dennoch bodenständige, zuverlässige Dawn Roberts.«

Plötzlich erhellte sich das Gesicht Rachels. »Stimmt. Jetzt erinnere ich mich. Das Gleiche hat Angus McIllroy auch gesagt. Er nannte sie ebenfalls liebenswert und verrückt und zog den Vergleich zu Luna Lovegood. Nachdem ich das Bild gesehen habe, ist mir alles klar. Aber warum zum Teufel klaust du ihren Schlüssel?«

»Ganz einfach. Weil er am Schlüsselbrett hing. Aber vorher hat sie mir erzählt, dass Leigha die Angewohnheit hatte, wichtige Dokumente in Bahnhofschließfächern aufzubewahren, weil sie hierzu immer Zugang hatte, was bei Bankschließfächern nicht der Fall wäre. Und ein eigener Tresor erschien ihr zu unsicher, da man den auch stehlen oder zumindest aufbrechen konnte. Bei einem, von CCTV überwachten, Bahnhofschließfach würde sich wohl niemand trauen.«

Rachel blickte wieder skeptisch. »Und dann hat sie dir zugesehen, wie du ihren Schlüssel mitgehen lässt?«

»Natürlich nicht. Sie hatte köstlichen Apple Crumble zubereitet. Und weil sie jede Menge davon hatte, entschied sie in ihrem Überschwang, mir welchen für Frau und Kinder mitzugeben. Ich hatte keine Chance mich zu wehren, außerdem wäre dies ein Akt der Unhöflichkeit gewesen und so ließ ich sie gewähren. Ich war bereits im Begriff zu gehen, als sie mich mit diesem Anliegen stoppte. So stand ich im Windfang des Hauses, sah mich etwas um und entdeckte an einem großen Schlüsselbrett einen seltsam länglichen Schlüssel. Den sah ich mir etwas genauer an und er entpuppte sich als Schließfachschlüssel vom Haymarket. Kurz war ich unentschlossen, ob ich ihn an mich nehmen oder doch lieber fragen sollte. Mein Bauch entschied sich für das Erstere.«

»Du und deine Bauchentscheidungen.«

»Das sagt die Richtige. Du weißt genau, dass man sich in den entscheidenden Fällen auf das Bauchgefühl und nicht auf den Verstand verlassen soll. Jedenfalls dann, wenn es schnell gehen muss. Sehr oft, fast immer, sind wir hierbei richtiggelegen.«

»Und was machst du, wenn wir in dem Schließfach persönliche Dinge von Dawn finden, die mit dem Fall auch rein gar nichts zu tun haben?«

»Du bist also dabei, verstehe ich dich richtig?«

»Am liebsten würde ich dir gegen das Schienbein treten.«

»Darf ich das als Zustimmung verstehen?«

Rachel musste grinsen.

»Also«, sagte Hamilton, trank seinen letzten Rest des Tees und wischte sich mit einer Serviette den Mund ab. »Wenn wir falsch liegen, bringe ich persönlich den Schlüssel zurück. Für den Fall, dass du noch weiter meine Autorität untergräbst, befehle ich dir, das zu tun.« Er blickte ihr direkt in die Augen. »Ich glaube aber nicht, dass wir dort etwas finden, das Dawn gehört.«

»Und was erwartest du zu finden?«

»Wir werden es sehen. In einer dreiviertel Stunde wissen wir mehr.«

Hamilton verzichtete auf seinen Dienstwagen und nahm lieber den Jeep. So fühlte er sich wenigstens einigermaßen wohl, wenn er schon die ungeliebte Uniform anziehen musste. Fitzpatrick hatte ihn gebeten, wenn er sich sonst schon nicht um Regeln scherte, wenigstens die Uniform zu tragen, wie es seinem Rang als Führungsoffizier gebührte. Nur gut, dass die Leute nicht so genau auf die Schulterstücke achteten. So war er, zumindest aus der Entfernung, lediglich als Polizist auszumachen. Nur wer genau darauf achtete, fand die Insignien der Macht, wie er es scherzhaft nannte.

In eher gemächlichem Tempo näherte sich die Spitze der schottischen Kriminalpolizei der Hauptstadt. Sicherheitshalber hatte er einen Streifenwagen zum Haymarket beordert, denn die Erfahrung hatte ihn gelehrt, dass im Falle eines Falles nichts so lief, wie es in den Lehrbüchern stand. Normalerweise waren immer Polizeibeamte im Bahnhofsbereich positioniert. Doch wenn deren Hilfe tatsächlich nötig sein sollte, wären sie mit Sicherheit gerade in der Frühstückspause oder auf der Toilette. Dem Zufall sollte bei der seriösen Polizeiarbeit nichts überlassen bleiben. Denn dieser stand oft genug einem Ermittlungserfolg im Weg.

Problemlos fand Hamilton einen Parkplatz in Bahnhofsnähe. »Wie im Film«, sagte er zu Rachel, deren fragendes Gesicht vermittelte, dass sie nicht verstand, was er meinte. »Im Film gibt es für Polizisten immer einen Parkplatz, sogar in der Rush-Hour mitten in London oder New York.«

»Ach so«, sagte Rachel mit leicht verächtlichem Unterton.

Nachdem sie die Streifenbeamten aufgelesen hatten, gingen die vier Polizisten durch den Nebeneingang, der sich im alten Bahnhofsgebäude befand. Bob Hamilton hasste das neue Glasgebäude, das ihm ähnlich gesichtslos erschien wie viele ähnliche Bauwerke, die sich in jüngster Zeit wie eine ansteckende Krankheit im Königreich ausbreiteten. Doch das alte Gebäude aus graugrünem Granit vermittelte ihm die Hoffnung, dass noch nicht alles verloren war.

Beim Zugang zu den Gleisen entdeckte Hamilton die Fußstreife, die regulär am Haymarket patrouillierte. War ja klar, dachte er sich, ignorierte die beiden und ging in einen Seitentrakt, an dessen Stirnseite sich ein paar Dutzend Schließfächer befanden. Er zog den Schlüssel hervor und versuchte die Nummer zu lesen. Doch ohne Brille konnte er lediglich erkennen, dass es sich um einen Schlüssel vom Haymarket handelte. Er reichte den Schlüssel Rachel. »Nummer?«

Rachel lachte. »Brille vergessen?«

»Nein, ich kann nicht lesen.«

»414«, sagte sie grinsend.

»Dann schließ mal auf«, bat er Rachel. Und an die beiden Constables gewandt sagte Hamilton: »Ihr seid jetzt Zeugen beim Öffnen eines Bahnhofschließfaches. Es ist Gefahr im Verzug, daher haben wir keine Zeit für eine richterliche Erlaubnis.«

Die zwei Streifenpolizisten, beide noch blutjung, zumindest in Hamiltons Augen, sahen sich verdattert an, trauten sich aber offensichtlich nicht, die Entscheidung eines Assistant Chief Constables in Zweifel zu ziehen.

»Sesam öffne dich«, formulierte Hamilton weihevoll.

Rachel steckte den Schlüssel in das zugehörige Schloss eines kleinen, schubladengroßen Schließfachs und drehte ihn zweimal gegen den Uhrzeigersinn. Es klickte seltsam und dann konnte sie die Tür öffnen. Es kamen zwei Aktenordner, gefüllt mit allerlei Dokumenten, zum Vorschein. Rachel begann in dem einen zu blättern, während Hamilton sich den zweiten vornahm.«

»Bingo«, entfuhr es dem Kripochef nach einigen Minuten. »Sieht aus, als hätten wir gefunden, was wir gesucht haben.«

»Auf deinen Bauch ist Verlass«, stellte Rachel fest und die beiden Constables sahen aus, als hätten sie gerade das Ungeheuer von Loch Ness gesehen.

»Gut«, befand Bob. »Ich glaube, wir haben genug gesehen. Soll jemand von den Maulwürfen die Sachen unter die Lupe nehmen.« Er bezeichnete die Beamten der technischen Abteilung, die hauptsächlich im Labor und am Computer saßen, um irgendwelche Auswertungen zu machen, mit Vorliebe als Maulwürfe, was auch darin begründet war, dass sich diese Abteilung im Untergeschoss des Hauptquartiers der Kripo befand.

»Ihr beiden nehmt die Akten und bringt sie auf dem schnellsten Weg nach Gartcosh und übergebt sie dort an DI Sam Bingham von der technischen Abteilung.«

»Gartcosh, Sir? Das ist in Lanarkshire. Wir sind von der E-Division. Wir dürfen nicht nach Glasgow fahren, Sir?«, sagte der Größere.

»Wer sagt das?«

»Unser Superintendent.«

Hamilton runzelte die Stirn. Diese Vorschriften irgendwelcher Juristen, die den ganzen lieben langen Tag sich neue Hindernisse ausdachten, brachten ihn an den Rand des Wahnsinns. Irgendwann würde er einen dieser Paragraphenreiter genüsslich vierteilen, da war er sich ziemlich sicher.

»Superintendent«, wiederholte er in beeindruckt erscheinendem Tonfall. »Nun, ich bin Assistant Chief Constable. Wer steht wohl höher in der Hierarchie? Ein Superintendent oder ein ACC?«

»Aber Superintendent Sharp hat es ausdrücklich verboten, die Region Lothian zu verlassen.«

»Dann richten Sie Ihrem Superintendenten Sharp aus, dass er sich gerne beim Chief Constable über mich beschweren kann. Sie fahren jetzt mit diesen Akten nach Gartcosh! Haben wir uns verstanden?«

»Ja Sir«, erwiderte der Große kleinlaut.

»Sehr gut. Damit haben Sie einen großen Anteil an der Auflösung des Mordfalles Leigha Harrow. Vielen Dank meine Herren.«

Er drückte dem Großen die beiden Aktenordner in die Hände und wandte sich dann Rachel zu.

»Ich habe meine Pfeife vergessen. Mal sehen, ob die in diesem Tabakladen vernünftige Zigarren haben.«

»Du bist echt unmöglich.«

»Nicht wahr.«

Er drehte sich auf dem Absatz um und steuerte den Tabakladen an. Zu seinem Erstaunen fand er eine Packung Griffin's 300 in einem Humidor. Er zahlte, zog eine Zigarre aus der Schachtel, bat um einen Zigarrenschneider, entfernte das Zellophan und schnitt den Zigarrenkopf ab. Dann gab er den Cutter zurück, steckte die Zigarre zufrieden zwischen die Zähne, verließ den Laden, zog ein Feuerzeug aus der Jackentasche, nahm die Zigarre wieder aus dem Mund, ließ die Flamme um das vordere Zigarrenende kreisen bis eine runde, rote Glut zu sehen war. Danach nahm er sie erneut zwischen die Lippen und sog genüsslich den aromatischen Rauch ein. Der Tag würde ein sehr erfolgreicher werden.

»Sie ist noch zu Hause«, sagte Rachel, als sie zurück zum Auto kamen.

»Wer ist dort?«

»Ein Kollege von der E-Division. DS Snape.«

»Nicht dein Ernst?«

»Doch. Wir haben nicht nur Loony Lovegood, sondern auch einen Snape.«

»Na dann«, befand Hamilton und startete den Wagen. Die Zigarre hatte er vorsorglich in einem Getränkehalter verstaut, wo sie vor sich hin glomm und dünne Rauchfäden absonderte, die sich anschickten, den Hundegeruch im Auto zu überdecken.

»Wissen wir, wo sich Norman Spencer aufhält?«

»Ja, ich habe meine Hausaufgaben gemacht. Spencer ist gestern nach London abgereist und kehrt voraussichtlich morgen Nachmittag zurück.«

»Hoffen wir, dass er kommt.«

»In London trifft er sich mit einem Bauunternehmer. Soweit wir wissen, will er auf der Rhins of Galloway ein Großprojekt realisieren. Ray ist heute dorthin gefahren, um Näheres herauszufinden. So wie es aussieht, ist es dieses Vorhaben, das Leigha im Visier hatte. Ray hält mich ständig auf dem Laufenden. Ich denke, wir haben den Jackpot geknackt.«

»Dann hoffe ich, dass wir nicht nur das Motiv haben, sondern auch auf Beweise stoßen, die unsere Theorie untermauern.«

»Bist du plötzlich unsicher?«

»Nein. Aber mir ist eine stichfeste Beweislage lieber als ein Indizienprozess mit ungewissem Ausgang.«

Rachel nickte und schob sich einen Schokoriegel in den Mund.

»Ich denke, mit den gefundenen Akten haben wir genügend Material, um Spencer unter Druck setzen zu können. Und dann habe ich noch einen Trumpf im Ärmel.«

»Mach es doch nicht immer so spannend«, beschwerte sich Rachel ungeduldig.

»CCTV. Norman Spencer ist am Montagnachmittag nach Stornoway gereist. Er hat zwar versucht, sich unter einem Hut zu verstecken, aber unsere Kameras sind inzwischen so gut, dass sie ihn zweifelsfrei erkannt haben. Bevor wir das Schließfach öffneten, bekam ich die Info von Sean McNally.«

»Das ist ja eine sehr gute Nachricht. Konnte er feststellen, wohin sein Weg in Stornoway führte?«

»Bislang noch nicht, aber wir werden ihm auf der Spur bleiben. Die Schlinge zieht sich zu.«

Kapitel 27

Die Sonne war herausgekommen und es sah aus, als lege sie warme, bunte Farben über das kleine malerische Dorf im Süden der Halbinsel. Das Meer schimmerte türkisfarben und die Wiesen leuchteten saftig grün. Drummore erlebte eine wirtschaftliche Blüte in der Mitte des 19. Jahrhunderts, als der Hafen gebaut wurde. Aus dieser Zeit stammen auch die meisten der weiß verputzten Häuser mit den für Schottland typischen blauen Fensterrahmen. Seit dem späten 20. Jahrhundert war es dann vorbei mit dem prosperierenden Leben zwischen Meer und Schafweiden. Binnen weniger Jahre verlor die Gemeinde mehr als 20 Prozent ihrer Einwohner. Allein der Tourismus, Ferienhäuser und Mobilehome-Siedlungen säumten den Ortsrand bis hinunter zum Strand, sorgte noch dafür, dass etwas Geld in die Kassen der örtlichen Läden und Restaurants kam. Der Hafen indes lag weitgehend brach, wenn man von den zahlreichen Yachten der Touristen einmal absah. Lediglich am späten Vormittag, wenn die örtlichen Fischer mit den Fängen der Nacht und der frühen Morgenstunden zurückkehrten, erwachte der alte Umschlagplatz zum Leben.

Ray Williams konnte sich nicht vorstellen, wie die Fischerei mit den kleinen Fischkuttern weiterhin wirtschaftlich betrieben werden sollte, wenn es im Dorf eine Fischfabrik und große Trawler gab, die die irische See in der näheren und weiteren Umgebung leer fischten. Kaum vorstellbar, dass die alten Seebären als Seeleute auf den Trawlern anheuerten. Und ihre Nachfolger, immerhin übten 15 Männer im Alter zwischen 20 und 40 Jahren den Beruf des Fischers in Drummore aus, wie PS How zu berichten wusste, waren ebenfalls lieber ihr eigener

Herr, als eine kleine Nummer auf einem großen Schiff zu sein. Und dass sich einer der Fischer zum Filetieren der schuppigen Meeresbewohner in ein großes, lärmiges Gebäude stellte, war noch weniger zu vermuten.

Als die Polizisten zum Hafen kamen, schleppten zwei junge Männer, kaum über 20 Jahre alt, ein halbes Dutzend roter Plastikfässer von einem Fischkutter zum kleinen Genossenschaftshaus, in dem die Fische, Krebse und Hummer sortiert und weiterverkauft wurden. Die Fässer waren gefüllt mit Taschenkrebsen und irgendwelchen Plattfischen, die Ray nicht näher bestimmen konnte. Ein plötzliches Hungergefühl überwallte ihn und er beschloss, die Mittagspause in einem Fischlokal zu verbringen. Ein solches würde es wohl in dem Kaff geben, in jedem Fall ein Fish & Chips-Imbiss.

»Und wo soll jetzt diese Fabrik gebaut werden?«, fragte Jess, vom Anblick der Fische und Krabben leicht angeekelt.

»Da hinten«, er zeigte mit dem Finger nach Süden. »Die Harbour Terrace soll verlängert werden und die Fabrik zwischen der Siedlung und dem Acker im Osten entstehen.«

»Eine Fabrik hinter den Wohnhäusern?«, fragte Ray ungläubig. »Hier hat es doch wahrlich genügend Platz. Warum nicht ein paar hundert Yards weiter südlich. Oder im Norden von hier?«

How zuckte mit den Schultern. »Im Norden ist geplant, die Wohnhäuser zu bauen. Dort drüben stehen schon die ersten Container der Baufirma.«

»Seltsam«, befand Jess.

»Fragen wir mal die jungen Fischer, was die von den hochtrabenden Plänen halten«, schlug Ray vor.

»Gute Idee.«

Nachdem die beiden das letzte Fass zum Haus gebracht hatten und zu ihrem Kutter zurückkehrten, sprach Ray sie an.

»Entschuldigen Sie bitte, ich bin DI Ray Williams vom CID. Hätten Sie die Zeit, ein paar Fragen zu beantworten?«

Der Dunkelhaarige zuckte mit den Schultern, der Rothaarige nickte. »Um was geht es denn?«, fragte er.

»Die Fischfabrik, die hier gebaut werden soll.«

Der Rothaarige runzelte die Stirn und der andere riss die Augen so weit auf, dass Ray befürchtete, sie würden aus ihren Höhlen fallen. »Fischfabrik?«, fragte der Rothaarige irritiert, »was soll denn das sein?«

Nun fühlte Ray eine mittlere Verunsicherung durch seine Glieder streichen. »Hier soll doch eine Fischfabrik gebaut werden, dazu der Hafen modernisiert und Häuser für die Arbeiter entstehen. Aus welchem Grund stehen denn da drüben die Container?«

»Die bauen Ferienhäuser. Eine Ferienhaussiedlung ist geplant. Und der Hafen wird modernisiert. Ist auch notwendig. Aber wer erzählt denn diese Märchen von einer Fischfabrik?«

»Bruce Glenn, der Vorstandsvorsitzende eurer Genossenschaft«, sagte How.

»Hat der zu tief ins Glas geschaut?«

»Diesen Eindruck hatte ich nicht. Er zeigte mir sogar Unterlagen mit Plänen für die Fabrik.«

»Das hätte er vielleicht gerne.« Der Dunkelhaarige tippte sich mit dem Zeigefinger gegen die Schläfe. »Wie mein Bruder gerade gesagt hat, die bauen da Ferienhäuser und erneuern den Hafen. Nix mit Fabrik. Vielleicht eine Halle mit Indoorspielplatz und so Zeug. Fabrik, der hat sie wohl nicht alle.«

Die drei Polizisten sahen sich gegenseitig an und Ray spürte, dass es den anderen genau so ging, wie ihm selbst: Komplette Irritation.

»Wo ist der Typ denn jetzt? Wisst ihr das?«

»Bruce?«, fragte der Rothaarige.

Ray nickte.

»In der Genossenschaft ist er nicht, vermutlich noch draußen auf See. Ich habe ihn die ganze Woche nicht gesehen.«

»Hm. Wisst ihr, um was es bei dem Streit zwischen Marc McCoy und Glenn gegangen ist?«

»Keine Ahnung, Sir, vermutlich um Weiber. Während McCoy seine Schafe hütet, besteigt Bruce dessen Frau – wird gesagt«, gab der Dunkelhaarige zu wissen.

»Wart ihr auch dabei, als Arran Prendergast vor ein paar Wochen hier war, um mit Landwirten und Fischern zu sprechen?«

»Hat uns nicht interessiert. Der Prendergast kam aber oft hierher und Bruce rannte ihm hinterher wie ein Hündchen. Hat von der Zukunft der Fischerei geredet. Vielleicht hat der unserem Vorstandsvorsitzenden den Floh mit der Fabrik ins Ohr gesetzt. Aber da ist wirklich nichts dran. Das würden wir uns doch nie gefallen lassen, dass die eine Fabrik hierhersetzen, also eine richtig große Fabrik und mit großen Trawlern die Meere leer fischen. Unser Abgeordneter setzt sich doch für uns Fischer ein. Und er hat uns versichert, dass die Regierung uns lokale Fischer stärkt.«

»Ich glaube, diesen Bruce Glenn müssen wir ins Gebet nehmen«, sagte Ray mit einem leicht resignierten Lächeln auf den Lippen. »Und die Ferienhäuser, wer hat die geplant?«

Der Dunkelhaarige zuckte einmal mehr mit den Schultern. »Eine Wohnungsbaugesellschaft aus Edinburgh«, wusste sein Bruder. »Wenn ich richtig informiert bin, sollen etwa 100 Häuser dort drüben und im Norden, direkt am Sandstrand, entstehen. Soll mir recht sein. Touristen kaufen und essen Fisch.«

Die Polizisten verabschiedeten sich von den Fischern und Ray erinnerte sich an seinen Hunger, wobei es hierzu nicht viel bedurfte. »Wo isst man hier gut?«

»Das Ship Inn soll sehr gut sein. Ich war zwar noch nie dort, aber mein Kollege schwärmt von der guten Küche und dem guten Service.« Er schmunzelte. »PC Djukic hat ein Auge auf die Tochter des Inhabers geworfen. Vielleicht ist er da nicht ganz objektiv.«

»Also werden wir diesbezügliche Nachforschungen anstellen. Eine nette Bedienung schließt ein gutes Essen ja nicht aus.«

Das Ship Inn in der Shore Street war ein geducktes, weiß verputztes Gebäude, gedeckt mit schwarzem Schiefer und man hatte den Eindruck, wie oftmals bei schottischen Häusern, es wäre allzeit bereit, bei Gefahr im Erdboden zu versinken. Im Gegensatz zu seinem schlichten Äußeren war der Gastraum freundlich gehalten, mit Holzboden, hölzernen Tischen und Stühlen, farbigen Bildern an den Wänden, einem gemütlichen Ledersofa in der einen Ecke und einer netten Bar auf der entgegengesetzten Seite. Die drei Polizisten bekamen von einer jungen, blonden Frau, dies musste wohl Vicky sein, die Tochter des Wirtes, einen freien Tisch direkt am Fenster zugewiesen. Interessiert studierten sie die Speisekarte und trafen recht schnell eine Auswahl. Ray wählte das Wolfsbarschfilet mit Krabben, Gemüse und Chips, PS How das Steak mit Stilton-Sauce und Kartoffeln und Jess entschied sich für die Jakobsmuscheln in Weißweinsoße und Basmati-Reis.

Bis das Essen serviert wurde, übten sie sich im Small Talk, Ray ließ seine Augen über die Tische schweifen und stellte fest, dass das Lokal offensichtlich bei Touristen sehr beliebt war – wieso sollten auch Einheimische am heiteren Werktagmittag hier ihr Mittagessen einnehmen?

»So langsam wird mir das alles zu kompliziert«, sagte Jessica Barlow, während sie eine der Muscheln auf ihrem Teller sezierte. »Was ist hier geplant? Ist überhaupt vorgesehen, etwas zu bauen oder sind das alles potemkinsche Dörfer?«

»Potemkinsches Was?«, fragte How.

»Der russische Feldmarschall Grigori Potemkin hatte im 18. Jahrhundert, einer Legende nach, beim Besuch der Zarin Katharina II. in einem neu eroberten Landstrich Kulissenstädte bauen lassen, um den echten Charakter der Landschaft zu verbergen«, erklärte Ray Williams.

»Ach so. Sie meinen, es wird nur so getan, als würde etwas gebaut, um die Zuschüsse abzugreifen?«, fragte er in Jessicas Richtung.

»Exakt«, war deren Antwort.

»Aber das fällt doch auf?«, gab How zu bedenken.

»Nicht unbedingt, und nicht sofort.« Ray trank einen Schluck. »Stellen wir uns mal vor, dass der Investor tatsächlich Ferienhäuser zu bauen plant. Dafür gibt es jedoch keinen Zuschuss, also gibt er vor, Wohnhäuser zu bauen. Anhand der Baupläne sieht man da nicht viele Unterschiede. Die Grundrisse der Ferienhäuser stimmen vielleicht sogar mit denen der Wohnhäuser überein, allein die Ausstattung ist eine andere. Und dann plant man noch den Ausbau des Hafens, den man eventuell auch durchführt und den Bau einer Fabrikhalle. Unter Umständen kann dieser Bau auch begonnen werden. Irgendwann kommt der Controlletti, stellt fest, dass die Gebäude fertiggestellt sind, die Gelder fließen und dann geht die Fischfirma pleite und das Geld ist weg.«

»Das ist mir zu hoch«, gab How zu wissen. »Aber irgendein Schmu wird da schon getrieben. Mich wundert, dass Bruce Glenn mir versicherte, dass die Fabrik gebaut würde. Und die beiden Brüder haben davon keine Ahnung.«

»Es wäre interessant zu wissen, ob dieser Glenn tatsächlich engere Verbindungen zu Predergast hatte.«

»Das stimmt, Jess. Wir müssen Bruce Glenn auftreiben. Wo findet man diesen Herrn?«

»Anscheinend ist er noch nicht wieder eingelaufen. Ich habe sein Schiff auch nicht gesehen. Wir müssen warten, Sir.«

»Jetzt essen wir in aller Ruhe fertig und dann sehen wir weiter. Vorher trinke ich aber noch einen Kaffee. Ich hoffe, der ist genauso gut wie das Essen. Dort hinten steht eine italienische Kaffeemaschine, es gibt also nicht diese dünne Plörre.«

Ray schaffte es, Vicky in ein längeres Gespräch zu verwickeln. Von ihr erfuhr er, dass Prendergast und Glenn zusammenhingen wie Pech und Schwefel. Im vergangenen Jahr sei keine Woche vergangen, dass sie sich nicht hier im Restaurant getroffen hätten. Jeden Freitagabend waren die beiden demnach an dem kleinen Tisch in der hinteren Nische gesessen. Das erschien ihr zwar seltsam, aber frei nach dem

Motto »Ein guter Gast ist niemals Last« war es unerheblich, solange die Zeche gezahlt wurde. Vicky hatte ebenfalls von den geplanten Baumaßnahmen gehört, um was es dabei ging, war nicht so ganz klar. Doch das Vorhaben war das Gesprächsthema in der ganzen Region. Manche glaubten an den Bau von Ferienhäusern, andere sprachen von Wohnungsneubauten, wahlweise für Familien, Arbeiter oder syrische Flüchtlinge. Und der Bau einer großen Halle habe ebenfalls im Raum gestanden. Die Landwirte, die dabei ihre Wiesen verkauften, waren sehr zufrieden, die Fischer skeptisch, nicht wegen einer möglichen Fischfabrik, davon hatte sie noch nichts gehört, sondern wegen der vielen Touristen, die möglicherweise mit ihren Yachten die Fischgründe stören würden.

Sie konnte Prendergast nicht leiden, da er ihr regelmäßig in den Ausschnitt starrte und sie ansah, als wollte er gleich über sie herfallen. Vielleicht bildete sie sich Letzteres auch nur ein, denn auch Vicky wusste vom zweifelhaften Ruf des Abgeordneten. Sie selbst konnte sich kein richtiges Bild machen, doch ihr Vater war der Meinung, dass Prendergast das Ganze eingefädelt und den Bauinvestor an Land gezogen habe. Jedenfalls führte er, wenn er nicht mit Glenn hier saß und literweise Bier trank, auch Gespräche mit den Grundeigentümern, dem Bürgermeister – nach Aussage Vickys ein alter Mann, der schon ziemlich senil war und dem man eine Amtsenthebung nur deshalb ersparen wollte, weil er nur noch bis zum kommenden Sommer im Amt wäre –, den Fischern und den Vertretern des Umweltamtes. Der Leiter der Umweltbehörde sei ein Freund Glenns und dem Alkohol sowie den Frauen nicht abgeneigt. Anscheinend war die clevere Vicky nicht nur eine gute Zuhörerin, sondern auch in der Lage, das Gehörte einzuordnen. Denn ihrer Meinung nach würde Scott Jones vom Umweltamt bei krummen Dingen so lange den Mund halten, wie er fürchten müsste, dass seine eigenen Verfehlungen ans Licht kämen. Offensichtlich kungelte jeder mit jedem und am Ende sollte für alle ein zufriedenstellendes Ergebnis herausschauen. Für die Fischer ein neuer Hafen, für die Grundbesitzer gesicherte Einnahmen, denn wie Vicky versicherte, hatten die Landwirte ihre Liegenschaften nicht verkauft, sondern wollten sich Mieteinnahmen sichern, was bei Ferienhäusern deutlich leichter war als bei Wohneigentum, denn wer wollte schon in einer Mietwohnung leben? Das Gewerbe würde profitieren, die Baufirmen und am meisten wohl der Baudienstleister.

»Ich verstehe immer noch nicht, wieso Menschen ermordet wurden«, wunderte sich Jessica, als sie wieder auf der Straße standen. »Hier wurden Geschäfte getätigt, vielleicht war nicht alles ganz legal, aber welches Geschäft ist das schon?«

»Ich hoffe doch, die meisten«, sagte Ray. »Das Mordmotiv hätten wir, wenn Bestechung im Spiel war. Eine so große Baumaßnahme muss doch vom Umweltschutz ganz kritisch hinterfragt werden. Wenn aber der Chef der Umweltbehörde die Augen verschließt, der eine oder andere skeptische Bewohner eine Finanzspritze erhält, dann flutscht doch alles viel besser. Und wenn hochwertige Wohnhäuser abgerechnet, tatsächlich aber einfache Ferienhäuser gebaut werden, dann bleibt ein satter Gewinn für denjenigen, der die Fäden in der Hand hält.«

»Norman Spencer«, stellte Jess fest.

»Das könnte sein. Und das Bauvorhaben ist jetzt auch nicht so riesengroß, dass in Edinburgh alle Alarmglocken läuten«, gab How zu wissen.

Ray spürte das Rütteln seines Handys in der Jackentasche, zog es hervor und setzte ein zufriedenes Gesicht auf.

»Was gibt es, Sir?«, fragte Jess neugierig.

»Anscheinend haben Rachel und der Alte die Unterlagen von Leigha im Schließfach gefunden. Dort steht vermutlich drin, was wir gerade vermuten. Außerdem haben wir den Beweis, dass Spencer am Montag in Stornoway war.« Er ließ einen etwas unwürdigen Gesichtsausdruck folgen. »Das Blöde ist nur, dass Spencer kein Linkshänder ist.«

»Was zum Teufel heißt das denn nun schon wieder?«

»Er hat Leigha wohl doch nicht umgebracht, Jess. Es war definitiv ein Linkshänder.«

»So ein Mist.«

»Bruce Glenn ist Linkshänder«, gab PS How plötzlich zu wissen.

»Was?«, entfuhr es dem verwunderten Ray Williams.

»Ja. Linkshänder«, wiederholte der Polizist in Uniform.

»Ich sag es ja, das wird immer doller. Da blickt doch keiner mehr durch.«

»Gemach, gemach, meine liebe Jess. Wir suchen auch den Mörder von Prendergast, der definitiv keinen Selbstmord verübt hat. Es gibt zwei Möglichkeiten«, analysierte Ray. »Entweder hat Prendergast tatsächlich Leigha Harrow ermordet, daran glaube ich aber nicht, wieso sollte er? Oder ein anderer war der Täter. Prendergast, der Informant, und die Journalistin mussten sterben, weil sie etwas an die Öffentlichkeit bringen wollten, was im Verborgenen hätte bleiben sollen. Es sieht nur so kompliziert aus, aber das tut es immer, wenn ein Fall kurz vor der Auflösung steht.«

»Wenn Sie meinen, Sir, Sie haben die größere Erfahrung. Ich bin nur das Küken im Team.«

»Was machen wir jetzt?«, fragte How.

»Wir suchen Bruce Glenn. Irgendwo muss er stecken.«

»Es sei denn, er ist verschwunden.«

»Wie soll ich das verstehen, Jess?«

»Norman Spencer verwischt alle Spuren. Stellen Sie sich einmal vor, dieser Glenn hat Leigha umgebracht, vielleicht sogar den Prendergast. Und jetzt sorgt Spencer dafür, dass der Fischer in den Tiefen des Meeres versinkt. Und uns bleibt nichts als ein paar Indizien, die Spencer zwar etwas Ärger, mehr aber auch nicht bescheren.«

»Nur nicht die Flinte ins Korn werfen. Wir bringen die Verantwortlichen hinter Schloss und Riegel, denn das ist unser Job.«

Ray ging schnellen Schrittes in Richtung Auto und wusste selbst nicht, ob er das glauben sollte, was er gerade gesagt hatte.

Kapitel 28

Lori Spencer machte auf Rachel einen noch derangierteren Eindruck als bei ihrem letzten Besuch im Combden Crescent. Sie trug einen beigen Hausanzug, aus dem ihre kaltweißen Füße herausschauten, die Fußnägel im gleichen aufdringlichen Rot bepinselt wie die Fingernägel und die Botox-Lippen. Das Gesicht wirkte fahl, als habe sie über längere Zeit kaum geschlafen und die Augen lagen tief in den Höhlen. Doch wie schon beim zurückliegenden Besuch suchte sie Halt an einem großen Schnapsglas. Rachel vermutete es mit Wodka gefüllt, da sie nichts riechen konnte. Sie saßen im gleichen, unwohnlichen Wohnzimmer, das jetzt noch kälter und abweisender wirkte als zu Beginn der Woche.

»Was wissen Sie über die Geschäfte ihres Mannes, Lori?«, fragte die Polizistin und befürchtete dabei die Antwort schon zu kennen.

»Mein Mann arbeitet viel. Ich verstehe das alles nicht mit den Grundstücken und Bauplätzen. Er kauft und verkauft.« Sie zog verächtlich die rechte Oberlippe hoch. »Ich will es auch gar nicht wissen, was Norman alles treibt. Was ich nicht weiß, macht mich nicht heiß.« Sie stieß ein gutturales Lachen aus. Rachel erschrak richtiggehend und dachte, dass sie so jemandem auch nicht bei Nacht begegnen wollte. Vielleicht sollte Lori sich bei einer Geisterbahn bewerben.

»Mrs Spencer«, Bob Hamilton saß seelenruhig im Glassessel und wirkte auf Rachel, als sei er weder von der freudlosen Umgebung noch von Loris Auftreten beeindruckt, »was hat sich in den letzten Wochen, seit Leigha sich mit ihnen angefreundet hat, verändert?«

Lori legte den Kopf in den Nacken und schloss die Augen. »Leigha«, sagte sie mit zuckersüßer Stimme, soweit die alkoholzerfressenen Stimmbänder es erlaubten, »hat mir die Augen geöffnet. Ich wusste schon immer, dass ich nur das Vorzeigefrauchen für Norman bin. Damit konnte ich einige Jahre auch gut leben. Geld war immer vorhanden. Doch seit längerer Zeit bestätigt sich immer mehr, dass Norman meiner überdrüssig ist.«

Rachel wunderte sich über die distinguierte Ausdrucksweise von Lori. Plötzlich konnte sie sich vorstellen, wie die jüngere Lori, gut aussehend, eloquent und vielleicht auch ganz aufregend im Bett – für Männer so ziemlich das wichtigste Attribut einer Frau, wie sie selbst aus eigener Erfahrung wusste – eine perfekte Begleiterin des aufstrebenden Norman Spencer gewesen war. Doch nach und nach gewannen die Geschäfte an Bedeutung und Lori war das Schicksal einer jeden Frau beschieden.

»Wie ich Ihnen bereits gesagt habe, war ich nie sonderlich an Normans Geschäften interessiert. Er war der Meinung, dass ich mir über solche Dinge keine Gedanken machen müsste und ich machte mir, ehrlich gesagt, auch keine Gedanken, mit was er sein Geld verdient. Das mag vielleicht naiv, oberflächlich, auf die Dauer mit Sicherheit kurzsichtig sein, doch als junge Frau ist es ziemlich abgefahren, mit den Reichen und Schönen zu feiern, in die Karibik oder Südsee in Urlaub zu fahren und sich über Geld keine Gedanken machen zu müssen.«

»Und heute?«, hakte Hamilton nach.

»Heute«, sie lachte bitter. »Heute bin ich eine Frau, die ihre Zukunft hinter sich hat. Ich hänge an der Flasche, wie sie sicher richtig vermuten, sehe mindestens zehn Jahre älter aus als ich bin und meine Selbstachtung habe ich schon lange verloren. Ich habe nur keine Ahnung, wie ich aus der ganzen Scheiße herauskomme. Ich weiß, dass Norman mich im besten Fall als lästige Altlast seines früheren Lebens sieht. Dass er sich noch nicht von mir getrennt hat, liegt wohl nur daran, dass er hierfür zu beschäftigt ist. Er sieht keinen Grund, sich eine neue Frau anzuschaffen, ob er Affären hat, weiß ich nicht, doch wie ich ihn kenne, wäre ihm das zu viel Aufwand. Einen schnellen Fick hier und da gönnt er sich bestimmt. Doch im Grunde liebt er nur sein Geschäft, sein Geld und seine Einsamkeit. Norman war schon immer ein Einzelgänger und ging den konventionellen Weg, um sein Ziel, viel Geld und Einfluss, zu erreichen. Jetzt ist er am Ziel und seinen Triumpf genießt er am liebsten allein. Eine Frau, die vielleicht unbequeme Fragen stellt, stört ihn dabei nur.«

»Doch was hat Leigha damit zu tun?«

»Leigha war viele Jahre unsere Nachbarin. Eine der wenigen wirklich netten Menschen hier im Viertel. Nicht so exaltiert wie die ganzen Neureichen und so steif wie der alte Geldadel. Einfach freundlich und unkompliziert. Nicht so, wie man sie vom Bildschirm kannte, wo sie die Rolle spielte, die man für sie vorgesehen hatte. Mit ihr konnte ich mich wenigstens unterhalten.«

»Sie haben uns erzählt, Leigha sei von der BBC entlassen worden. Hat Ihnen Leigha das so erzählt?«

Sie zuckte mit den Schultern. »Ich habe es so verstanden. Vielleicht war ich aber nur zu betrunken, um es anders zu verstehen. Wurde sie denn nicht entlassen?«

»Nein«, antwortete Hamilton. »Sie hätte im kommenden Jahr eine neue Sendung bekommen.«

»Aber mit der Talkshow wäre es nicht weitergegangen?«

Hamilton schüttelte den Kopf.

»Haben Sie sich mit Leigha über Ihren Mann unterhalten? Vielleicht über die Art der Geschäfte oder fragte sie nach den Projekten Ihres Mannes?«

»Da hätte ich ihr nicht viel sagen können.« Sie blickte müde von Bob zu Rachel und fuhr dann fort. »Ich weiß nicht, was ich im Suff alles gesagt habe. Viel kann es nicht gewesen sein und wenn, dann war der Informationsgehalt ziemlich dürftig. Aber wieso sollte sich Leigha für meinen Mann interessieren?«

Rachel hoffte, dass Bob darauf keine Antwort gab, denn möglicherweise steckte Lori doch mit ihrem Mann unter einer Decke. Mochte es auch wahrscheinlich sein, dass ihr Leben genauso aussah, wie sie es gerade geschildert hatte. Lori offenbarte ein gewisses schauspielerisches Talent. Zumindest wenn sie nicht komplett betrunken war.

»Wann erwarten Sie Ihren Mann zurück, Lori?«, war Bobs Reaktion auf Loris Frage und Rachel sah ihre Befürchtungen unbegründet.

»Er spricht eigentlich überhaupt nicht mehr mit mir. Norman kommt nach Hause, zieht sich in seinen Teil der Wohnung zurück und verlässt das Haus wieder. Ich weiß nie, wie lange er weg ist und ob er jemals wiederkommt. Wir leben zwar unter dem gleichen Dach, doch jeder lebt sein Leben. Nur dann und wann, wenn es einen ganz besonderen Grund für ihn gibt, mich an seiner Seite zu haben, spricht er mit mir und nimmt mich zu diesen Veranstaltungen mit.«

Rachel dachte im ersten Moment, dass sie sich so etwas niemals bieten lassen würde. Doch dann begriff sie, dass Loris Einsamkeit so groß war, jeden Strohhalm zu ergreifen, um aus diesem tristen Gefängnis herauszukommen – und sei es nur für ein paar Stunden.

»Gab es in letzter Zeit einen dieser besonderen Gründe?«

»Ja, Sir. Vor etwa zwei Monaten nahm er mich mit nach Drummore, das ist ein kleines Fischerdorf auf einer Halbinsel im Südwesten. Dort wurde ein symbolischer Spatenstich für eine Wohnsiedlung gefeiert. Ich wurde von ihm herumgereicht wie eine Trophäe. Vermutlich sind die Leute dort sehr traditionell und es hat sich gut gemacht, wenn der große Investor sein Frauchen mitbrachte. War mir auch egal. Mir ist inzwischen jede Abwechslung willkommen.«

»Kannten Sie jemanden auf dieser Feier?«

Loris Gesichtszüge entglitten zu einer fürchterlichen Grimasse. »Prendergast und Scott Jones, der Leiter des Umweltamtes. Mit diesem Typen hat man den Bock zum Gärtner gemacht.« Sie schüttelte den Kopf. »Aber so ist es doch überall.«

»Was meinen Sie damit?«

»Man muss einfach lange genug irgendwo dabei sein, dann bekommt man einen guten Job. Dieser Jones war vor etlichen Jahren lediglich ein eingebildeter Prolet bei einem Wanderverein. Dieser hatte sich zum Ziel gesetzt, Wanderwege in Lothian und den Borders zu unterhalten und zu beschildern. Dabei wurde behauptet, dass dies ein wertvoller Beitrag zum Erhalt der Umwelt sei. Und weil Jones sehr penetrant sein kann, hat sich jemand an ihn erinnert, als ein Job beim Umweltamt einige Zeit vakant war. Und was passiert mit unfähigen Leuten? Sie werden nach oben gelobt. Jones ist offenbar so unfähig, dass er zum Leiter der Behörde aufstieg.«

Rachel sah zu Hamilton und musste grinsen. Der scharfe Blick, der ihr entgegenschlug, ließ sie wissen, dass er ihre Gedanken erraten hatte.

»Wissen Sie, in welcher Funktion Prendergast dort war? Er ist schließlich nicht der Abgeordnete aus Galloway.«

»Fischereiausschuss. Irgendwas hatte das Ganze mit Fischen zu tun. Aber fragen Sie mich nicht, was Wohnhäuser und Fischerei verbindet. Norman aber war schon fast beseelt. Anscheinend ist da viel Geld zu verdienen.«

Rachel überlegte, ob es ratsam war, die Frage zu stellen und entschied dann positiv. »Können Sie sich vorstellen, dass Ihr Mann Geld fließen lässt, um seine Ziele zu erreichen?«

»Sie meinen, ob er korrupt ist, Ma'am?«

»So hart wollte ich es nicht ausdrücken.«

»Mein Mann tut alles, um seine Ziele zu erreichen.«

»Er würde auch über Leichen gehen?«

Eine knisternde Spannung legte sich unsichtbar über den Raum und Rachel spürte, wie sich die ganze Stimmung mit dieser einen Frage geändert hatte.

»Was hat das mit Leigha zu tun?«, fragte Lori verunsichert.

»Es könnte sein, dass Leigha Ihrem Mann in die Quere gekommen ist«, war Rachels Antwort.

»Mein Gott. Sie meinen …?«

»Wir meinen überhaupt nichts. Wir suchen nur den Mörder von Leigha Harrow und Arran Prendergast. Und seltsamerweise taucht Ihr Mann bei den Mordermittlungen immer wieder auf.« Rachel blickte zu Hamilton und der nickte fast unmerklich. »Wie würde Ihr Mann reagieren, wenn er erpresst würde?«

»Mein Mann lässt sich nicht erpressen. Seine Weste ist immer sauber. Dafür sorgen seine Helfer und Helfershelfer.«

»Wissen Sie, wer diese sind?«

»Tut mir leid. Das sind die Geschäfte meines Mannes. Aber vermutlich Profis oder Typen, die nichts mit ihm zu tun haben.«

»Und wie würde Ihr Mann reagieren, wenn jemand Unterlagen in Händen hätte, die ihn in Schwierigkeiten bringen würden?«

»Dann würde er alles unternehmen, in den Besitz dieser Unterlagen zu kommen.«

Für Rachel war inzwischen vollkommen klar, dass Norman Spencer für die beiden Morde verantwortlich war. »Wie war das Verhältnis zwischen Ihrem Mann und Prendergast?«

»Ich kann Ihnen nur sagen, dass sich Prendergast sehr oft, auffällig oft, im Dunstkreis meines Mannes bewegt hat. Es würde mich nicht wundern, wenn er meinem Mann beim Erreichen seiner Ziele behilflich war. Dazu würde es reichen, wenn er Interna aus Fraktionssitzungen oder dem Fischereiausschuss weitergibt. Aber ich kann Ihnen nicht mehr sagen, wie ich bereits mehrfach betont habe. Von meines Mannes Geschäften habe ich keine Ahnung und in jüngster Zeit hatte ich nicht einmal mehr im Entferntesten die Möglichkeit, einen Einblick zu erhalten. Insofern konnte ich auch Leigha nichts erzählen, wenn sie darauf hinauswollen.«

Lori musterte ihre grauen, knochigen Hände, die immer mehr zu zittern begannen.

»Sie müssen entschuldigen, das war der bessere Teil des heutigen Tages«, sagte sie nahezu tonlos, »wie sie sehen, verlangt mein Körper nach seiner Droge. Ich muss diesem Drang nachgeben und in den süßen Rausch mit dem bitteren Erwachen eintauchen. Daher möchte ich Sie jetzt auch bitten, zu gehen. Denn einen Rest von Würde habe ich mir noch erhalten.« Schmerzhaft lächelnd fügte sie dann an: »Und versuchen Sie bitte nicht, einen Notarztwagen zu rufen. Ich bringe mich auf meine Art um. Das Schlimmste für mich wäre, wenn ich selbst dabei scheitern würde.«

»Keine Bange«, sagte Rachel und spürte einen zentnerschweren Kloß in ihrer Brust. »Eine letzte Frage. Wissen Sie, wann Ihr Mann am Montag das Haus verlassen hat?«

»Da haben Sie sogar Glück. Denn am Montag hat er, erstaunlicherweise, denn üblich ist das nicht, seinen Zorn an mir ausgelassen. Fragen Sie nicht, was vorgefallen war. Er kam um etwa sechs Uhr in die Küche, wo ich gerade einen Kaffee trank, und tobte herum. Ich musste schnell auf Gin umstellen, denn das war nicht zum Aushalten. Gegen neun Uhr ist er dann davongefahren. Wann er allerdings nach Hause kam, kann ich nicht sagen. An diesem Abend jedenfalls nicht. Und wenn Sie jetzt denken, die Alte weiß in ihrem Suff doch nicht was sie sagt, muss ich Sie enttäuschen. Ich brauche jede Menge Alkohol, um komplett wegzutreten. Ich saufe Sie beide unter den Tisch, ohne dass jemand merkt, dass ich etwas getrunken habe. Das habe ich in meinem Leben erreicht. Auch eine Leistung, nicht wahr? Und jetzt verschwinden Sie.«

»Könnte sie einen der beiden Morde begangen haben?«, fragte Rachel, als sie draußen auf der Straße standen und sie etwas Abstand zu dem gerade Erlebten gewonnen hatte.

»Sie säuft sich zu Tode. Nein«, war Hamiltons kurze Antwort. »Für mich stellt sich die Frage, wer Leigha die Unterlagen beschafft hat, ob jemand Spencer erpresst hat und was die Herren Scott Jones und Bruce Glenn umtreibt. Irgendwer hat hier versucht an einem Spiel teilzunehmen, für das er nicht qualifiziert war. «

Dann drehte er sich um und rannte zum Auto. »Komm mit, wir müssen zu Dawn.«

»Ich verstehe nur Bahnhof.«

»Weißt du noch, was Lori sagte, als du gefragt hast, wie ihr Mann reagieren würde, wenn jemand belastendes Material hätte?«, fragte er, als der Jeep schon Reifen quietschend um die Ecke raste.

»Er würde es sich holen.«

»Und wo könnte es Spencer vermuten?«

»Ach du große Scheiße. Dort wo du den Schlüssel gefunden hast.«

»Das kannst du laut sagen. Ruf bitte die E-Division an. Der Streifenwagen, der am nächsten bei Dawns Farm ist, soll dorthin kommen. Und zwar in Höchstgeschwindigkeit.«

Kapitel 29

»Und wohin fahren wir jetzt?«, fragte Jess Barlow, im Auto sitzend.

»Wir warten auf Glenn, der sollte demnächst im Hafen einlaufen, falls er nicht bereits da ist.« Ray Williams rang mit sich selbst, ob es sinnvoll sei, die paar Meter bis zum Hafen mit dem Auto zurückzulegen. Doch er hatte das Gefühl, dass die Zeit knapp wurde und da konnte es entscheidend sein, den Wagen im Zweifelsfall bei sich und nicht auf einem Parkplatz dreihundert Meter weg vom Geschehen stehen zu haben.

Die Fahrt war denn auch nur kurz und PS Hows Stimme war vom Rücksitz zu vernehmen: »Da hinten, das ist Glenns Kutter. Der ist hauptsächlich auf Tintenfisch aus, weil es dafür keine Fangquoten gibt.«

»Nach dem Brexit spielt das doch keine Rolle mehr«, warf Jess ein.

»Wenn es denn tatsächlich so weit kommt«, gab Ray zu bedenken.

Er parkte den Wagen direkt am Wasser, wenige Meter vom Schiff entfernt. Die Polizisten stiegen aus und sahen sich um. Keine Spur von Bruce Glenn. Sie kletterten auf den Fischkutter, riefen seinen Namen – keine Antwort. Der Fang des Tages, Tintenfische und zahlreiche Fische, die Ray nicht bestimmen konnte, stand in großen, mit Eis gekühlten Bottichen auf dem hinteren Teil des Boots. How kletterte in den Führerstand, Ray in den Bootsrumpf hinunter, wo sich ein kleiner Aufenthaltsraum mit Schlafkoje befand, doch Bruce Glenn war nicht an Bord.

»Und jetzt?«, fragte Jess Barlow.

»Gute Frage. Wir gehen mal in die Lagerhalle, vielleicht ist er dort, um jemanden zum Entladen zu holen. PS How, Sie bleiben hier und halten ihn fest, falls er kommt, Jess und ich gehen nach drüben.«

Die Lagerhalle der Genossenschaft war ein schmuckloser Bau mit gemauerten Wänden und einem Blechdach. Je näher sie kamen, desto intensiver wurde der Fischgeruch und als die beiden Polizisten die schwere Metalltür öffneten, schlug ihnen eine wahre Geruchswand entgegen. Wer hier arbeitet, bekommt den Fischgeruch in seinem Leben nicht mehr vom Leib und aus den Kleidern, dachte sich Ray. An langen Tischen standen ein paar Männer, die Fische filetierten und in einem abgetrennten Büro saß, durch ein großes Fenster gut zu erkennen, ein Mann hinter einem Computer.

»Ist Bruce Glenn hier?«, fragte Ray einen der Fischer, der gerade einen Seeteufel vor sich liegen hatte.

Er schüttelte den Kopf und wandte sich wieder seinem Fisch zu.

Ray zückte seinen Dienstausweis und hielt ihn dem Mann unter die Nase. »DI Ray Williams. Könnten Sie mir ein paar Fragen beantworten?«

Der Mann tat so, als habe er ihn nicht gehört und schnippelte weiter mit einem langen Messer an dem Seeteufel herum.

»Ich kann Sie auch festnehmen und im Polizeihauptquartier befragen, wenn Ihnen das lieber ist.«

Mit mürrischer Miene sah der Fischer Ray an und entschied sich dann dafür, Jess von Kopf bis Fuß zu taxieren. Seine Miene hellte sich etwas auf. »Wenn es unbedingt sein muss. Was wollen Sie von Bruce?«

»Haben Sie ihn heute schon gesehen? Draußen liegt sein Boot, doch er ist nicht an Bord.«

Er zuckte mit den Schultern. »Hier ist er jedenfalls nicht. Vielleicht holt er sich eine Stärkung bei Neville. Das ist der Schnaps- und Tabakladen vorne um die Ecke.«

Die Meinung der Fischer über den Vorstand der Genossenschaft war offenbar nicht sehr hoch, dachte sich Ray. Was ihn wunderte, sollte er in Spencers Machenschaften involviert sein. Würde dieser einen Mann mit zweifelhaftem Charakter und einem offensichtlichen

Alkoholproblem für seine Zwecke einspannen? Vielleicht gerade aus diesem Grund. Spencer nutzte Glenn so lange aus, wie er ihm von Nutzen war und entledigte sich seiner bei der ersten Gelegenheit. Der Baudienstleister konnte von Bruce Glenn und dem Leiter des Umweltamtes, Scott Jones, profitieren. Doch warum sollte Glenn Leigha ermordet haben? Im Auftrag Spencers? Ziemlich riskant, dachte sich Ray. Auf der anderen Seite könnte der Auftraggeber alles abstreiten, wenn es schiefging. Er versuchte seine Gedanken wieder zu bündeln, um nicht noch weiter abzuschweifen.

»Wie denken Sie eigentlich über den geplanten Bau einer neuen Fischfabrik?«

Der Fischer lachte. »Bruce hatte so eine Idee. Er konnte sich nicht durchsetzen. Immerhin wird der Hafen ausgebaut. Das haben Bruce und dieser komische Kauz von der Umweltbehörde ausbaldowert. Soll uns recht sein.«

»Was für eine Art Mensch ist Bruce Glenn?«

»Hält sich für unersetzlich.« Er zuckte mit den Schultern. »Hat keine Familie und daher viel Zeit. Er hat große Ideen und Pläne, die meist im Papierkorb landen. Doch den Job, den er hat, mag niemand machen. Wer will sich schon mit den Behörden herumärgern? Insofern sind wir ganz froh, wenn Bruce das übernimmt. Fühlt sich dann noch wichtiger, ist aber egal.«

»Sagt Ihnen der Name Leigha Harrow etwas?«

Der Mann schüttelte den Kopf. »Wer soll das denn sein?«

»Eine Journalistin der BBC. Sie wurde ermordet.«

»Ach die von dem gälischen Sender meinen Sie. Ich kannte sie nicht, da ich kein Gälisch verstehe. Aber vor ein paar Wochen ist sie hier aufgetaucht und hat dumme Fragen gestellt.«

Ray spürte, wie sein Herz die Frequenz erhöhte. »Wen und was genau hat sie gefragt?«

Der Fischer begutachtete den bearbeiteten Fisch und warf ihn in einen Bottich, in dem bereits andere zugerichtete Fische lagen. »Sie kam hierher, in die Fischhalle. Wollte wissen, was es mit den Baumaßnahmen auf sich hat. Es hat mich, ehrlich gesagt, nicht interessiert, was das Püppchen wissen wollte. Solche wie die machen nur Ärger.«

»Und dann bringt man sie bei Gelegenheit um.«

»Nein Sir. Sie können mir doch nicht den Mord unterstellen.«

Ray bemerkte, wie der bislang ziemlich stoisch wirkende Mann nervös wurde. »Wenn die Journalisten doch Ärger machen. Ist schon ziemlich lästig, wenn die Presse in allem herumstöbert.«

»Ich habe niemanden umgebracht.«

»Vielleicht einer Ihrer Kollegen.«

Die Augen des Fischers flackerten in den Höhlen und Ray war sich nicht sicher, wie sein Gegenüber reagieren würde.

»Weiß ich doch nicht. Um so eine Tussi mit Stöckelschuhen einzuschüchtern, reicht es in der Regel, böse zu schauen.«

»Wann war es, als Leigha Harrow in Drummore auftauchte?«

»Vor vier oder fünf Wochen.«

»War sie alleine oder hatte sie einen Kollegen bei sich?«

»Dieser aufgeblasene Prendergast war bei ihr.« Er warf den Fisch, den er gerade aus dem Kübel genommen hatte, wütend auf den Edelstahltisch vor sich. »Das ist doch alles Blödsinn. Wir bringen niemanden um.«

»Nur Fische«, befand Jess Barlow.

Der Mann murmelte etwas Unverständliches und malträtierte dabei den Fisch auf der Arbeitsplatte.

»Mr …?«, begann Ray.

»Fletcher. Boris Fletcher.«

»Mr Fletcher, befürchteten Sie, dass es negative Auswirkungen haben könnte, wenn das Fernsehen über die geplanten Baumaßnahmen berichtet hätte?«

»Presse macht immer Ärger. Die Bausache geht mir am Allerwertesten vorbei. Interessiert mich nicht die Bohne, was die hier machen. Sollen uns alle in Ruhe lassen.«

»Hat sich einer Ihrer Kollegen mit Leigha unterhalten?«

»Kann ich mir nicht vorstellen.«

»Und Bruce Glenn?«

»War nicht hier an diesem Tag. Hat bestimmt mit dem Umweltheini irgendwo die Natur gerettet.«

»Ist Glenn im Umweltschutz aktiv?«

Fletcher lachte trocken. »Er hat mit Jones jedenfalls immer viel zu bereden.« Er sah auf. »Sie stellen verdammt viele Fragen, Mann.«

»Ich bin die Polizei. Ich muss Fragen stellen. Das ist mein Job, so wie es der Ihre ist, Fische zu fangen.«

»Scheiß Job.«

Ray wusste nicht, ob Fletcher die Fischerei oder die Polizeiarbeit meinte. »Was wollte denn Arran Prendergast bei Ihnen?«

»Hat die Frau begleitet. Keine Ahnung. Treibt sich auch immer hier herum. Ist im Fischereiausschuss, hat aber von der Fischerei so viel Ahnung wie ein Neger vom Iglubau.« Fletcher bekam fast einen Lachkrampf, offenbar fand er den beleidigenden Vergleich sehr amüsant.

Wieso wurde Leigha Harrow von Prendergast begleitet? Bislang waren Ray und die Polizei davon ausgegangen, dass Prendergast Norman Spencer mit Interna versorgte und dieser sie zu seinem Vorteil nutzte. Warum sollte er nun ausgerechnet Leigha Harrow unterstützen? Er hätte ja seinen eigenen Ast abgesägt und sich dabei ziemlich in die Bredouille gebracht. Vielleicht gab es Streit zwischen dem Politiker und dem Baudienstleister, fuhr es Ray Williams durch den Kopf. Vielleicht hatte Spencer seinen langjährigen informellen Mitarbeiter abserviert. Alles Spekulation, dachte er sich und überlegte, welche Informationen er noch aus dem wortkargen Fletcher herausbekommen würde. Vermutlich nicht viel. Wichtiger war es, diesen Bruce Glenn ausfindig zu machen. Er konnte ja nicht vom Erdboden verschwunden sein.

»Vielen Dank, Mr Fletcher«, sagte Ray zuckersüß, drückte dem verdutzt aus der Wäsche schauenden Fischer seine Karte in die Hand. »Wenn Ihnen noch etwas einfällt, zögern Sie bitte nicht, mich anzurufen.«

»Frag mal bei den anderen Leuten hier nach, ob die sich an den Besuch von Leigha Harrow erinnern können«, sagte Ray an Jessica Barlow gerichtet. »Ich gehe zurück zum Schiff und sehe mal nach, wo dieser Glenn steckt.«

Jess nickte. »Vielleicht sind die Fischer bei einem Mädchen ja auskunftsfreudiger.«

»Als bei einem Neger«, fügte Ray an.

»Das haben Sie jetzt gesagt, Sir.«

Ray lächelte.

Als er zum Boot zurückgekehrt war, sah er lediglich den immer noch wartenden Sergeant How, der eine Zigarette rauchend auf der Reling hockte.

»Noch nichts. Wie vom Erdboden verschwunden.«

»Seltsam. Die Fische werden schließlich nicht besser, wenn sie hier herumstehen.«

»Vielleicht hat er uns gesehen oder wurde von jemandem informiert, dass die Polizei vor Ort ist.«

Ray zuckte mit den Schultern. »Drinnen hat ein Fischer gemeint, er könnte in dem Tabakladen da vorne sein.« Er zeigte mit dem Finger in Richtung eines Ladengeschäfts an der Straßenecke.

»Dann sollten wir dort mal nachschauen«, schlug How vor.

»Gute Idee. Kommen Sie mal lieber mit. Man weiß ja nie.«

Kapitel 30

Unter Missachtung aller Verkehrsregeln donnerte der Jeep stadtauswärts. Mindestens drei Mal blitzte eine Geschwindigkeitsmessanlage und Hamilton vermutete, dass Rachels Schweigen in Zusammenhang mit seinem Fahrstil stand. Darüber hinaus hatte es zu regnen begonnen. Die Sicht wurde zunehmend schlechter, so tapfer sich die Scheibenwischer auch bemühten. Er war gezwungen, den Fuß etwas vom Gas zu nehmen, was ihn selbst wiederum nervöser machte. Natürlich war es nur ein dummes Gefühl. Norman Spencer war doch in London, wie konnte er gleichzeitig in Schottland sein und warum ausgerechnet jetzt, sollte er auf die Idee kommen, Dawn Roberts sei im Besitz der Unterlagen? Auf der anderen Seite war es jedoch tatsächlich so, dass Leigha den Schlüssel zum Schließfach bei Dawn deponiert hatte – ob mit oder ohne deren Wissen. Und so wie Hamilton dabei richtig vermutete, konnte Spencer zu einem ähnlichen Schluss gekommen sein.

Der Regen prasselte immer stärker gegen die Scheiben, die Straße glich einer grauen Wand, mit Bodenwellen und Schlaglöcher übersät, die nun mit Wasser gefüllt das Autofahren zum echten Abenteuer gestalteten. Das Wasser kam so nicht nur von oben, sondern spritzte aus diesen Löchern zur Seite bis weit in die angrenzenden Wiesen und Weiden, teilweise direkt gegen die seitlich der Straße verlaufenden Steinmauern und von diesen wieder zurück. Von den Schafen, in großen Herden normalerweise als weiße Flecken in den graugrünen Berghängen zu erkennen, war nichts zu sehen. Vermutlich waren auch sie irgendwo in Deckung gegangen. Oder sie standen in stoischer Ruhe genau dort, wo sie immer standen, nur dass sie durch den bindfadengleichen Regen nicht zu erkennen waren.

Nach unendlich langen dreißig Minuten, einer Fahrt, bei der die beiden Polizisten kaum ein Wort gewechselt hatten, kamen sie bei Dawns Farm an. Ein Streifenwagen der Polizei war noch nicht vor Ort, jedoch ein dunkler Jaguar.

»Das muss Spencers Auto sein«, vermutete Rachel.

Hamilton biss sich auf die Unterlippe. »Wie gehen wir vor?«

»Warten, bis Unterstützung kommt. So wie es die Vorschrift gebietet und der gesunde Menschenverstand rät.«

»Scheiß auf die Vorschrift«, knurrte Hamilton, öffnete das Handschuhfach, zog seinen Ruger KGP 141 Revolver hervor und steckte ihn in die Jackentasche.

»Machst du immer noch auf John Wayne?«, fragte Rachel mit einer leichten Unsicherheit in ihrer Stimme.

»Dieses Ding funktioniert wenigstens und ist sicher, nicht so wie diese albernen Pistolen, die entweder Ladehemmung haben, wenn man sie braucht, oder …«

»Spar dir deine Vorträge für den Whisky nach Mitternacht. Wir gehen also da jetzt rein? Habe ich das richtig verstanden?«

»Jawoll Ma'am. Du gehst an den Vordereingang und ich komme von hinten. Hinter dem Haus, beim Schafstall, gibt es noch eine Tür. Ich hoffe, du hast deine Mädchenpistole dabei.«

»Meine Glock 19 ist zwar nur halb so schwer wie dein Revolver, aber bevor du den zweiten Schuss abgegeben hast, habe ich mein Magazin leer geschossen, mein Lieber.«

»Treffen sollte man aber auch.« Er sah sie lächelnd an. »Los geht's!«

Bob Hamilton wusste, dass er sich auf Rachel verlassen konnte. Sie verstanden sich wortlos und ihm war klar, dass es drei Möglichkeiten gab. Es gab immer drei Möglichkeiten im Leben: Das zu Erwartende, die Alternative oder das komplett Unerwartete. Hamilton hoffte, dass sie Spencer und Dawn bei gemütlicher Unterhaltung antreffen würden. Schließlich musste der Baudienstleister davon ausgehen, dass seine Machenschaften so lange geheim bleiben würden, wie niemand davon wusste. Und wenn er davon ausging, dass Dawn noch im Besitz der Papiere war, musste er lediglich in ihren Besitz kommen. Gewaltsames Vorgehen wäre dabei nicht sehr zielführend, denn er wollte ja seine Weste weiß behalten. Ohne die Unterlagen gelänge es der Polizei nur schwerlich, seine Schuld und Verantwortung nachzuweisen. Doch wer wusste schon genau, wie das menschliche Verhalten sich in Stresssituationen gestaltet. Und Norman Spencer stand definitiv unter Druck. Im besten Fall machte er sich des Subventionsbetrugs schuldig. Außerdem musste er zusehen, wie er den Mordverdacht oder zumindest den Verdacht zur Anstiftung zum Mord loswurde.

Hamilton zog sich seine Dienstmütze tief ins Gesicht und hoffte, dass sie eine geraume Zeit Schutz gegen die Nässe bot. Er drückte sich an der Hauswand entlang, bog um das hintere Hauseck und fand die rückwärtige Tür offen stehen. Dann hörte er das Klingeln an der Vordertür – Rachel.

Keine Reaktion.

Klopfen an der Tür.

Er ging vorsichtig ins Haus, stand in einer Art Waschküche, ging hindurch, öffnete behutsam die Tür zum Hausflur, wo er gestern noch gestanden hatte, um auf den Apple Crumble zu warten.

Totenstille!

Die Tür zum Wohnzimmer stand offen, auch die Küchentür. Hamilton eilte zur Haustür, öffnete sie und ließ Rachel ins Haus. Er deutete ihr an, ihn zu sichern. Zuerst nahmen sie sich das Wohnzimmer vor. Auf dem Esstisch standen zwei Teetassen, beide halb leergetrunken. Die Tassen waren noch ziemlich warm, also konnten Dawn und Spencer nicht weit sein. Doch das Wohnzimmer war ebenso leer wie die Küche und die beiden anderen Räume im Erdgeschoss. Hamilton deutete nach oben. Rachel nickte. Leise schlichen sie in das Obergeschoss, doch auch dort schien niemand zu sein. Als Hamilton jedoch um das große Doppelbett im Schlafzimmer herum ging, sah er eine Person am Boden liegen.

»Scheiße«, entfuhr es ihm. Dawn Roberts lag bewegungslos auf dem Teppichboden, der sich unter ihrem Rücken rot färbte. Bob kniete sich neben sie, und suchte nach Lebenszeichen.

»Sie atmet noch. Ruf sofort einen Krankenwagen. So wie es aussieht, hat Dawn eine Schussverletzung. Bleib du bei ihr. Ich versuche, diesen Drecksack zu erwischen.«

Rachel zückte ihr Mobiltelefon. Kein Empfang. »Unten habe ich ein Telefon auf einem Sideboard gesehen.« Sie rannte nach unten, nahm das Telefon und wählte den Notruf. Nach dem kurzen und sachlich geführten Gespräch ging sie wieder hoch und sah ihren Chef aus schmalen Augen an. »Bist du verrückt? Der Typ kann überall sein.«

»Stimmt. Ich glaube, er hat das Gebäude verlassen, als wir in den Hof gefahren sind. So weit kann er nicht sein.«

»Er ist bewaffnet.«

»Ich bin auch bewaffnet. Und ich kenne mich in schottischen Moorlandschaften besser aus als dieser Bürohengst.«

»Willst du nicht lieber auf die Kollegen warten?«

»Du kannst sie ja hinterherschicken.«

Wohin würde er, wäre er Norman Spencer, flüchten? Die Polizei im Nacken wäre es keine gute Idee, sich im Schafstall zu verstecken. Der Jaguar war zur Flucht nicht mehr zu gebrauchen, denn die Zufahrt zur Farm war durch Hamiltons Jeep versperrt. Hamilton vermutete, dass Spencer versuchte, über den Hügel zu gelangen. Auf der anderen Seite verlief eine Straße und wenn er Glück hatte, kam gerade ein Linienbus vorbei. Auch hatten Autofahrer immer ein großes Herz, wenn es darum ging, nasse Wanderer ins Trockene zu befördern. Spencer musste davon ausgehen, dass der gesamte nördliche Bereich in Kürze von der Polizei komplett abgeriegelt war. Es war nahezu unmöglich, ihn zu finden, doch wozu hatte Hamilton einen Hund? Auch wenn sich Duke schon im Rentenalter befand, seine Nase funktionierte noch ausgezeichnet und da er an diesem Tag noch kaum Bewegung gehabt hatte, war er noch frisch und würde sich über eine Wanderung durch die Hügel wohl freuen.

Kapitel 31

»Bruce Glenn? Lange nicht gesehen«, sagte der Alte im Tabakladen.

»Das gibt es doch nicht.« Ray Williams sah seine Kollegen Andy How ratlos an. »Und jetzt?«

»Irgendwo muss er doch stecken?«, antwortete der. »Haben Sie gesehen, wann sein Boot eingelaufen ist?«, fragte er den Alten.

»Vor einer Stunde war es noch nicht da. Schaut mal nach, ob sein Auto dasteht.«

»Welches Auto?«

»Glenns Auto. Ein alter VW Golf, rostrot, mehr Rost als Rot. Steht immer hinten auf dem letzten Stellplatz, direkt am Wasser.«

»Da war nichts«, erinnerte sich Ray. »Der muss gleich nach dem Einlaufen getürmt sein.«

»Wieso, was ist denn mit ihm?«, wollte der Tabakhändler wissen.

»Das würden wir auch gerne wissen.« Ray bat PS How, die Fahndung nach Bruce Glenn und seinem rostroten Golf in die Wege zu leiten.

»Sir«, er wandte sich an den alten Mann, »was wissen Sie über den Ausbau des Hafens und den Plan, eine Fischfabrik zu bauen?«

Der Mann lachte trocken. »Bruce hatte immer solche schwachsinnigen Ideen. Fischfabrik, für wen denn?«

»Und die geplante Wohnsiedlung?«

»Die Infrastruktur für Touristen soll verbessert werden. Finde ich gut, dann kommen ein paar Kunden mehr in meinen Laden, hoffe ich. Eine vernünftige Rente bekomme ich nicht, deshalb muss ich noch ein paar Jährchen meinen Laden führen. Mehr Touristen bedeuten auch mehr Kunden. Diesen Plan haben wir unterstützt. So ein Typ aus Edinburgh will die Sache durchziehen.«

»Sagt Ihnen der Name Leigha Harrow etwas?«

»Kenne ich nur von den Schlagzeilen meiner Zeitungen.«

»Und was ist mit Arran Prendergast?«

»Ebenso. Sind wohl beide tot. Hat Bruce etwas damit zu tun?«

Ray zögerte kurz und wusste in dem Moment bereits, dass es ein Augenblick zu lange war. Es blieb ihm kaum etwas anderes übrig, als die Wahrheit zu sagen, die der alte Mann bereits ahnte.

»Möglich. Wir ermitteln jedenfalls in diese Richtung.«

»Wundert mich nicht. Bruce ist ziemlich jähzornig. Wurde unehrenhaft aus der Armee entlassen, nachdem er einen Vorgesetzten fast totgeschlagen hat. Früher war er an jeder Wirtshausschlägerei beteiligt. Nicht unbedingt der Mensch, mit dem man befreundet sein will.«

Ray runzelte die Stirn. »Und warum wird er dann zum Vorstand der Genossenschaft gewählt?«

»Weil es sonst niemand machen will. Und weil niemand gegen ihn kandidiert. Da sind alle froh, wenn Bruce sie in Ruhe lässt.«

»Aber wie kann es sein, dass jeder seiner schlechten Meinung über ihn freien Lauf lässt? Wenn er doch ein gefährlicher Schläger ist?«

»Es würde keiner auf die Idee kommen, ihm seine Meinung ins Gesicht zu sagen. Jeder ist froh, wenn Bruce seine Fische fängt.«

»Und wie war das mit diesem Schafzüchter? Marc McCoy, wenn ich mich richtig erinnere. Hat ihm doch die Nase gebrochen.«

Der alte Mann nickte. »Marc McCoy ist gut zwei Meter groß und hat bereits ein paar Mal bei den Highland Games in Braemar gewonnen.«

»Man sagt, dass Bruce Glenn etwas mit McCoys Frau hätte.«

»Glaube ich nicht. Das würde er nicht wagen. Marc ist der Einzige hier in der Gegend, der keine Angst vor ihm hat. Trotz seiner Gewaltausbrüche hat er gegen Marc keine Chance.«

»Und warum haben sich die beiden geprügelt, wenn es nicht um die Frau ging?«

»Keine Ahnung. Vielleicht hat er nur eine zu große Lippe riskiert. Wie gesagt, Marc lässt sich nichts gefallen.«

»Das hört sich für mich so an, als ob dieser McCoy ein Schläger sei.«

Der Alte lachte. »Nein, Sir. Marc ist lammfromm, aber er lässt sich von Bruce nichts gefallen. Während alle anderen hoffen, dass sie Bruce nicht über den Weg laufen, ist Marc in dieser Beziehung sehr unbekümmert.« Er rückte die Brille auf die Nasenspitze und schaute Ray über die Gläser blickend an. »Ich weiß, was Sie jetzt denken. Was wäre, wenn der jähzornige Bruce Glenn dem Schäfer in einem Hinterhalt auflauern würde?«

Ray nickte.

»Das würde Bruce niemals wagen, denn Marc hat noch zwei Brüder gleichen Kalibers. Und die sind nicht so lammfromm wie Marc.«

»Verstehe. Bruce Glenn hat also nur Feinde?«

»Gewissermaßen ja. Nur diesem Umweltfritzen rennt er nach wie ein Hündchen.«

»Scott Jones?«

»Genau. Der sorgt irgendwie dafür, dass unsere Fischer einen ziemlichen Freiraum haben. Ob das immer mit rechten Dingen zugeht, weiß ich nicht. Ist mir auch egal. Nicht meine Sache.«

Die drei Polizisten trafen sich später am Nachmittag erneut bei Glenns Kutter. Die Fische waren unberührt und von ihm weiterhin keine Spur. How war in Glenns Cottage gewesen, fand dort jedoch keinen Hinweis, wo er stecken könnte. Jess Barlows Recherchen bestätigten die Aussagen des Tabakwarenhändlers. Glenn war jähzornig und seine Fäuste saßen äußerst locker. Marc McCoy war der einzige Bewohner der Halbinsel, vor dem er Respekt hatte.

Außerdem hatte Jess erfahren, dass Bruce Glenn am Montag nicht zum Fischen gefahren war. Sein Kutter lag das ganze Wochenende bis Montagnacht im Hafen. Es war einigen Fischern aufgefallen, weil Glenn in der Woche vorher noch damit geprahlt habe, er würde in dieser Woche alle Fangrekorde brechen. Freilich war er bei dieser Ankündigung sturzbetrunken. Und dann blieb sein Schiff im Hafen liegen, was bei ihm nur sehr selten vorkam. Manche Kollegen von ihm mutmaßten, dass er auch noch am Montag betrunken war.

»In einem Revier in Glasgow sitzt Scott Jones in Gewahrsam«, sagte Ray Williams zu seinen Kollegen, nachdem er ein längeres Telefonat beendet hatte. »Er verweigert die Aussage und wartet auf seinen Rechtsbeistand. Sieht gut aus. Allerdings noch keine Spur von Glenn.«

»CCTV?«, fragte Jessica Barlow.

»Auf Rhins of Galloway? Da muss ich Sie enttäuschen, Constable Barlow«, sagte How amüsiert. »Wir haben Kameras in Stranraer und im Fährhafen. Aber sonst: Fehlanzeige.«

»Das ist nur eine Frage der Zeit bis wir ihn haben«, war sich Ray sicher.

»War ihm Leigha zu nahe gekommen?«

»Ich denke, sie hat Dinge herausgefunden, die sehr unangenehm für ihn waren. Wenn er der Täter war, finden wir es heraus. Denn in Edinburgh haben wir CCTV. Bislang haben wir lediglich nach Norman Spencer gefahndet. Und er war nicht in der Nähe des Friedhofs.«

»Aber in Stornoway«, sagte Jess und zog sich dabei die Kapuze tiefer ins Gesicht. »Sollen wir nicht ins Trockene gehen?«

»Ich denke, wir fahren zurück ins Büro. Hier können wir ohnehin nichts mehr tun. Allenfalls Sergeant How.«

»Ich habe vorhin mit Inspector Smith, dem Leiter unseres Polizeireviers, telefoniert. Er wollte ein paar Kollegen hierherschicken, um all das, was uns die Fischer und sonstigen Bewohner von Drummore erzählt haben, protokollieren zu lassen. Wir beginnen in der Halle der Genossenschaft. Das ist doch in Ordnung, Sir?«

»Sehr gut, Sergeant. Dann werden wir Sie hier zurücklassen.«

Der Regen nahm immer mehr zu und Ray hoffte, dass es keinen Stau auf der Autobahn gebe. Warum sind meine Vorfahren nicht in der Karibik geblieben?, fragte er sich selbst. Dort war der Regen wenigstens warm.

»Sind wir wirklich einen Schritt weiter gekommen?« Jessicas Frage riss ihn aus seinen Gedanken und dem Wunsch in südlicher Sonne zu liegen. »Einen wirklichen Beweis haben wir immer noch nicht, nur sehr viele Menschen, die andere Menschen nicht leiden können.«

»Die Ursache vielen Übels.«

»Nun mal ehrlich, Sir, wissen wir mehr als heute Morgen?«

»Eine ganze Menge, würde ich sagen. Bruce Glenn ist ein jähzorniger Schläger, zudem Linkshänder. Er verkehrt mit dem Leiter des Umweltamts, Scott Jones und unterstützt ein Projekt unseres Hauptverdächtigen, Norman Spencer. Ein Projekt, das sich bei genauerem Hinsehen als etwas ganz anderes entpuppt, als es den Anschein erweckt. Hierbei handelt es sich, wie sich immer klarer herauskristallisiert, um Subventionsbetrug im größeren Ausmaß. Leigha Harrow wollte Licht ins Dunkel bringen und musste dafür mit dem Leben bezahlen. Arran Prendergast hatte irgendwie seine Finger mit im Spiel und wurde ebenfalls aus dem Weg geräumt. Nun, meine Liebe, kommt die wichtigste und aufwändigste Arbeit der Polizei. Wir müssen unsere Puzzleteilchen zusammensetzen, bis sich ein Bild ergibt. Das kann sehr langwierig sein und mit Sicherheit auch ziemlich öde und langweilig. Im Grunde ist Polizeiarbeit stupide Routine. Spannend und aufregend ist es nur dann, wenn sich ein Täter der Festnahme entziehen will oder, was wir nicht hoffen, ein Verrückter einen Anschlag verübt hat und mit weiteren Gewalttaten droht.«

»Das mag ja alles stimmen, doch mir fehlt der Zusammenhang in unserem Fall. Welchen Grund hatte Glenn, so er der Mörder von Leigha sein sollte, diese Tat zu begehen? Sie war schließlich diesem Spencer auf der Spur und gefährdete dessen illegales Geschäftsmodell.«

»Das ist unsere Fleißarbeit, das herauszufinden. Akten wälzen, Aussagen von Zeugen vergleichen, Unstimmigkeiten entdecken und so weiter.«

Sie fuhren durch die graue schottische Landschaft mit grauen Städten und grauen Dörfern, durch graue Wiesen und Felder und scheinbar niemals endenden Regen, der das ganze Land noch grauer erscheinen ließ.

»Haben Sie heute Nachmittag schon etwas von Superintendent Ward gehört?«

»Die ist mit dem Alten unterwegs. Sie waren zuletzt bei Spencers Frau. Seitdem habe ich nichts mehr gehört. Meine letzte Nachricht hat sie noch nicht erhalten. Vermutlich stecken die beiden in einem Funkloch. Oder der Akku ist leer.«

»Unwahrscheinlich«, mutmaßte Jess. »Ein leerer Akku, meine ich.«

Ray nickte. »Das passt nicht zu Rachel. Wohl eher ein Funkloch. Wo auch immer.«

Kapitel 32

Hamilton meinte, der Regen sei jetzt noch stärker als zuvor. Die Sicht als eingeschränkt zu bezeichnen, war optimistisch. Eine graue, nasse Wand lag vor ihm. Seine Hoffnungen lagen in dem alten Weimaraner Duke. Mit einer umherstehenden Schaufel hatte er die Seitenscheibe des Jaguars eingeschlagen und eine Wolljacke hervorgezogen, mutmaßlich Spencers Jacke, und ließ den Hund Witterung aufnehmen. Duke war zwar kein ausgebildeter Polizeihund, doch Hamilton nahm ihn regelmäßig mit auf die Jagd – egal ob auf Moorhuhn, Reh oder Rothirsch, Duke hatte schon oft bewiesen, dass er eine hervorragende Nase besaß – warum sollte er jetzt versagen? Er musste lediglich der Spur folgen.

Hamilton begann die Suche mit dem Hund am Hinterausgang. Nachdem Duke ein paar Runden gedreht hatte, die Nase tief am Boden, begann er in Richtung der Hügel zu laufen. Dummerweise hatte Hamilton keinen Schweißriemen, eine sehr lange Leine, die bei der jagdlichen Nachsuche benutzt wird, um dem Hund die notwendige Freiheit zu verschaffen, ohne dass der Hundeführer Gefahr lief, seinen Gefährten zu verlieren. Das war im dichten Unterholz notwendig und wäre jetzt, bei dem dichten Regen, auch von Vorteil gewesen. Bob Hamilton hatte keine Zeit, mit den Umständen zu hadern, er warf seine Mütze durch die Tür zurück ins Haus, er würde sie sowieso nur verlieren, nass war er ohnehin bis auf die Knochen, und rannte dem Hund hinterher. Nur gut, dass Duke lediglich gemütlich vorwärts trottete, vor ein paar Jahren hätte der Kripochef nicht den Hauch einer Chance gehabt, seinem Vierbeiner zu folgen.

Er ging ein paar Hundert Meter einen schmalen Weg entlang, der sich allmählich in einen Pfad verwandelte und sich dann, hinter einem niedrigen Schuppen, in dem gerade Dawns Schafe Unterschlupf gefunden hatten, im dichten Heidekraut verlor. Immer wieder umkreiste Duke bestimmte Stellen, wo die Spur offenbar schwächer war, setzte danach jedoch seine Suche zielgerichtet fort. Hamilton hatte keine Ahnung, wo das Ziel von Spencer sein konnte, doch er wähnte sich im Vorteil. Erstens ging er davon aus, dass Spencer nicht damit rechnete, dass ihm seine Verfolger schon auf den Fersen waren, zweitens war er gewohnt, sich durch schottische Moor- und Heidelandschaften zu bewegen und drittens hatte er Unterstützung: Duke.

Zu dem starken Regen gesellte sich nun auch ein böiger Wind. Hamilton freute sich auf ein warmes Bad, einen heißen Tee, einen großen Whisky und eine gute Zigarre – die Reihenfolge war ihm dabei ganz egal.

Duke setzte seine Suche unvermindert fort und die beiden hatten fast die Anhöhe, einen Sattel zwischen zwei Hügeln der Bergkette, erreicht. Hamilton keuchte. Er bekam fast keine Luft mehr, sein Herz trommelte in seiner Brust, er hatte Seitenstechen und die Achillessehne meldete sich mit brennenden, elektroschockartigen Signalen. Er schwor, zukünftig weniger Haggis und Speck zu essen und den Alkoholkonsum einzuschränken. Mit zusammengebissenen Zähnen folgte er dem Hund und fragte sich dabei, warum er immer den Helden spielen musste.

Der Wind nahm immer mehr zu, was den Vorteil hatte, dass der Regen nachließ. Nachdem der Bergrücken überquert war, hörte der Niederschlag sogar gänzlich auf und plötzlich sah Hamilton eine dunkel gekleidete Figur rund 200 Meter hangabwärts vor sich. Zahlreiche Gedanken schossen durch seinen Kopf. Was war jetzt zu tun? Sich anschleichen? Dazu war der Flüchtende zu schnell unterwegs. Weiter hinterherrennen? Die Kollegen informieren? Er rannte weiter hangabwärts, leicht gebückt und hoffte dabei, dass ihn Spencer nicht bemerkte. Als er etwa 100 Meter hinter ihm war, gab er dem Hund ein Zeichen, dass er zu ihm kommen sollte. Er bückte sich zu dem Tier hinunter und zeigte in Spencers Richtung. Duke war ausgebildet, Hirsche niederzureißen, wieso sollte er nicht auch einen Verbrecher stoppen können? Hamilton gab ihm den Befehl, die Beute zu ergreifen und hoffte inständig, dass der Weimaraner ihn nicht mit einem Rothirsch verwechselte und ihm die Kehle durchbiss.

Der Hund rannte los, Hamilton hinterher und nur wenige Augenblicke später hob Duke zu einem gewaltigen Sprung ab. Er landete in Spencers Rücken, biss in dessen linken Oberarm und zog ihn zu Boden. Als Hamilton kurz darauf bei ihnen war, hatte Duke von seiner Beute abgelassen und diese wälzte sich mit schmerzverzerrtem Gesicht und jämmerlichen Schreien auf dem Boden. Mit der rechten Hand drückte er auf seinen linken Oberarm, der eine hässliche Wunde aufzeigte. Duke hatte ganze Arbeit geleistet. Doch irgendwo musste Spencers Waffe sein.

»Auf den Bauch, Spencer, sonst hetze ich nochmals den Hund auf dich.«

Der Verletzte tat, was ihm gesagt wurde und Hamilton durchsuchte ihn mit der linken Hand, den gespannten Revolver in der rechten. Er fand jedoch keine Waffe, die musste Spencer entweder verloren oder weggeworfen haben.

»Norman Spencer, Sie sind festgenommen.« Hamilton sagte das juristisch notwendige Sprüchlein auf und wies ihn dann an, aufzustehen und zurück zur Farm zu gehen.

»Ich bin verletzt. Ich kann nicht.«

»Dein Arm ist verletzt, nicht deine Beine. Los jetzt. Und zwar fünf Meter vor mir.«

Hamilton hoffte, dass die Kollegen bereits vor Ort waren und ebenfalls den Weg in die Hügel eingeschlagen hatten. Zur Sicherheit schoss er zweimal in die Luft. Vielleicht waren die Schüsse zu hören und er konnte ungefähr lokalisiert werden.

Mit angstverzerrtem Gesicht drehte sich Spencer um. »Wollen Sie mich erschießen?«

»Wenn du nicht schleunigst den Berg hinaufgehst oder sonstige Dummheiten machst, dann sehe ich mich dazu gezwungen. Ich habe noch vier Schuss.«

Eine viertel Stunde später hatten sie den Sattel erreicht und Hamilton konnte eine ganze Schar Uniformierter sehen, die ihnen entgegenkamen. »Duke, gib Laut«, befahl er dem Hund, der brav gehorchte. Die Kollegen wurden auf das Trio aufmerksam.

Weitere fünfzehn Minuten später übergab er seinen Gefangenen den anderen Polizisten und ließ sich dann einfach ins Heidekraut fallen. Hier beschloss er, liegen zu bleiben.

Rachel Ward saß im Wohnzimmer der Farm und sprach mit Hamish Walker, dem Verlobten von Dawn, als Bob Hamilton dort wieder eintraf. Den Hund verfrachtete er in die Hundebox im Auto und er selbst war froh, noch einen Pullover und ein Paar Schuhe im Wagen vorzufinden. So konnte er sich zumindest zum Teil seiner nassen Kleidung entledigen und fühlte sich halbwegs trocken.

»Dawn hat Glück gehabt. Glatter Durchschuss. Der Krankenwagen war nach wenigen Minuten hier. Im Moment dürfte sie gerade operiert werden. Mr Walker kam vor einer halben Stunde von der Arbeit zurück. Er wusste nichts vom Schließfachschlüssel«, berichtete Rachel.

»Wussten Sie von Leighas Plänen einer neuen Fernsehsendung?«

»Nein. Über Berufliches habe ich nie mit Leigha gesprochen«, antwortete der leichenblasse Mann, der sichtlich mit der gesamten Situation überfordert war.

»Wissen wir schon was von Ray?«

»Ich habe keinen Handyempfang. Die sind dabei, diesen Genossenschaftstypen ausfindig zu machen. Ich denke, wir sollten zurück ins Büro und uns mal sortieren. Und du könntest frische Klamotten vertragen.«

»Ich fahre kurz nach Hause. Sorge dafür, dass sich alle in zwei Stunden im kleinen Besprechungssaal treffen.«

Kapitel 33

Norman Spencer schwieg wie ein Grab. Er verweigerte jede Aussage, die einzige Reaktion, die Hamilton von ihm via Anwalt erhielt, war eine Schmerzensgeldforderung gegen ihn aufgrund des Hundebisses, der tatsächlich ziemlich schwerwiegend war und den Gebissenen mutmaßlich noch eine lange Zeit in Mitleidenschaft nehmen würde. Der Kripochef leitete die Angelegenheit an seine Hundehaftpflichtversicherung weiter. Sollte die sich darum kümmern.

Die Auswertung der im Schließfach gefundenen Akten verlief dagegen äußerst erfreulich. Leigha hatte nahezu minutiös aufgezeichnet und zusammengetragen, nach welchen – in Teilen fragwürdigen, in Teilen gesetzeswidrigen – Methoden das Geschäftsgebaren der Spencer Group funktionierte. Im Grunde handelte es sich immer um Subventionsbetrug, meistens in einer rechtlichen Grauzone, zumeist jedoch jenseits der Grenze des Zulässigen. Im aktuellen Fall bestätigten sich die Vermutungen der Polizei. Spencer beantragte einen Zuschuss aus dem EU-Topf für Infrastrukturförderung. Dabei plante er, eine Fischfabrik zu bauen, was wiederum die Voraussetzung für den Hafenausbau war, sowie eine Wohnsiedlung für die Familien der zukünftigen Fabrikarbeiter. Tatsächlich sollte jedoch nur der Hafenausbau realisiert werden und der Bau der Wohnhäuser. Aufgrund der geplanten Insolvenz des nur auf dem Briefkopf und in einem Briefkasten auf den British Virgin Inseln bestehenden Bauunternehmens hätte man dann das Projekt einstellen müssen und die Wohnhäuser, die jedoch schon von Anfang an nicht als solche geplant waren, in Ferienhäuser umgewandelt. Vor Ort gab es deshalb keine Proteste, weil sich erstens niemand vorstellen konnte, dass tatsächlich eine Fischfabrik entstehen sollte, weil zweitens der Ausbau des Hafens im Interesse der Bewohner der Halbinsel, nicht zuletzt der aktiven Fischer war und drittens, weil die Region neben Fischerei und Schafzucht hauptsächlich vom Tourismus lebte. Vor Ort war es nämlich ein offenes Geheimnis, dass die Fischfabrik eine Schimäre war. In einer internen Sitzung wurde, laut den Unterlagen von Leigha, offen ausgesprochen, dass im Falle des Scheiterns des Projekts die Häuser als Touristenunterkünfte dienen sollten. Trotz des, für ein kleines Dorf, gewaltigen Vorhabens blieben die Dorfbewohner seltsam unbeteiligt, was vermutlich an der stoischen Ruhe des Fischervolks lag, das in den vergangenen Jahrhunderten gelernt hatte, das Leben so hinzunehmen, wie es gerade vor die Füße fiel.

Aus Leighas Unterlagen ging auch zweifelsfrei hervor, dass die zuständige Umweltbehörde, allen voran ihr Vorsitzender, Scott Jones, die Augen verschloss und das Vorhaben allenfalls oberflächlich prüfte. Den Grund dafür hatte Leigha noch nicht herausgefunden, sie vermutete, dass Jones bestochen wurde, wofür sie allerdings keine Belege hatte.

Im Gegensatz zu Norman Spencer war Bruce Glenn sehr auskunftsfreudig. Die Polizei hatte ihn bei einer Fahrzeugkontrolle in der Nähe von Dumfries auf der A75 lokalisiert und festgenommen. Er hatte in Drummore den Wagen seines Bruders gestohlen und war, nachdem er im Hafen angelegt hatte und feststellen musste, dass ihm die Polizei im Nacken saß, von der Halbinsel in Richtung England geflüchtet.

Nun hockte er wie ein Häuflein Elend im Verhörraum der Kriminalpolizei in Tulliallan Castle. Ray Williams und Jess Barlow saßen ihm gegenüber und befragten ihn, Rachel Ward und Bob Hamilton hörten hinter der Glasspiegelscheibe aufmerksam zu.

»Nun erzählen Sie uns mal, warum Sie Leigha Harrow umgebracht haben«, forderte Ray ihn auf.

»Die Journalistin hat mit ihrer Schnüffelei das ganze Projekt in

Gefahr gebracht. Wir wollten doch lediglich einen neuen Hafen. Das musste doch verhindert werden.«

»Und dann haben Sie beschlossen, Leigha umzubringen?«

»Es gab keine andere Möglichkeit.«

Ray schloss die Augen und legte den Kopf in den Nacken. »Nun erzählen Sie mal der Reihe nach. Wie ist sie denn überhaupt an Informationen gelangt, dass an der Sache etwas faul ist?«

»Das muss Prendergast gewesen sein. Am Anfang lief alles glatt, Prendergast unterstützte Spencers Plan. Er hat im Fischereiausschuss ausgelotet, was geht und was nicht. Schon früher hat Arran mit Spencer zusammengearbeitet. Vor ein paar Jahren war das beim Bau einer Lachsfarm westlich von Mull der Fall. Ich weiß nicht warum, aber irgendwie muss es Streit gegeben haben. Sie müssen wissen, dass Norman Spencer den gesamten Wahlkampf von Prendergast finanziert hat, als anonymer Spender. Dafür lieferte dieser Informationen. Nun entwickelte sich Arran leider vom sympathischen Hinterbänkler zum verrückten Außenseiter. Dieses übertriebene Unabhängigkeitsstreben, die Überhöhung der gälischen Schotten. Für Spencer war er nicht mehr tragbar und wurde zunehmend zum Problem. Jedenfalls hat ihm Spencer den Geldhahn zugedreht. Etwas zu früh, möchte ich sagen.«

Bruce Glenn griff nach dem Wasserglas.

»Und was hat das mit dem Mord an Leigha zu tun?«

»Ich bin mir nicht sicher, doch ich glaube, Arran hat Spencer unter Druck gesetzt, vielleicht sogar erpresst. Jedenfalls haben sich die beiden total zerstritten. Und dann hat Arran die Journalistin auf die Spur gebracht. Zunächst haben wir das gar nicht realisiert, denn die Harrow konnte mit ihrer Talkshow im gälischen Programm nur wenig Schaden anrichten. Doch Spencer hatte erfahren, sie lebte ja in seiner unmittelbaren Nachbarschaft, dass es im neuen Jahr ein neues Format geben sollte. Und dann wurde er unruhig.«

»Und was hat das mit Ihnen zu tun?«

»Sir, ich bin in diese ganze Scheiße verstrickt. Seit Generationen ist meine Familie in der Fischerei aktiv, nun gab es die günstige Gelegenheit, durch Tourismus zu Geld zu kommen. In der Genossenschaft diskutieren wir schon lange, wie wir unsere Situation verbessern können. Die Fischgründe sind ausgebeutet und das Leben als Fischer ist hart. Ich kenne Scott Jones, den Leiter der Umweltbehörde, schon sehr lange und weiß, dass er sich gerne für die Belange der Fischer einsetzt. Ist im Grunde so, dass er mit seinem Job komplett überfordert ist, dies aber weiß und deshalb den Weg des geringsten Widerstands geht. Er profiliert sich in der Öffentlichkeit mit seinen Steckenpferden, der Wiederansiedlung von Adlern, Rentieren und jetzt will er sogar Wölfe in den Highlands aussetzen. Von mir aus. Er weiß aber genau, dass er sich nicht mit den Grundbesitzern und Fischern in den Lowlands anlegen sollte. Tut er auch nicht. Sein allerwichtigstes Anliegen ist es, eine ruhige Kugel zu schieben. Ich wäre nicht überrascht, wenn Spencer auch ihn bestochen hätte. Spencer besticht jeden, um seine Ziele zu erreichen.«

»Hat Spencer auch Sie bestochen?«

Glenn stieß hörbar Luft aus. »Nicht direkt. Wir hatten beide ein Ziel vor Augen. Er einen maximalen Profit und wir einen neuen Hafen und neue Ferienhäuser.«

Ray Williams malte mit einem Stift Kringel auf ein Blatt Papier, was er immer tat, wenn er sich konzentrierte.

»Was ist passiert, dass das Ganze außer Kontrolle geriet?«

»Die Harrow ist immer wieder aufgetaucht, hat jeden im Dorf und der ganzen Gegend ausgefragt, den Prendergast meist im Schlepptau. Da war es doch offensichtlich, dass hier etwas aus dem Ruder lief. Das konnten wir nicht zulassen. In der vergangenen Woche hat mich Spencer dann aufgesucht und gemeint, wir müssen die Sache aus der Welt schaffen. Er habe auch schon einen Plan, der absolut sicher sei.«

»Todsicher«, zischte Jess dazwischen.

Ray stieß sie mit dem Knie an, dass sie ihre Meinung bei sich behalten möge. Jetzt standen sie kurz vor dem Ziel und da war es nicht hilfreich, wenn eine junge Kollegin ihre Emotionen nicht im Griff hatte.

»Und wie sah der Plan aus?«

»Ich sollte mich mit der Harrow unter dem Vorwand, ich hätte wichtige Informationen für sie, auf dem Friedhof treffen und sie dort umbringen.«

Glenn war nun leichenblass. »Ja, verdammte Scheiße, ich sollte sie umbringen und ich habe sie mit einem Hammer erschlagen.« Er hielt inne. »Ich habe es fast nicht gepackt. Aber dann hat sie in ihrer arroganten Art angefangen, mich auszufragen, als wäre ich in ihrer verdammten Talkshow. Nein, ich bin nicht stolz auf das, was ich getan habe.«

»Wieso wählten Sie den Friedhof als Treffpunkt?«

»Weil es dort keine Videoüberwachung gibt, jedenfalls nicht, wenn man den westlichen Eingang benutzt, und im Friedhof sowieso nicht.«

Ray kratze sich am Kinn. »Und wie ging es dann weiter?«

»Ich fuhr nach Hause, ging auf meinen Kutter und habe mich besoffen.«

»Und Prendergast?«

»Um den wollte sich Spencer kümmern. Das hätte alles so schön funktioniert. Ich habe mir vorgestellt, dass die Polizei Prendergasts Geständnis findet und alles ist gut. Jetzt ist aber alles kaputt. Es gibt keine Entschuldigung für das, was ich getan habe. Ich bekenne mich schuldig am Mord an Leigha Harrow und an den Betrugsdingen.« Er schaute Ray in die Augen. »Komme ich in meinem Leben nochmal aus dem Gefängnis raus?«

»Das entscheiden die Richter.«

Kapitel 34

Bob Hamilton saß im Garten vor seinem Haus, spürte den salzigen Duft des Meeres, hörte die kreischenden Möwen und war froh, dass die alte Eiche Schatten spendete. Er öffnete eine Flasche italienischen Rotwein und goss den Primitivo schwungvoll in die zwei bereitstehenden Gläser.

»Eigentlich hätte Duke auch ein Glas verdient«, stellte Becks lächelnd fest.

»Er ist leider abstinent. Ich hatte aber mal einen Gordon Setter, der liebte Bier.«

»Du hast einem Hund Bier gegeben?«

Bob Hamilton stellte die Flasche auf den Gartentisch. »Der Hund war derart gierig, da haben mein Bruder und ich ihm etwas in seinen Napf gegeben. Das Vieh hat tatsächlich alles leergeschlabbert. Otto hieß der Hund.«

Becks schüttelte den Kopf. »Wer nennt seinen Hund schon Otto?«

»Der hieß halt Otto. War der ultimative Apportierhund. Der brachte jedes Moorhuhn, egal in welchen Sumpf es gefallen war.«

Das Paar philosophierte noch eine Weile über Hunde, die Jagd und italienischen Rotwein, bevor sie auf den gerade abgeschlossenen Fall zu sprechen kamen.

»Ich verstehe das noch immer nicht ganz«, sagte Becks. »Spencer hat diesen Glenn eingespannt, Leigha umzubringen. Bei Prendergast hat er aber selbst Hand angelegt.«

»Genau. Ein Norman Spencer macht sich nie die Hände schmutzig.

Dazu hat er seine Handlanger – eigentlich. Doch in diesem Fall ist einiges aus dem Ruder gelaufen. Nur ein paar örtliche Politiker zu schmieren, reichte nicht aus. Und dann hat Prendergast damit begonnen, ihn zu erpressen. Als er nicht darauf einging, kam Leigha ins Spiel. Und als absehbar war, dass ihnen das Wasser bis zum Hals stand, fiel der Entschluss, die beiden zu beseitigen. Spencer nutzte hierzu den jähzornigen Glenn und plante, den Mord Prendergast in die Schuhe zu schieben und den Mord an jenem als Selbstmord zu tarnen. Spencer war davon ausgegangen, dass er das belastende Material auf Leighas Computer finden würde. Dort fand er jedoch nichts.«

»Und wie hat er Prendergast umgebracht?«

Hamilton nippte an seinem Wein. »Die beiden trafen sich in einer Bar in Stornoway. Das war ein Fehler gewesen, denn auf den Hebriden gibt es keine so verschwiegenen, gottverlassenen Schuppen wie in Edinburgh oder Glasgow. Daher hat Spencer versucht, ihn abzufüllen. Er lockte oder schleifte ihn dann zu Leighas Cottage. Zu diesem Zeitpunkt war diese jedoch schon tot und Prendergast so betrunken, dass er nicht mehr Herr seiner Sinne war. Spencer fingierte den Selbstmord, schaffte es via Prendergasts Handy, das Geständnis auf dessen Rechner zu befördern, durchsuchte dann erfolglos Leighas Cottage und hoffte, die Polizei würde die richtigen Schlüsse ziehen.«

»Tat sie ja auch.«

Hamilton grinste. »Ja, heute ist es schon sehr schwer, den perfekten Mord zu begehen. Da muss man schon einen professionellen Killer aus dem Balkan, Russland oder noch besser, Südafrika, anheuern, der nach der Tat sofort wieder abtaucht. So einfach wie noch vor ein paar Jahren geht das nicht mehr.«

»Und dieser Mensch von der Umweltbehörde? Was hatte der damit zu tun?«

»Nichts, der kassierte nur und sah weg oder nicht so genau hin. So hatte sich Prendergast auch immer verhalten. Er genoss das Leben, die Frauen und träumte von einem Leben als Manager eines Feriendorfes im Hochland nach seiner Politikerkarriere.«

»Was ist denn bei ihm schiefgelaufen?«

»Prendergast hat sich mit seinem blöden Geschwätz in der Partei unmöglich gemacht. Er war politisch isoliert und das Geld wurde knapp. Da forderte er mehr und als Spencer nicht auf die Erpressungsversuche einging, schließlich sah der sich am längeren Hebel, ließ Prendergast Leigha Harrow die belastenden Unterlagen zukommen.«

»Damit hat er sich doch auch selbst in die Schusslinie gebracht.« Rebecca Hamilton strich sich eine Strähne ihrer roten Haare aus dem Gesicht.

»Vielleicht dachte er, er könne eine Kronzeugenregelung in Anspruch nehmen, oder es war ihm schlichtweg egal. Wie gesagt, politisch war er am Ende. Eventuell wollte er auch reinen Tisch machen, sein Gewissen erleichtern.«

»Dann hätte er nur zur Polizei gehen müssen«, stellte Becks kühl fest.

»Da hast du auch wieder recht.«

»Wie ist Spencer auf die Idee gekommen, dass die Unterlagen bei Dawn Roberts sind?«

»So wie wir auch darauf gekommen sind. Da er, genau wie wir, nichts bei Leigha fand, mutmaßte er, dass die Akten irgendwo versteckt sein müssten. Und wo versteckt man seine Sachen?«

»Bei guten Freunden.« Rebecca verzog das Gesicht. »Nur gut, dass Dawn nicht lebensgefährlich verletzt wurde. Wusste sie von dem Schlüssel?«

Hamilton nickte. »Ja, aber sie wusste nichts vom Inhalt des Schließfachs. Leigha hatte gegenüber Dawn und Hamish behauptet, dass der Schlüssel etwas mit ihrer bevorstehenden Hochzeit zu tun hätte, und er im Laufe des kommenden Jahres gebraucht würde.«

»Ach, so ein albernes Spielchen? Jeder Hochzeitsgast muss ein Los ziehen und eine Aufgabe im ersten Jahr der Ehe übernehmen?«

Hamilton lachte. »So ungefähr. Öffne das Schließfach und befolge die Anweisung: Dreimal Schafe scheren!«

»Gute Idee, der Schlüssel ist an einem sicheren Ort und die Akten ebenfalls. Wäre Leigha doch einfach mit den Unterlagen zur Polizei gegangen. Dann säßen Spencer und seine Kumpanen auch hinter Gitter, hätten jedoch keine Morde auf dem Gewissen und zwei Menschen würden noch leben.«

Bob Hamilton blickte über den Zaun in die Ferne auf den Firth of Forth. »Die Sensation hat die arme Leigha getrieben. Mit dem neuen Sendeformat Skandale aufzudecken. Ich weiß nicht, ob es ihr um Gerechtigkeit gegangen ist.«

»Du bist hart, mein Lieber.«

»Ich weiß. Aber jetzt habe ich keine Lust mehr, mich über Morde und Motive zu unterhalten. Wir genießen jetzt den Wein, den sonnigen Tag und vor allem den Umstand, dass unsere Kinder heute und morgen bei meiner Mutter sind und das Kindermädchen frei hat.«

»Wie wäre es mit etwas Kultur?«

»Theater und Konzerthäuser sind schon in der Sommerpause, aber ins Kino könnten wir mal wieder gehen.«

»Gute Idee. Zuerst ein gutes Abendessen, dann eine Liebesschnulze.«

Hamilton hob abwehrend die Hand. »Essen ist gut, dann würde ich vorschlagen, wir gehen in den Churchill-Film mit Brian Cox und die Liebe gibt es anschließend, wenn wir wieder hier sind.«

Rebecca grinste und Hamilton wusste, sie war mit seinem Vorschlag einverstanden.

Personenverzeichnis

Assistant Chief Constable (ACC) Robert Hamilton
Leiter der schottischen Kriminalpolizei
Endlich zurück in der schottischen Heimat fühlt er sich viel wohler in seiner Haut. Hamilton ist Fan der Glasgow Rangers, liebt Single Malt Whisky, seine Pfeife, seinen Hund Duke und mischt am liebsten selbst bei den Ermittlungen mit – auch wenn dies formal überhaupt nicht seine Aufgabe ist, doch um Regeln oder Formalien hat er sich noch nie gekümmert.

Detective Chief Inspector (DCI) Rebecca Hamilton
Leiterin der Abteilung zur Bekämpfung häuslicher Gewalt bei der E-Division in Edinburgh
Die Tochter eines anglikanischen Pfarrers und Frau Hamiltons liebt Musik und kann ihren Mann nur selten von seinem Ermittlungsdrang abhalten

Detective Superintendent (DSupt.) Rachel Ward
Leiterin des CID-Ermittlungsteams im schottischen Polizeihauptquartier mit dem Ehrgeiz, irgendwann Polizeichef (Chief Constable) einer englischen Polizeiverwaltung zu werden, wenn nicht gar Commissioner bei Scotland Yard

Detective Inspector (DI) Ray Williams
Ermittler beim CID des Hauptquartiers, Grund des Wechsels von Rachel Ward aus dem sonnigen Cornwall ins regnerische Schottland

Chief Constable (CC) Ian Fitzpatrick
Leiter der schottischen Polizeibehörde, ehemaliger Partner und alter Freund von Bob Hamilton

Leigha Harrow
Ambitionierte Fernsehmoderatorin bei BBC Alba mit tödlichem Hang zum investigativen Journalismus

Arran Prendergast
Abgeordneter des schottischen Parlaments mit stark separatistischen Bestrebungen, jedoch seit geraumer Zeit vom Erdboden verschwunden

Joanna Adamson
Parlamentarische Staatssekretärin mit großen Ambitionen

Dawn Roberts
Freundin von Leigha Harrow, arbeitet in der schottischen Parlamentsverwaltung

Angus McIllroy
Ex-Freund von Leigha Harrow

Über den Autor

Ralf Göhrig, Jahrgang 1967, ist bereits seit seiner Schulzeit literarisch aktiv. Bis zur Jahrtausendwende entstanden rund 300 Gedichte und etliche Kurzgeschichten, bevor sich der Autor dem Krimifach widmete. In „Kopflos in Cornwall“ tauchte sein Ermittler Bob Hamilton zum ersten Mal auf, es folgten „Mörderischer Sturm“, „Jerusalem“, „Schatten folgen dem Licht“, „Der Cornwall-Ripper“ und nun „Sendeschluss in Edinburgh“. Außerdem veröffentlichte Göhrig einen Gedichtband „Purpurne Zeit“ sowie einen historischen Roman „Geschenk des Himmels“. Ein weiterer historischer Roman ist in Vorbereitung. Göhrig lebt seit mehr als 25 Jahren als Forstbeamter in Jestetten am Hochrhein.

Weitere Krimis

- Kopflos in Cornwall – ISBN: 978-3-8495-6743-9
- Mörderischer Sturm – ISBN: 978-3-8495-0238-6
- Jerusalem – ISBN: 978-3-8495-6862-7
- Schatten folgen dem Licht – ISBN: 978-3-8495-9595-1
- Der Cornwall-Ripper
  oder Veilchen von Mutters Grab – ISBN: 978-3-7323-5965-3

Leseproben finden Sie auf der Webseite des Autors:

www.goehrig-krimi.de